DEN KRIEGERN HINGEGEBEN

INTERSTELLARE BRÄUTE® PROGRAMM:
BAND 4

GRACE GOODWIN

Den kriegern hingegeben Copyright © 2020 durch Grace Goodwin

Interstellar Brides® ist ein eingetragenes Markenzeichen
von KSA Publishing Consultants Inc.
Alle Rechte vorbehalten. Dieses Buch darf ohne ausdrückliche schriftliche Erlaubnis des Autors weder ganz noch teilweise in jedweder Form und durch jedwede Mittel elektronisch, digital oder mechanisch reproduziert oder übermittelt werden, einschließlich durch Fotokopie, Aufzeichnung, Scannen oder über jegliche Form von Datenspeicherungs- und -abrufsystem.

Coverdesign: Copyright 2020 durch Grace Goodwin, Autor
Bildnachweis: Deposit Photos: sutulastock, sdecoret

Anmerkung des Verlags:
Dieses Buch ist für volljährige Leser geschrieben. Das Buch kann eindeutige sexuelle Inhalte enthalten. In diesem Buch vorkommende sexuelle Aktivitäten sind reine Fantasien, geschrieben für erwachsene Leser, und die Aktivitäten oder Risiken, an denen die fiktiven Figuren im Rahmen der

Geschichte teilnehmen, werden vom Autor und vom Verlag weder unterstützt noch ermutigt.

WILLKOMMENSGESCHENK!

TRAGE DICH FÜR MEINEN NEWSLETTER EIN, UM LESEPROBEN, VORSCHAUEN UND EIN WILLKOMMENSGESCHENK ZU ERHALTEN!

http://kostenlosescifiromantik.com

INTERSTELLARE BRÄUTE® PROGRAMM

DEIN Partner ist irgendwo da draußen. Mach noch heute den Test und finde deinen perfekten Partner. Bist du bereit für einen sexy Alienpartner (oder zwei)?

Melde dich jetzt freiwillig!
interstellarebraut.com

GRACE GOODWIN

1

Hannah Johnson, Abfertigungszentrum für Interstellare Bräute, Erde

Meine Augen waren verbunden, aber ich konnte das tiefe Raunen mehrerer Männerstimmen hören, die um mich herum wisperten. Ich war von ihnen umringt. Ich drehte den Kopf nach links, dann nach rechts, doch ich konnte nichts sehen als Schwärze. Etwas seidig Glattes, aber Fließendes wie geschmolzene

Schokolade, umschloss meinen Hals wie ein Kragen aus verflüssigter Hitze. Sobald der Kreis geschlossen war, waren meine Sinne plötzlich geschärft. Der Duft nach dem Schwanz meines Gefährten kitzelte die Luft und ich wusste, dass er vor mir stand. Ich konnte den würzigen Duft seiner Erregung riechen. Den exotischen Geschmack seiner Lust auf meinen Lippen kannte ich nur zu gut. Woher wusste ich, wie er schmeckte? Wie wusste ich, dass der Kragen um meinen Hals mich irgendwie mit ihm verband?

Ich zerrte an meinen Fesseln, bemühte mich, ihn zu erreichen, ihn zu schmecken, doch die breiten Riemen, die meine Handgelenke über meinem Kopf zusammenbanden, hielten mich davon ab. Das Verlangen nach meinen Gefährten und die Kraft ihrer Verbindung zu mir waren stark, und doch konnte ich nur dastehen, nackt wie ich war, und warten.

Der Duft meiner eigenen Haut und etwas seltsam Metallischem durchtränkte die Luft. Ich konnte einen leisen Hauch kühler Luft spüren, die über meine nackte Haut strich. Meine Beine standen gespreizt auf dem Boden. Ich zerrte an den Fesseln über meinem Kopf und versuchte, einen Schritt vorwärts zu machen. So erfuhr ich, dass breite Riemen an meinen Fußgelenken meine Bewegung einschränkten. Ich trat dagegen, doch mir war klar, dass ich zwar ein paar Zentimeter Spielraum hatte, aber nicht von der Stelle kommen würde.

Ich musste also warten. Meine Ohren horchten nach Schritten, dem Rascheln von Kleidung, irgendetwas, das mir einen Hinweis darauf liefern konnte, was als Nächstes geschehen würde. Ich war konfus und mir war unwohl, aber mein Körper war hungrig und sehnte sich nach der Berührung meines Gefährten.

Der Gedanke versetzte mich beinahe

in Panik, und mein Herz pochte so stark, dass ich Angst hatte, es würde mir den Brustkorb sprengen.

Was sollte das? Warum war ich nackt? Wo zum Teufel war ich? Dazu hatte ich mich nicht bereiterklärt, als ich mich freiwillig zum Interstellaren Bräute-Programm gemeldet hatte. Der Plan war, einem Gefährten zugeordnet zu werden, der für mich perfekt war, nur für mich. Der Plan war, geachtet und geliebt zu werden, und...

Als hätte ich ihn herbei beschworen, legte sich eine große Hand auf meine Schulter und strich seitlich an meinen Hals hoch. Selbst mit verbundenen Augen konnte ich die gewaltige Kraft in dieser Berührung spüren. Die schiere Größe seiner Hand brachte mich zum Zittern, aber nicht aus Angst. Ich kannte seine Berührung, irgendwoher, und begehrte mehr davon.

Seine Stimme floss mir von hinten ins

Ohr, und er presste die Hitze seiner nackten Brust gegen meinen bloßen Rücken.

„Nimmst du meine Besitznahme an, Gefährtin? Gibst du dich mir und meinem Sekundär frei hin, oder wünscht du, einen anderen primären Gefährten zu wählen?" Eine tiefe Bariton-Stimme brummte mir die Frage entgegen, und meine Pussy wurde als Antwort auf seine Stimme ganz feucht. Mein Verstand erkannte ihn nicht, aber mein Körper tat das sehr wohl.

„Ich nehme eure Besitznahme an, Krieger." Die Worte flogen mir von den Lippen, als hätte ich keine Kontrolle über sie. Und das hatte ich auch tatsächlich nicht. Ich versuchte, eine Frage zu stellen—herauszufinden, wo ich war, was vor sich ging—aber es war, als wäre ich in einer Virtual-Reality-Simulation. Ich konnte die Hitze des riesigen Mannes auf meinem Rücken spüren. Ich konnte den Lusttropfen meines Gefährten riechen, der mir verlockende Genüsse versprach. Ich konnte das unnachgiebige Metall des Bodens unter meinen nackten Füßen spüren, und das warme Gleiten der flüssigen Seide, die sich um meinen Hals schmiegte. Ich konnte begehren und mich sehnen und wollen, aber ich konnte mich nicht bewegen.

Was auch immer als Nächstes geschehen würde, war völlig außerhalb meiner Kontrolle.

„Dann nehmen wir dich in Besitz, durch das Ritual der Benennung. Du gehörst mir, und ich werde jeden anderen Krieger töten, der es wagt, dich anzurühren." Seine Hand schlang sich sanft um meine Kehle, zärtlich, und doch eine sanfte Erinnerung daran, dass er der Dominante war, dass er mich nehmen konnte, ficken konnte, zum Kommen bringen—und dass ich nichts dagegen tun konnte.

Ich wollte vor dieser Kraft nicht fliehen. Ich wollte mehr.

Ich hatte mir dies hier ausgesucht, das Interstellare Bräute-Programm und ihre Auswahltests. Ich hatte gelobt, dass ich meinem mir bestimmten Gefährten mein Vertrauen und mein Leben schenken würde, vollkommen und ohne Vorbehalte.

Er drückte seine Lippen an die Seite meines Gesichtes, während die Stimmen, die ich vorhin raunen gehört hatte, ihm in einem zeremoniell klingenden Chor von Männerstimmen antworteten. „Mögen die Götter euch bezeugen und beschützen."

Mein Liebhaber grollte hinter mir und drückte mit seiner Rechten meine Kehle ein klein wenig fester zusammen, und meine Pussy erbebte erfreut. Ein zweites Paar großer Männerhände legte sich außen an meine Schenkel, und ich wusste, dass ein zweiter Mann vor mir kniete.

Der gierige primäre Gefährte in meinem Rücken hielt mich fest an seine Brust gedrückt, während die raue Zunge des zweiten Mannes eine Spur von meiner Kniekehle über meine Innenschenkel zog, bis sie meine feuchte Mitte erreicht hatte und zu lecken begann.

Meine Hüften zuckten nach vorne, als sein Mund sich an meinem Kitzler festsog. Zwei große Finger glitten in meine Pussy, während er mich mit seinem Mund und seiner Zunge in den Wahnsinn trieb. Ich keuchte nach Luft, und das Knurren hinter mir machte mir die Knie schwach.

„Du magst seinen Mund an dir?"

Irgendwie wusste ich, dass er eine Antwort erwartete, und dass Lügen nicht drin war. „Ja."

„Komm für uns, dann werden wir dich ficken." Sein riesiger Schwanz schmiegte sich an meinen nackten Po, und ich war hin- und hergerissen zwischen der Begierde, mich nach vorne der Zunge entgegen zu drücken, die mich zum Beben brachte, oder kräftig nach hinten, um den Schwanz zu necken, der sich gegen meinen Po drückte.

Ich versuchte, beides zugleich zu tun, aber ich konnte mich nicht rühren. Der Mann, der mich gefangen hielt, behielt eine Hand an meinem Hals und spielte mit der anderen mit einem meiner Nippel, dann dem anderen, bis sie beide stramm standen. Er kniff sie, bis sie beinahe schmerzten, und der Mann zwischen meinen Beinen fickte mich mit seinen Fingern und leckte meinen Kitzler so schnell, dass er besser war als jeder Vibrator, den ich zu Hause je verwendet hatte.

Ich stöhnte. Ich wollte gefüllt werden. Gefickt. In Besitz genommen. Für immer.

Ich explodierte und presste meinen Kopf an die riesige Brust hinter mir. Er gehörte nun mir, war mein sicherer Hafen, mein Gefährte. Als meine Beine zusammensackten, hielt er mich aufrecht. Darauf hatte ich mich verlassen können. Er gehörte mir, und ich gehörte ihm.

Seine Stimme war praktisch ein Schnurren in meinem Ohr. „Sehr fein, jetzt werden wir dich ficken, Gefährtin. Du gehörst uns."

Uns. Ja. Ich begehrte sie beide. „Ja."

Auch der Mann, der vor mir kniete, gehörte mir. Sie gehörten mir beide.

Meine Fußgelenke wurden befreit, und ich wurde herumgedreht, bis ich dem Mann hinter mir gegenüberstand. Er hob mich vom Boden hoch und trat zurück. Ich konnte nicht sehen, wie sie meine Handgelenke befreiten. Ich ließ die Arme sinken, legte die Handgelenke an meine Taille, dankbar für die Entlastung meiner Schultern. Dann zog mein Liebhaber mich auf seinen Schoß, ihm zugewandt. Ich spürte den riesigen Kopf seines Schwanzes über meine Mitte streifen, und das war die einzige Warnung, die ich bekam, bevor er mich hochhob und mit einem brutalen Ruck in mich einfuhr.

Ich schrie auf, fühlte mich von seiner Fülle aufgespießt. Er war riesig!

Ich war so vollgestopft, dass meine Pussy schmerzte, und so erregt, dass ich nicht mehr denken konnte—nur noch wollen. Doch schon bald hatte sich die vertraute, angenehme Hitze seines Lusttropfens erst über meine Pussy, dann über den Rest von mir ausgebreitet, und ich wand mich, so heiß und außer Kontrolle, dass ich zu betteln beginnen würde, wenn er sich nicht bald bewegte.

„Nun sollst du in Besitz genommen werden. Für immer."

Seine Stimme vibrierte durch meinen Körper und irgendwie wusste ich, was kommen würde, als er sich nach hinten lehnte. Er legte sich flach hin und zog mich zu sich hinunter, meinen Hintern in die Luft gestreckt.

Zwei Hände landeten auf meinem nackten Po und hielten mich in festem, gierigem Griff. Während ich über meinen Gefährten gebeugt war, drückte ein zweiter Mann erwärmtes Öl in mein noch jungfräuliches Loch, und ich wimmerte.

Genau darauf hatte ich gewartet, das hatte ich begehrt. Dazu war ich ausgebildet worden.

Mein primärer Gefährte rückte sich unter mir zurecht, rieb mit seinem harten Körper über meinen Kitzler. Ich erschauerte, dem Gipfel so nahe, dass ich mich fühlte wie ein wildes Tier, mein gesamter Fokus auf der Vereinigung unserer Körper und dem dicken Gleiten des zweiten Schwanzes über meinen Hintern.

Hinter mir erklang eine zweite Stimme, tief, solide und bedächtig. „Nimmst du mich an, Gefährtin?"

„Ja!" Ich bemühte mich, den Hintern höher zu strecken, ihn zu ermutigen, schneller zu machen. Sein Lusttropfen zog eine feuchte Spur über meine nackte Arschbacke, und dann fühlte ich, wie die Flüssigkeit praktisch mit meiner Haut verschmolz und mich immer höher trieb.

Ich legte mich flach auf die Brust meines Gefährten, hob meine Hände zu seinem Gesicht hoch und wartete darauf, dass mein anderer Gefährte mich durchbrach, mich füllte, mich wahrhaft ganz machte.

Mein Gefährte packte meine Knie und rückte sich unter meinen Beinen zurecht, spreizte meine Knie weiter, brachte meinen Hintern in die perfekte Position dafür, gefickt zu werden. Meine Knie waren immer noch gebeugt, und während er mein Gewicht stützte, lehnte ich mich nach vorne und machte mich bereit für den zweiten Schwanz, der mich ausfüllen sollte.

„Mach schon. Tu es, jetzt."

War das meine heisere Stimme? Ich erkannte den atemlosen Klang nicht wieder, so erfüllt mit verzweifeltem Hunger.

„Dein Eifer bereitet mir Freude, doch maße es dir nicht an, uns Anweisungen zu erteilen." Eine Hand landete mit einem lautem Klatsch auf meinem nackten Hintern, und ich zuckte zusammen, als eine stechende Hitze sich über meinen Hintern ausbreitete und direkt in meinen Kitzler einfuhr. Ich wackelte mit dem Hintern, wollte, dass der Mann hinter mir noch einmal zuschlug. Und noch einmal.

Ich leckte mir über die Lippen, während mein Körper sich um den Schwanz in meiner Pussy zusammenzog. „Nimm mich."

Klatsch.

„Fick mich", bettelte ich.

Klatsch.

„*Bitte!*", stöhnte ich und schob die

Hüften nach hinten für den nächsten Hieb von seiner Hand. Die Mischung aus Schmerz und knisternder Lust war unglaublich.

Klatsch.

„Bitte? Das ist alles, was du uns zu sagen hast?" Mein erster Gefährte stellte mir diese Frage, während sein Schwanz bis zum Anschlag in mir vergraben war.

Oh, ich wusste, was er wollte, und ich war versucht, ihn weiter zu provozieren, das heiße Brennen ihrer Dominanz wieder und wieder auf meinem Hintern zu spüren. Das Aufblitzen des Schmerzes brachte meine Nervenenden zum Funkeln und meinen ganzen Körper dazu, vor Lust zu beben. Doch ich hatte sie so weit provoziert, wie ich es wagte, und ich war so erregt, dass meine Pussy richtig pochte. Der Drang, zu kommen, war so stark, dass es wehtat. Ich brauchte es, dass er—sie beide—sich in mich pumpten. Ich brauchte es, vollkommen gefüllt zu sein. „Bitte, Sir."

Er antwortete mir nicht mit Worten, aber sie mussten ein Zeichen ausgetauscht haben, denn der dicke Schwanz meines zweiten Gefährten presste sich gegen meine enge kleine Rosenknospe, durchdrang die äußere Wand meines jungfräulichen Hinters mit bemerkenswerter Leichtigkeit. Nun wusste ich, dass die Ausbildung, die mir erteilt worden war, auf alle Fälle ihren Wert gehabt hatte. Der Laut, der mir aus der Kehle fuhr, war mir fremd. Nach einigen vorsichtigen und doch meisterlichen Stößen hielt der Mann hinter mir still, seinen Schwanz vollständig in meinem Hintern versenkt.

Es zerriss mich in eine Million Stücke bei der Vereinigung, ich zerfiel und gab ihnen alles. Ich behielt nichts für mich zurück.

Ich gab mich ihnen vollständig hin.

Restlos. Mein Körper gehörte ihnen, meine Lust, sogar mein Atem.

Während mein Körper sich um ihre riesigen Schwänze zusammenzog und zuckte, begannen die Gerüche und Klänge zu verebben, als würde ich durch Nebel wandern. Sie wurden leiser, und dann waren sie—fort.

Ich war alleine. Leer.

Meine Pussy zuckte und ballte sich um ein Nichts.

Ich versuchte, mich zusammenzurollen, doch ich konnte mich nicht bewegen.

Langsam kam ich wieder in der Wirklichkeit an. Es dauerte einige Minuten, bis ich aus einer eigenartigen Benebelung erwachte und mir wieder klar war, dass ich auf einem medizinischen Untersuchungstisch festgeschnallt war, in der Abfertigungseinheit für das Interstellare Bräute-Programm auf der Erde. Ich blinzelte, kam wieder zu mir, und zurück zu der Frau, mit der ich in den letzten Tagen eindeutig zu viel Zeit verbracht hatte.

Aufseherin Egara starrte mit dunklen Augen auf mich hinunter, einen Tablet-Computer in der Hand. Mein Körper zitterte weiter vor Begehren, während die Nachbeben des Orgasmus immer noch durch meine Pussy zuckten. Der Untersuchungstisch war kalt, und das Nachthemd, das ich trug, war im Rücken offen. Der graue Standard-Stoff war mit einem roten Muster bedruckt, das aus vielen winzigen Abzeichen des Bräute-Programmes bestand. Es fühlte sich an, als würde ich Tapeten tragen.

„Sehr gut, Hannah. Der Zuordnungsvorgang ist abgeschlossen." Aufseherin Egara war eine junge Frau mit strenger Miene, die ihre Aufgabe ausgenommen ernst nahm, menschliche Frauen zu ihren außerirdischen

Gefährten zuzuordnen. Sie warf einen Blick auf die medizinischen Geräte an der Wand über meinem Kopf und nickte einem Assistenten in schlichter grauer Uniform zu, der das Zimmer betrat und damit begann, mir die Kabel, Schläuche und Sensoren abzunehmen, die sie für die Zuordnungstests an meinem Kopf und meinem Körper angebracht hatten.

„Was war das, ein Traum?" Ich leckte mir über die Lippen, völlig ausgetrocknet vom Hinausschreien meiner Ekstase. Ich wollte es wissen. Ein Traum? Eine Fantasie? Ein dunkles, tiefes Verlangen, das ich vor so langer Zeit tief vergraben hatte, dass ich nicht einmal von seiner Existenz wusste? Ich hatte gerade davon geträumt, verhauen und gefickt zu werden, und nicht nur von einem Mann, sondern von zwei. Ich war auch heftiger gekommen als je zuvor in meinem Leben.

„Oh nein, meine Liebe", bemerkte die Aufseherin. „Das war das aufgezeichnete

Besitznahme-Ritual einer anderen menschlichen Braut. Die Aufzeichnung ist mehrere Jahre alt und gehört zu einer Braut, die ich in den frühen Tagen des Programms dorthin geschickt hatte." Das Gesicht der Aufseherin Egara zeigte den Hauch eines Lächelns, das erste, das ich an ihr gesehen hatte, seit ich das Gebäude vor einigen Tagen zur Abfertigung betreten hatte. Sie nahm sich ihrer Aufgabe äußerst hingebungsvoll an. Sehr aufmerksam, als hätte sie ein persönliches Interesse am Lebensglück jedes alleinstehenden Kriegers in der Galaxis.

„Sie meinen... ich...? Das war... was?" Was wollte ich sagen? „Das war echt?"

„Aber ja doch. Die Neuroprozessor-Unit, die wir für die Zuordnung verwenden, wird während der endgültigen Transportabfertigung in Ihrem Körper implantiert werden. Diese NPU hilft Ihnen nicht nur, deren Sprache zu verstehen und zu sprechen, sondern ist auch so vorprogrammiert, dass Ihre eigene Besitznahme-Zeremonie aufgezeichnet wird, damit sie ordentlich dokumentiert und dazu verwendet werden kann, anderen Bräuten bei ihrer eigenen Zuordnung zu helfen. So wie das Erlebte dieser anderen Frau dazu verwendet worden ist, Ihre Zuordnung zu unterstützen."

Ich zitterte und wünschte mir, dass sie mich noch ein paar Minuten länger in jener Traumwelt gelassen hätte. Ich wollte mehr. Begehrte mehr. „Wird mein Gefährte so sein?" Wie sein, da war ich mir nicht sicher. Ich hatte kein Gesicht gesehen, doch ich wusste es. Ich *wusste*, dass ich ihn wollte. Oder sie beide.

Aber zwei Männer? Das war der Grund meiner Verwirrung.

„Da waren zwei Männer. Bin ich zwei Männern zugeordnet worden?"

Sie schüttelte den Kopf. „Nein. Sie werden nur einem einzigen männlichen

Wesen zugeordnet. Und bei Ihrem primären Gefährten wird es sich um einen Krieger handeln, aber nicht um *diesen* Krieger."

Was sollte *primärer Gefährte* denn bedeuten?

Ich schauderte und versuchte, mir vorzustellen, was in Zukunft wohl mit mir geschehen würde. Würde mein Gefährte so groß sein? Ebenso stark? Würde ich das fühlen, was diese andere Braut gefühlt hatte? Würde mein Gefährte einen zweiten Mann in unserer Besitznahme-Zeremonie dabeihaben wollen? Würde ich das wollen? Was ich gerade erlebt hatte, war über Begehren hinausgegangen, es war grenzenloses Vertrauen. Rohe, willkürliche Lust. Würde ich ebenso glücklich darüber sein, in Besitz genommen zu werden, wie sie das war?

Ich hatte mir noch nie zuvor vorgestellt, Hiebe zu bekommen. Ich hatte sie bisher nur als Bestrafung angesehen, und somit hätte ich mich zu *so etwas* niemals freiwillig gemeldet. Ehrlich gesagt wollte ich eigentlich gar keinem Alien-Mann zugeordnet werden. Aber hier war ich nun, an diesen verdammten Tisch im Abfertigungs-Zentrum geschnallt, und ich war selbst schuld. Ich hatte mich zum Interstellaren Bräute-Programm gemeldet, um meinem Bruder zu helfen, seine Schulden bei ein paar äußerst finsteren Gestalten zu begleichen. Er hatte eine Frau und drei Kinder, und wenn er die beträchtliche Summe Bares nicht zusammenbekam, würden sie alle auf der Straße landen. Oder noch schlimmer. Viel schlimmer.

Als Kindergärtnerin verdiente ich gerade mal genug zum Überleben für mich selbst. Ich hatte kein Geld übrig, das ich meinem Bruder hätte geben können. Aber das hier konnte ich tun.

Bis zu diesem Moment hatte ich nicht

wirklich daran geglaubt, dass dieser Zuordnungs-Vorgang irgendetwas Erfreuliches für mich bereithalten würde. Ich hatte bezweifelt, dass das Bräute-Programm in der Lage sein würde, einen passenden Partner zu finden. Ich meine, im Ernst? Wie konnte ein dummes Computerprogramm wissen, welcher Mann in der gesamten Galaxis für mich perfekt sein würde? Ich hatte den Richtigen auf der Erde nie gefunden, also wie sollten sie einen außerirdischen Partner für mich auf einem fernen Planeten finden? Aber die bebende Lust, die ich gerade erfahren hatte, gab mir Hoffnung. *Große* Hoffnung. Zum ersten Mal in den letzten paar Wochen hatte ich das Gefühl, dass *vielleicht* doch alles gut ausgehen könnte. Vielleicht war es doch nicht der größte Fehler meines Lebens gewesen, mich für das Interstellare Bräute-Programm zu melden.

Fehler oder nicht, Familie war nun

mal Familie. Dies war der einzige Weg, wie ich meinem Bruder helfen konnte. Mein Körper und mein Leben waren die einzigen Dinge von Wert, die ich noch hatte. Ich war nicht reich, aber ich war jung, fruchtbar und ungebunden. Verdammt, uninspiriert kam der Sache näher. Ich hatte in fünf Jahren drei Liebhaber gehabt, und keiner von ihnen hatte mich so stark zum Kommen gebracht, wie ich es gerade erlebt hatte... von einer Neuro-Simulation. Von den Erinnerungen einer anderen Frau.

Oh Gott. Ich wollte eine dieser großen, tiefen Stimmen hinter mir. Ich wollte eine riesige Hand, die sich um meinen Hals legte und mich dort festhielt, während eine heiße Zunge mit meinem Kitzler spielte. Ich wollte reglos festgehalten werden, während mich jemand von hinten fickte. *Ich wollte...*

Mein Überwachungsmonitor piepte und ich wurde rot, da mein erhöhter Puls darauf abzulesen war, als ich alles noch einmal durchlebte, was mir gerade passiert war. Nein, es war nicht mir passiert, sondern ihr. Der anderen Frau. Der Frau, die Aufseherin Egara auf diesen Planeten geschickt hatte. Der Frau, die von einem Krieger in Besitz genommen worden war. Einem großen, starken Krieger mit einem riesigen Schwanz. Ihrem *primären Gefährten*. Was auch immer das hieß.

„Ist das also der Ort, wohin ich zugeordnet wurde? Der Planet dieser Frau?"

Aufseherin Egara nickte knapp. „Ja. Zu einem Krieger auf Prillon Prime."

Prillon Prime? Ich wurde nach Prillon Prime geschickt? Dem Planeten, der von einer Rasse hochgewachsener Krieger bewohnt war? In den Broschüren des Programms war gestanden, dass Prillon-Krieger sogar Bräute beantragten, während sie noch aktiv im Militärdienst waren. Sie waren eine von drei Rassen, die ihre Bräute auf Schlachtschiffen bei sich behielten. Im Weltraum. An der Front des Kriegs zwischen den biologischen Rassen und dem Hive, den künstlichen Lebensformen und Cyborg-Rassen, die versuchten, das Universum an sich zu reißen. Dieser Krieg hatte nun schließlich auch die Erde erreicht, und die Koalition hatte die Erde unter ihren Schutz genommen, unter einer äußerst strengen Bedingung.

Bräute. Tausend pro Jahr. Die meisten der Erdenbräute kamen aus dem Strafsystem. Die Politiker der Erde hatten nichts dagegen, *Kriminelle* dafür zu opfern, um die außerirdische Bräute-Quote zu erfüllen. Aber hier war ich nun, eine Freiwillige, die nur hoffen konnte, dass sie nicht gerade den größten Fehler ihres Lebens begangen hatte.

Mir fiel ein, gelesen zu haben, dass die Männer auf Prillon überzeugt von der

Fähigkeit ihrer Krieger waren, sich um ihre Gefährtinnen zu kümmern. Egal wo. Prillon-Krieger scheuten niemals vor der Schlacht zurück und waren die gefürchtetste Rasse in der Interstellaren Koalition. Sie waren stets an der Kriegsfront, und ihre Kommandanten hatten die gesamte interstellare Flotte übernommen.

Du liebe Scheiße. Ich würde nicht auf einem Planeten landen! Ich würde auf einem Raumschiff mitten im Nirgendwo leben, wo sie so richtig gegen andere Raumschiffe kämpften? Oder Cyborgs. Oder was auch immer sonst noch! Der Pulsmonitor begann wieder zu piepen, und diesmal war es nicht Erregung, die ich verspürte. Sondern Panik.

Ich schüttelte den Kopf. Einmal, zweimal. „Nein. Da muss ein Fehler vorliegen."

„Kein Fehler." Sie funkelte mich an. „Ihre Zuordnung wird auf neunundneunzig Prozent Kompatibilität geschätzt."

„Aber..." Ich hatte auf Forsia gewollt, oder auf eine der Zwillingswelten Ania und Axion, wo man in Städten lebte, umgeben von Restaurants, Partys und Opulenz. Ich wollte nicht auf ein Schlachtschiff im *Weltraum*.

„Ruhe." Das Wort war abgehackt, und sie hisste es mir zu wie eine gereizte Katze. „Es ist vollbracht, die Zuordnung ist durchgeführt. Sie haben bereits unterschrieben. Ihre Familie wurde entschädigt, wie von Ihnen gewünscht. Solange Sie das Geld nicht zurückerstatten möchten, werden Sie Ihren rechtlichen Verpflichtungen gegenüber dem Programm nachkommen. Sie haben sich für das Zuordnungsprotokoll entschieden. Sie müssen sich an das Ergebnis halten."

Aufseherin Egara war nett genug, Mitte Zwanzig und sogar hübsch, wenn auch etwas schroff. Ich verstand. Die Frau an der Rezeption hatte mir gesagt, dass es nicht viele Freiwillige gibt. Die meisten Frauen, die Aufseherin Egara abfertigte, waren verurteilte Verbrecherinnen mit nur zwei Wahlmöglichkeiten: dem Interstellaren Bräute-Programm beizutreten oder ihre Zeit im Gefängnis abzusitzen.

„Hmm. Ich denke, ich werde diesen Ausbruch von Ihnen in Ihrem Brautprofil eintragen. Ihr neuer Gefährte sollte vor Ihrer Impertinenz gewarnt werden."

Meine Augen wurden groß und mein Mund stand offen.

„Warten Sie mal! Dem habe ich nie zugestimmt." Ungeduldig riss ich an ein paar Klebestreifen an meinen Schläfen und verzog das Gesicht, als sie in meinem langen schwarzen Haar hängenblieben. Ich überreichte sie dem Assistenten, der mich vom Rest davon befreite und dann das Zimmer verließ. Aufseherin Egara musste erkannt haben, dass ich kurz davor stand, ihr dieses Tablet sonst wohin zu schieben, denn sie streckte ihre Hand in einer besänftigenden Geste aus.

„Ist ja gut, Miss Johnson. Ich werde es aus Ihrem Profil löschen." Sie tippte wieder auf dem Schirm herum und runzelte die Stirn. Ihr langes Haar war zu einem strengen Knoten gebunden, was auf eine Art an ihrer Haut zerrte, die ihr Gesicht nur noch strenger erschienen ließ. „Nun nennen Sie bitte Ihren Namen fürs Protokoll."

Ich holte tief Luft und atmete aus. „Hannah Johnson."

„Miss Johnson, sind Sie derzeit, oder waren Sie jemals, verheiratet?"

„Nein."

„Haben Sie jeglichen biologischen Nachwuchs?"

„Nein." Ich verdrehte die Augen. Das hatten sie mich bereits gefragt. Ich hatte diesen Mist schon in dreifacher

Ausführung unterschrieben und ich war sicher, dass dies auch auf ihrem Tablet erschien.

„Ausgezeichnet." Sie tippte ein paar Mal auf ihrem Bildschirm herum, ohne zu mir aufzusehen. „Ich bin verpflichtet, Sie darauf hinzuweisen, Miss Johnson, dass Sie dreißig Tage Zeit haben, den Gefährten, der Ihnen von unserem Zuordnungsprotokoll zugewiesen wurde, anzunehmen oder ihn abzulehnen." Sie hob den Kopf und grinste mich doch tatsächlich an. „Wenn ich mir diese Werte ansehe, halte ich das allerdings für höchst unwahrscheinlich."

So viel Vertrauen hatte ich nicht in das Computerprogramm, mit dem sie hier die Bräute ihren Gefährten zuordneten, aber es beruhigte mich, dass die endgültige Entscheidung bei mir lag. „In Ordnung."

„Unabhängig von Ihrer Entscheidung gibt es keine Rückkehr zur Erde. Wenn Ihr neuer Gefährte nicht akzeptabel ist, können Sie nach dreißig Tagen einen neuen primären Gefährten beantragen... auf Prillon Prime. Sie können diesen Prozess wiederholen, bis Sie einen Gefährten finden, der akzeptabel ist."

„Aufseherin, ich möchte nur wissen..."

Sie seufzte. „Sie haben die Unterlagen bereits unterschrieben, Miss Johnson, aber ich fühle mich auch verpflichtet, Sie daran zu erinnern, dass Sie mit diesem Moment nicht länger Bürgerin der Erde sind, sondern eine Kriegerbraut von Prillon Prime. Als solche unterliegen Sie den Gesetzen und Bräuchen Ihrer neuen Welt."

„Aber—"

„Sie sind zugeordnet worden, Hannah, und zwar einem der berüchtigtsten Krieger dieser anderen Welt. Sie sollten stolz sein. Dienen Sie ihm wohl." Ich war mir nicht sicher, ob mich diese Aufforderung von Aufseherin Egara ermutigen oder einschüchtern sollte, aber ich hatte nicht viel Zeit, mich zu wundern. Ich hatte keine Ahnung gehabt, dass sie persönliche Informationen über die außerirdischen Männer hatte, die sie zuordnete. Scheinbar wusste sie mehr als ich. Vielleicht mochte sie mich mehr, als ich mir vorgestellt hatte. Wenn ich eine verrückte Serienmörderin wäre, würde sie mich dann immer noch zu diesem berüchtigten Krieger schicken? Erzählte sie allen Frauen irgendwelche Lügenmärchen darüber, wie fantastisch ihre zugeordneten Gefährten waren, damit sie sich mehr auf die Abreise von der Erde freuten?

Sie trat vor und drückte gegen die Seite meines Untersuchungsstuhls. Mit einem kleinen Ruck erschien eine grelle blaue Öffnung in der Wand. Immer noch festgebunden konnte ich nur hilflos zusehen, als eine lange, äußerst große Nadel erschien. Die Nadel war an einem langen Metallarm an der Wand befestigt.

Ich versuchte, zurückzuweichen, und sie sprach lauter, damit ich sie über dem Blubbern der seltsamen blauen Flüssigkeit unter mir hören konnte.

„Kämpfen Sie nicht dagegen an, Hannah. Das Gerät implantiert Ihnen nur Ihre dauerhaften NPUs. Es gibt nichts zu befürchten." Ihr Lächeln wirkte erzwungen und ihre Lippen waren schmal, aber zumindest versuchte sie, mich zu beruhigen. Ich hatte das Gefühl, dass sie sich nicht oft so warm und freundlich verhielt.

Ich glitt in die winzige Kammer und spürte den Stich der Nadel erst an einer Schläfe, dann der anderen. Ich war mir recht sicher, dass mir das seltsame und sehr stark surrende Gefühl, das ich nun an beiden Seiten meines Kopfes verspürte, die Migräne aus der Hölle bescheren würde. Ich fand mich damit ab, die Auswirkungen der NPU über mich ergehen zu lassen, und wurde in eine Art warmes Bad eingelassen. Blaues Licht umgab mich.

„Wenn Sie aufwachen, Hannah Johnson, wird Ihr Körper auf die Zuordnungs-Bräuche von Prillon Prime sowie auf die Erfordernisse ihres Gefährten hin vorbereitet worden sein. Er wird auf sie warten."

Du liebe Scheiße. „Jetzt gleich? Sofort?" Ich zerrte an den Schellen, die meine Handgelenke an den Tisch schnallten. „Ich habe mich noch nicht einmal von meinem Bruder verabschiedet! Warten Sie!"

Aus irgendeinem Grund waren mein Ärger und mein Frust plötzlich verschwunden, als hätte das warme Bad sie fortgespült. Was zum Geier war in dem Wasser? Ich fühlte mich so entspannt, so glücklich.

So betäubt.

Aufseherin Egaras knappe Stimme war das Letzte, was ich über das leise

Surren der elektrischen Gerätschaften und Lichter hinweg hörte. „Ihre Abfertigung beginnt in drei... zwei... eins..."

Um mich herum wurde es langsam schwarz.

2

Kommandant Zane Deston,
Prillonisches Schlachtschiff,
Sektor 764

Der bittere Geschmack der Diplomatie lähmte mir die Zunge, als ich den um den Tisch versammelten Kriegern zuhörte. Wir hatten das Glück gehabt, den Feind, den Hive, in diesem Sektor vor über einem Monat entscheidend geschlagen zu haben, und das Pech, nun die Ehre zu haben, den Thronfolger von Prillon

Prime, Prinz Nial, an Bord meines Schlachtschiffes zu Gast zu haben. Der junge Prinz war dazu bestimmt, nach seiner Rückkehr auf unsere Heimatwelt eine Gefährtin zugeordnet zu bekommen, und er zögerte das Unvermeidliche, so lange er konnte, hinaus. Er war ein geschickter Pilot, aber noch unerfahren. Er wollte Kampf und Abenteuer kosten, nicht das verwöhnte Palastleben, das er sein gesamtes Leben lang erfahren hatte.

Das Schlachtschiff Deston, benannt nach seinem Kommandanten, war der einzige Ort im Universum, auf dem er sich vor dem Primus, seinem Vater und dem König unserer Welt, verstecken konnte. Dieses Schiff war der einzige Ort, der immun gegen die mächtige Hand des Primus war.

Denn dieses Schiff gehörte *mir*. Als Kommandant mit königlichem Blut konnte nicht einmal das Königshaus es mir abnehmen. Ich war nicht nur der

Cousin des Primus, sondern hatte mir auch in zahlreichen Schlachten einen Namen gemacht. Verbündete wie Feinde flüsterten meinen Namen mit Ehrfurcht.

Trotz meines Rufes in der gesamten interstellaren Flotte war ich dazu gezwungen, in diesem Sektor zu verweilen. Zu warten. Eine Frau, meine neue Gefährtin, eine Verpflichtung, die ich hier überhaupt nicht brauchen konnte und die mein Leben und meine Routine aus der Bahn werfen würde, war hierher unterwegs. Wir mussten stationär bleiben, bis wir sie empfangen hatten. Ich hatte den Antrag ans Interstellare Bräute-Programm nicht einmal selbst gestellt. Meine Mutter hatte das ohne mein Wissen oder meine Erlaubnis getan. Ich war nun gezwungen, eine Braut anzunehmen und einen Sekundär zu ernennen. Hätte ich dies verweigert, hätte das meine gesamte Familie entehrt.

Die Tatsache, dass meine Gefährtin

ungewollt war, war mein Geheimnis, meine Bürde, die ich zu tragen hatte. Die Crew an Bord meines Schlachtschiffes war erfreut darüber, dass wir nicht sofort an die Front zurückkehrten, und gespannt darauf, ihre neue Matriarchin kennenzulernen. Mein Sekundär Dare war begierig darauf, ein weibliches Wesen in Besitz zu nehmen und sie mit mir zu teilen, wie es wahre Krieger taten. Der primäre und der sekundäre Gefährte teilten sich die Freuden und die Verantwortlichkeiten der Frau und ihrer Nachkommen. Wir verloren zu viele Krieger im Kampf, und der Brauch, eine Gefährtin zu teilen, sorgte dafür, dass keine zugewiesene Gefährtin jemals völlig alleine zurückblieb. Jedem weiblichen Leben, ihrem Körper und ihrer Ehre verschworen sich zwei Krieger einer Familienlinie. Starb einer von ihnen, wurde ein neuer Sekundär ernannt.

Ich hatte meinen Sekundär ernannt.

Ich hatte mich an der Zuordnungsprozedur beteiligt. Und nun war ich gezwungen, so zu tun, als würde ich mich über die Zuordnung freuen, und in Empfang zu nehmen, was immer mir an Braut geschickt wurde. Ich hoffte nur, dass sie intelligent genug sein würde, nicht im Weg zu sein, und stark genug, meine Natur hinzunehmen. Prillon-Bräute waren selten und verfügten auf ihre eigene Weise über Macht. Meine Braut würde über viel Macht verfügen, sollte sie sich dessen würdig erweisen, sie von mir verliehen zu bekommen. Ich wollte eine Gefährtin, die sich jedem meiner Bedürfnisse hingeben konnte, aber meine äußerst primitiven, dominanten Bedürfnisse hatten mehr als einer Frau von meiner Welt schon Angst eingejagt. Ich konnte mir nicht vorstellen, dass es einer zerbrechlichen Frau von der Erde besser ergehen würde. Ich wusste, dass ich mich unter Kontrolle halten und meine wahre Natur zügeln musste, wenn ich keine verängstigte Braut haben wollte.

„Ich bin sicher, dass Ihre Braut jeden Moment eintreffen wird, Kommandant. Der Transport war für heute geplant."

„Bestimmt ist ihr Haar wie fein gesponnenes Gold und ihre Augen wie dunkler Bernstein", sprach Harbart von seinem Ehrenplatz an Prinz Nials rechter Schulter. Harbart war ein pompöser kleiner Knilch, ein buckeliger Greis und eine Kreatur, die sich nicht dem heiligen Akt der Kriegsführung verschrieben hatte, sondern den widerwärtigen politischen Schachzügen, insbesonders dem gesellschaftlichen Aufstieg seiner Tochter zur Verlobten von Prinz Nial.

Den Göttern sei Dank dafür. Wäre Harbart nicht so sehr an meinem Cousin Nial interessiert gewesen, hätte der giftige alte Mann wahrscheinlich mich selbst als Gefährten für seine Tochter ins Visier genommen. Derzeit stand ich an dritter

Stelle in der Thronfolge. Ich brauchte von Nial so schnell wie möglich, dass er eine Braut in Besitz nahm und Nachfolger zeugte.

„Danke, Harbart." Ich nahm seine guten Wünsche an und lehnte mich in meinen Kommandostuhl zurück. Am Tisch im Besprechungszimmer war Platz für sechs meiner Offiziere—allesamt gestandene Krieger mit dunklem goldenem Haar und gelben Augen, wie für unser Volk üblich—und den Prinzen. Schon drei Stunden lang gingen wir Berichte und Schlachtvorbereitungen durch. Alle Schiffssektionen hatten Bericht erstattet. Alle Reparaturen nach unserer letzten Schlacht mit dem Hive waren durchgeführt worden. Nun war eine gesamte Kriegsformation, fünftausend Krieger und zehn Schiffe, im Weltraum gestrandet, während wir auf eine Frau warteten. *Meine* Frau.

Mein Inneres zog sich bei dem Gedanken bange zusammen.

Harbart öffnete seinen Mund, um zu sprechen, und ich tauschte einen Blick mit meinem Ersten Offizier aus, der die Augen verdrehte, als eine Kommunikatormeldung klingelte. Die Stimme des medizinischen Offiziers erfüllte das kleine Besprechungszimmer. „Kommandant, wir haben Ihre Gefährtin auf Krankenstation Eins aufgenommen. Sie kam vor einigen Minuten an, bewusstlos aber stabil."

Unabhängig von meinem Desinteresse an einer Braut war ich neugierig über die Frau, die mir zugeordnet worden war. Jeder Muskel meines Körpers spannte sich an mit dem Bedürfnis, in die Krankenstation zu eilen und sie zu inspizieren. Doch das konnte ich nicht tun, nicht in diesem Augenblick. Wenn ich das täte, würde jedes männliche Wesen im

Raum darauf bestehen, mich zu begleiten. Ich würde lieber in den Teergruben Prillons verrotten, als zuzulassen, dass der rotznasige Politiker Harbart meine Braut nackt zu sehen bekam. Ich hatte die Frau vielleicht nicht angefordert, aber deswegen gehörte sie nicht weniger *mir*. Mir, um sie zu sehen, mir, um sich um sie zu kümmern, und mir, um sie zu ficken.

Die Zeremonie der Besitznahme war heilig und privat; nur meinen engsten Kriegern, denjenigen, denen ich mein Leben und ihres anvertrauen konnte, würde es gestattet sein, Zeuge ihrer Besitznahme zu werden. Als Zeugen schworen sie, meine neue Gefährtin zu ehren und zu schützen, als heiligen Teil meiner selbst, Hälfte meines Körpers, Hälfte meines Fleisches. Sie verschrieben ihr Leben ihrem Schutz. Und bevor die Zeremonie beginnen konnte, musste ich mir versichern, dass sie mich und meinen Sekundär annehmen würde und dass sie sich unserer Zuordnung hingeben würde. Prillon-Bräute wurden niemals dazu gezwungen, einen Gefährten anzunehmen. Ich verzog das Gesicht. Wenn ich es nicht schaffen konnte, meine neue Braut in den nächsten dreißig Tagen zu zähmen, ohne sie zu verschrecken, dann hatte ich es nicht verdient, sie zu behalten.

Der Zeitpunkt war egal. Ich würde Harbart die Kehle durchschneiden, bevor ich ihm erlauben würde, die gesegnete Zeremonie mitzuerleben.

„In Ordnung, Doktor", antwortete ich mit ruhiger Stimme. „Niemand außer mir soll sie sehen. Ich werde sie nach meiner Besprechung mit den Ingenieuren besuchen."

„Ja, Kommandant."

Die Kommunikator-Einheit wurde still, so wie auch der Raum, als mich die Männer ungläubig anstarrten.

„Wie kommt es, dass Sie nicht an ihre

Seite eilen, Kommandant?" Harbarts empörte Frage bestätigte mir, dass ich die richtige Entscheidung getroffen hatte. Der widerliche Mann konnte es nicht erwarten, meine Gefährtin unter seine lüsternen Augen zu bekommen.

Sein spürbarer Neid ließ in mir einen Besitzanspruch aufflammen. Zu meiner Überraschung entfachte mein Begehren nach einer nie gesehenen Frau mein Blut, und ich kämpfte gegen den Drang an, zu ihr zu eilen, sie zu sehen, ihr Fleisch zu schmecken und ihren Körper mit meinem in Besitz zu nehmen. Sie war mir unter allen anderen männlichen Wesen im Universum zugeordnet worden. Ihre Begierden waren auf meine abgestimmt, und ich war begierig darauf, den Erfolg des Programms zu überprüfen. Vielleicht war meine Mutter im Recht damit gewesen, die Situation zu erzwingen. Das Wissen, dass meine Gefährtin an Bord dieses Schiffes war, richtete meine

Gedanken neu aus. Die Logik bestand darauf, dass ich keine Braut brauchte, aber nun, da sie so nahe war, hatte mein Körper anderes im Sinn.

Die Nachricht von ihrer Ankunft würde sich innerhalb von wenigen Stunden über die ganze Kriegsformation verbreitet haben, und das Schiff würde für meine Gefährtin ein gefährlicher Ort sein, bis ich sie in Besitz genommen hatte, besonders mit Harbarts königlicher Gefolgschaft an Bord. Es war auf Prillon Prime einst sehr häufig vorgekommen, dass Frauen gestohlen wurden, und so mancher alte Narr wie Harbart sehnte sich nach den Tagen zurück, als Männer sich ihre Bräute durch die Kraft ihrer Schwerter oder Armeen beschafften.

Narren. Bevor die archaischen Gesetzte vom derzeitigen Primus geändert worden waren, waren viele feine Krieger durch die Hand ihrer neuen Bräute ums Leben gekommen, ermordet aus Zorn und Erschütterung über den Verlust derer erwählten Gefährten. Selbst jetzt weigerte ich mich, meine Braut dadurch in Gefahr zu bringen, indem ich zu starkes Interesse zeigte. Je mehr sie mir wert war, umso mehr würde sie zur Zielscheibe für berechnende und machthungrige Mistkerle wie Harbart werden. Er war nicht der einzige Älteste oder der einzige Politiker an Bord meines Schiffes. Sollten sie doch alle verrotten, was mich betraf.

„Ich werde meine Pflichten nicht vernachlässigen oder mich von einer Gefährtin ablenken lassen." Ich erhob mich von meinem Stuhl, und die Krieger unter meinem Kommando taten es mir gleich, alle bis auf Prinz Nial. Mein Cousin grinste zu mir hoch.

„Das werden wir ja sehen, Cousin."

Ich blickte ihn finster an. „Du wirst mit Dare den nächsten Erkundungszug machen, Cousin. Sieh zu, dass du dich nicht umbringen lässt." Dare war mein

Sekundär und mein bester Kampfpilot. Ich würde die Sicherheit des Prinzen niemand anderem anvertrauen.

Nial grinste. Harbart plusterte sich protestierend auf, und ich verließ das Besprechungszimmer und ging auf die Kommandozentrale meines Schiffes, wo ich meinem Navigator gleich neue Befehle erteilte. „Nun, da der Transport erledigt ist, gibt es kein Warten mehr. Gib den Offizieren Bescheid. Bereit zum Abflug. Wir brechen in einer Stunde zur Front auf."

„Ja, Kommandant."

Ich verließ die Kommandozentrale und bahnte mir einen direkten Weg in die Maschinenräume des Schiffs für meine planmäßige Besprechung mit den Ingenieuren. Ich hörte ihnen zu, so gut ich konnte, aber ich konnte an nichts anderes denken als an das weibliche Wesen, das auf der Krankenstation auf mich wartete.

Wie würde sie wohl sein? Würde sie beim ersten Anblick von mir vor Angst erzittern, wie es so viele Frauen auf meiner Heimatwelt taten? Würde sie sich verneigen und ihren Blick abwenden, in Ehrfurcht vor meiner Kampfstärke und meinem höheren Rang? Würde sie es wagen, sich mir zu widersetzen, oder würde sie sich in allen Dingen meinem Willen unterwerfen? Würde sie weich und kurvig sein, mit großen Brüsten, wie die programmierten Frauen in den Vergnügungssimulationen des Schiffes, oder würde sie schlank und stark sein wie die Kriegerinnen meiner Heimatwelt?

Als ich den Schiffsmechaniker zum dritten Mal bitten musste, sich zu wiederholen, beendete ich die Besprechung. Ich war es leid, zu warten.

Die Krankenstation war nicht weit, und wenige Minuten später schon stürmte ich in das Zimmer, wo ich erwartete, meine Braut wach und auf mich wartend vorzufinden.

Stattdessen eilte der Arzt mit einer besorgt hochgezogenen Braue an meine Seite.

„Kommandant, sie hat das Bewusstsein noch nicht wiedererlangt."

Meine Brust zog sich mit einem unbekannten Schmerz zusammen, und ich funkelte den Mann an. „Warum nicht?"

„Ich weiß es nicht. Alle ihre Scans erscheinen normal. Ihr Name ist Hannah Johnson. Sie stammt aus einem Ort namens Nordamerika. Und, das ist interessant, Kommandant, sie ist die erste Freiwillige, die ich von der Erde gesehen habe. Die meisten Bräute von diesem Planeten sind Kriminelle."

Doktor Mordin hielt mir seinen Untersuchungsschirm zur Begutachtung hin, aber ich hatte weder Interesse daran, etwas über sie von einer Maschine abzulesen, noch interessierte es mich, woher sie stammte. Ich war mit Mordin in zahlreichen Schlachten gewesen und zählte ihn zu meinen engsten Vertrauten. Wenn etwas mit meiner Gefährtin ernsthaft nicht stimmen würde, hätte er mich bereits darüber informiert. Mir war egal, was die Bürokraten im Interstellaren Bräute-Programm auf ihre lächerlichen Formulare geschrieben hatten. Sie gehörte nun mir, sie war hier, und ich wollte sie in Fleisch und Blut sehen.

„Bringen Sie mich zu ihr."

„Natürlich." Er drehte sich herum und betrat eine private Suite, die für gewöhnlich für den Besuch von Adeligen oder hochrangigen Offizieren reserviert war. Es war die einzige Privatkammer auf der Krankenstation, und ich war dankbar für seine Rücksichtnahme.

Ich stand in der Tür, während er meiner Braut mit seinen Scannern zur Seite eilte. Mit verschränkten Armen ließ ich ihn seine Scans abschließen. Ich konnte nicht viel von ihr sehen, denn der Mann verdeckte mir den Blick. Trotz der Tatsache, dass ich nur aufgrund der Einmischung meiner Mutter nun eine Gefährtin hatte, musste ich feststellen, dass ich seit ihrer Ankunft überaus... interessiert war. Geradezu begierig. „Ist sie gesund?"

„Sie scheint unverletzt, doch ich kann keine volle Zuchtdiagnose durchführen, bevor sie aufwacht."

„Ist sonst jemand hier gewesen, um sich nach ihr zu erkundigen?"

Das Grinsen des Doktors war pure Boshaftigkeit, und ich war froh darüber, ihn als loyalen und vertrauenswürdigen Freund betrachten zu können. Er war nicht nur dazu ausgebildet, zu heilen, sondern auch zu töten, und er war ein berüchtigter Krieger. „Oh, die Marionette des Prinzen war hier, aber ich habe ihn abgewiesen."

Purer Zorn pumpte durch meine Adern. „Ausgezeichnet. Vielen Dank."

Er nickte kurz. „Ist mir eine Ehre, Kommandant."

„Lassen Sie uns alleine."

Er grinste. „Natürlich."

Ich wartete darauf, dass die sich Tür hinter ihm schloss, bevor ich mich dem schmalen Bett zuwandte, auf dem meine Braut schlummerte.

Ich erwartete goldenes Haar und bernsteinfarbene Augen. Doch das Haar meiner Gefährtin war lang, glatt und schwarz wie die Nacht, mit schimmernden Strähnen, die seidig weich aussahen. Ungewöhnlich, aber über alle Maßen schön. Ebenso dunkle Augenbrauen spannten ihre Bogen über sanften Augen, und schwarze Wimpern ruhten auf blassen Wangen. Ihre Haut war blasser, als ich es je gesehen hatte, viel heller als meine dunkle Färbung. Ihre vollen, rosigen Lippen waren nicht zu übersehen, oder die leichte Röte auf ihren Wangen.

Ich sehnte mich danach, ihre Augen zu sehen, herauszufinden, ob sie so exotisch waren wie ihr dunkles Haar und ihre ebenmäßige Haut.

Sie war mit einem Laken bedeckt, das ich sanft zur Seite zog, um den Rest von ihr zu begutachten. Ihr nackter Körper war delikat und kurvig, ihre Brüste groß, mit verlockenden dunkelrosa Nippeln. Jedes Haar, das sie vielleicht am Körper gehabt hatte, war entfernt worden, wie es bei uns Sitte war, und ihr Fleisch war kahl und glatt.

Mein Schwanz regte sich zum Leben, erhob sich zum Gruß und war bereit dazu, in Besitz zu nehmen, was mir gehörte. Sie war so klein, so winzig im Vergleich zu mir und meinem Sekundär. Das war nicht ideal! Das Interstellare Bräute-Programm musste einen Fehler gemacht haben.

Ich schluckte die aufwallende Enttäuschung über ihre geringe Größe hinunter. Ich würde vorsichtig mit ihr sein müssen. Sanft. Als Kommandant hatte ich das Kommando über dieses Schlachtschiff und eine ganze Flotte anderer. Ich hatte Macht und Kontrolle, die ich mit strengem Befehl ausübte. Ich wollte die Freiheit haben, mit gleicher Intensität über ihren Körper zu herrschen. Als ich sie so ansah, erkannte ich erstmals, dass ich diese Erlösung und mehr von meiner neuen Gefährtin brauchte. Doch sie war nicht von Prillon, und sie war so klein, dass ich mir vorstellen konnte, dass das volle Ausmaß meiner Gelüste sie bestimmt verletzen würde.

Also würde ich vorsichtig sein. Zärtlich. Ständig bewusst über ihre Größe und ihren kleinen Körper.

Ich legte das Laken wieder über sie. Ich wollte sie, aber ich würde sie nicht so nehmen. Ich wollte zusehen, wie ihre Augen groß wurden, während mein Schwanz sie zum ersten Mal füllte, wollte sie vor Lust stöhnen hören, wenn ich sie zum Kommen brachte. Ich konnte meine dominanten Bedürfnisse unter Kontrolle halten und sie trotzdem ficken. Ich würde in ihrem Körper Lust finden—oft—und sie würde lernen, dass mein Sekundär und ich diejenigen waren, die ihr Lust bereiten konnten.

Ich lehnte mich über sie und steckte das Laken um ihre Schultern herum fest. Als ich hochblickte, bemerkte ich, dass ein Augenpaar mich anblickte, von tiefem Braun, das so dunkel war, dass es sich fast nicht vom Schwarz in der Mitte unterschied.

Mein Herz machte einen Sprung. Als abgehärteter Krieger sollte ich keine so heftige Reaktion auf ein so kleines weibliches Wesen haben. Ich erstarrte, wollte sie nicht erschrecken. Ich wusste nicht, wie groß die Männer auf der Erde waren, aber ich war selbst für einen Prillon-Krieger groß. Wach erschien sie mir sogar noch kleiner und zerbrechlicher, umwerfend und außergewöhnlich.

„Wo bin ich?" Sie starrte mich an, aber verfiel nicht in Panik und versuchte nicht, zu fliehen. Ihre Stimme war melodisch und wunderschön, und sie zitterte nicht ängstlich. Sehr beruhigend.

„Du bist an Bord eines prillonischen Schlachtschiffes, auf der Krankenstation."

Da wurden ihre Augen groß und sie mühte sich ab, sich aufzusetzen, bis ihr Rücken an der Wand lehnte. Sie drückte sich das Laken an die Brust. „Krankenstation? Ich bin auf einem Raumschiff? Sie sind Arzt? Oh mein Gott. Ist er hier?"

„Wer?" Ich setzte mich an den Rand ihres Bettes und war höchst erfreut, als sie nicht zurückwich. Ich wollte sie berühren. Überall. Nun, da sie wach war, wollte ich sie erkunden, herausfinden, ob ihr Körper so weich war, wie er aussah. Ich fragte mich, wie sie schmeckte, ob ihre Nippel unter meiner prillonischen Zunge hart werden würden, ob ihre Pussy so süß schmecken würde, wie ich hoffte.

„Mein zugewiesener Gefährte? Aufseherin Egara sagte, mein Gefährte wäre einer der berüchtigtsten Krieger auf Prillon Prime." Ihr Blick traf auf meinen, und ihre Augen wurden groß.

„Das ist er." Meine Brust schwoll vor Stolz an. Also war die Kunde über mein Kampfgeschick bis zu den Ohren auf der Erde, dem neuen Planeten unter dem Schutz der Koalition, vorgedrungen.

„Ist er... groß wie Sie?" Sie leckte sich über die Lippen, und ich unterdrückte ein Stöhnen. Ich wusste, dass sie sich nicht auf meinen Schwanz bezog, aber in die Richtung gingen meine Gedanken. Mein

Schwanz war... groß, wie sie schon bald erfahren würde.

Meine Augen wanderten über ihr Gesicht, an der langen Linie ihres blassen Halses entlang. „Ja. Er sieht aus wie ich. Findest du mich deinem Blick zuwider?"

Ich wartete geduldig, während sie mich in Anschein nahm, die harten Winkel in meinem Gesicht, auf meinem Kiefer. Ich war nicht blau oder grün wie so manche männlichen Wesen auf anderen Koalitions-Planeten, aber vielleicht doch anders als die Männer auf ihrer Welt.

„Darf ich Ihre Hände sehen?", fragte sie.

Neugierig hielt ich ihr meine Hände hin und sah zu, wie ihr blasses Gesicht pink anlief. Sie streckte zögernd die Hand nach mir aus, doch zog sie zurück, bevor sie mich berührt hatte. Meine Hände waren bestimmt zweimal so groß wie ihre, doch ich sehnte mich nach ihrer zögerlichen Berührung.

Eine seltsame Röte zog sich von ihren Schultern ihren Hals hinauf und über ihre Wangen.

„Warum wechselt deine Haut die Farbe, wenn du auf meine Hände blickst?"

„Wie bitte?" Sie erschrak und wandte den Blick ruckartig von meinen Händen ab, um zu mir hoch zu blicken. „Nichts weiter. Es ist nur—ich habe mich an etwas erinnert." Sie hielt das Laken fest unter ihre Arme geklemmt und hob ihre Fingerspitzen hoch, um ihre Schläfen zu betasten, an denen ich feine Narben bemerkte.

„Tut dir etwas weh? Verursachen dir die Neuro-Implantate Schmerzen?"

Wenn meine Braut unter Schmerzen litt, würde ich sofort den Arzt zurückrufen. Ich kümmerte mich um mein Eigen, und ich verspürte ein unerwartetes aber instinktives Bedürfnis, die kleine Menschenfrau hier zu beschützen und für sie zu sorgen. Ich würde sie beschützen müssen, sogar vor mir selbst.

„Nein. Nicht wirklich. Es fühlt sich an wie ein leises Surren in meinem Kopf." Sie verzog das Gesicht und drückte die Fingerspitzen gegen ihre Haut, fuhr die Linien der schmalen Implantate nach, die permanent in ihren Schädel eingebettet waren. „Aber ich kann Sie verstehen, also nehme ich an, dass sie funktionieren."

Jedes Mitglied des Interstellaren Koalitions-Militärs hatte dieses Implantate. Sie waren auf Sprachen programmiert und halfen dem Gehirn mit fortgeschrittenen Berechnungen. Die Implantate waren für unsere Flotte unverzichtbar und ermöglichten problemlose Kommunikation und Verständnis zwischen den mehr als zweihundert Mitgliedsplaneten der Koalition.

Sie ließ die Hände neben sich aufs Bett fallen und blickte zu mir hoch. „Wann lerne ich ihn kennen?"

„Sehr bald schon. Fürchtest du dich?"

Sie biss sich in die Lippe. „Ein wenig schon." Ihr Blick wanderte über mein Gesicht, blieb an meinen Augen hängen und den scharfen Kanten meiner Wangenknochen.

„Sehe ich so anders aus als Erdenmänner?" Ich wunderte mich.

Sie seufzte. „Nein. Nicht wirklich. Sie sind viel größer und Ihr Gesicht hat gröbere Kanten." Sie hob eine Hand zu mir hoch, als wollte sie die Form meines Gesichtes erkunden, aber ließ sie in ihren Schoß zurückfallen, bevor sie mich berührte. Warum war sie so ängstlich davor, mich zu berühren? Ach ja, sie wusste nicht, dass ich ihr Gefährte war.

„Ihre Haut ist ein wenig anders.

Dunkler, als wären Sie in der Sonne gewesen."

„Du bist doch diejenige, deren Haut die Farbe wechselt", antwortete ich.

Ich sah zu, wie ihre blasse Haut wieder die Farbe wechselte.

„Das heißt Erröten. Es passiert mir... wenn ich nervös oder verlegen bin."

„Ah." Das war eine vernünftige körperliche Reaktion und etwas, das mir helfen würde, die Stimmung meiner Gefährtin zu erlernen. „Was passiert, wenn du erregt bist?"

Sie... errötete zu einem noch entzückenderen Farbton. „Ich—"

Die Worte blieben ihr im Hals stecken, als unsere Blicke sich trafen und ich mein Bedürfnis, sie zu berühren, nicht länger verbergen konnte. Sie legte sich erschrocken die Arme um ihre Brüste. „Sie sind es, nicht wahr? Sie sind mein Gefährte."

„Ja, Hannah Johnson von der Erde. Ich

bin Kommandant Zane Deston. Du gehörst mir." Ich beugte mich vor und nahm ihre kleinen Hände in meine, hielt sie in ihrem Schoß fest, während ich mich ihr näherte. Der Arzt würde bald zurück sein, aber mein Verlangen nach ihr war stärker als meine Zurückhaltung. Ich würde nicht länger warten. „Und nun werde ich dich schmecken."

3

Hannah

MEIN NEUER GEFÄHRTE WAR RIESIG, größer als jeder Erdenmann, mit dem ich je zusammen gewesen war, über zwei Meter groß mit massiven Schultern und Oberschenkeln. Er trug eine dicht gewebte Rüstung mit schwarzem und braunem Camouflage-Muster ähnlich wie es auf der Erde vom Militär verwendet wurde. Er sah nicht im Geringsten sanft aus. Seine Augen hatten die Farbe von dunklem Bernstein und stachen aus seinem Gesicht hervor. Die Kanten seiner Wangen, seiner Nase und seines Kinns waren vielleicht ein wenig schärfer als die eines Menschen, aber merkwürdig attraktiv. Sein Blick war fokussiert und intensiv, und ich sah Lust darin, roh und unbändig, und meine Nippel wurden unter dem Laken hart, als seine großen Hände sich über meine legten. Dieser Prachtmann gehörte mir. Mir! Er sah nach dem aus, was er war, ein Raubtier. Ein Krieger.

Jemand, der für meine Sicherheit sorgen konnte.

Meine Hände waren in meinem Schoß gefangen, leichtfertig im Griff meines neuen Gefährten, der sich nun vorbeugte, um mich zu *schmecken*. Ich war mir nicht ganz sicher, was das heißen sollte, bis seine Lippen auf meinen landeten und seine lange, raue Zunge meinen Mund eroberte.

Sein Kuss—Zanes Kuss—war nicht wie der der Jungs, die ich auf der Erde geküsst hatte. Er drückte meinen Kopf gegen die Wand und forderte eine Reaktion, fixierte mich, während er meinen Mund erkundete und eroberte. Sein Kuss raubte mir den Atem und den Verstand, als seine merkwürdig lange Zunge sich völlig um meine wickelte und sanft daran zog.

Ich konnte mir nur zu gut vorstellen, wie sich diese lange Schlange in meiner Pussy anfühlen würde, mit meinem G-Punkt spielen würde bis ich schrie, oder grob über meinen Kitzler vibrieren. Ich konnte mir vorstellen, wie die rauen Fasern über meine Nippel leckten und an ihnen saugten, während sein Schwanz mich bis an die Schmerzgrenze füllte und seine großen Hände mich auf der Stelle hielten, reglos, wehrlos.

Mein ganzer Körper fühlte sich an wie unter Hochspannung, übersensibel und mir meines Gefährten so stark bewusst, dass ich kaum atmen konnte. Unter seinem Kuss schmolz mein Widerstand dahin, und ich versuchte gar nicht erst, mich zu wehren oder seinen Griff abzuschütteln. Stattdessen empfing ich den aggressiven Druck seiner Zunge mit Freude, und den stählernen Griff seiner Hände auf meinen. Meine Pussy zuckte und bebte vor Hitze, und der feuchte Beweis meiner Erregung benetzte schon bald meine Schenkel. Erinnerungen überfluteten mich mit dem exotischen Duft seiner Haut, und mein Körper reagierte, als wäre ich immer noch in der Zuordnungssimulation des Bräute-Programms, wo ich die Berührungen eines anderen Kriegers erlebte.

Er könnte mich hier und jetzt nehmen, und ich war mir nicht sicher, ob ich die Willenskraft hätte, ihn aufzuhalten. Dieser Krieger gehörte mir. Mir. *Mir.*

Ich konnte das leise Stöhnen nicht unterdrücken, das meiner Kehle entfuhr, ebenso wenig, wie ich mein Herz dazu bringen konnte, nicht wie ein wildes Tier hinter meinen Rippen zu rasen. Sein Schmecken ging immer weiter, bis ich keuchend und schlaff in seinen Armen hing.

Dies war mein Gefährte, mir zugeordnet, der *eine Mann* im Universum, der angeblich für mich perfekt war. Alles, was feminin war in mir, wollte mich ihm unterwerfen, einfach loslassen und gestatten, dass einmal im Leben jemand anders sich um mich kümmerte. Ich hatte den Drang, mich zu unterwerfen, zuvor schon gehabt und es hatte katastrophal geendet. Mein letzter Freund auf der Erde hatte mich ausgenutzt, zu seinen Gunsten benutzt und sich nicht wirklich um mich gekümmert. Er hatte mir mit seinem Alpha-Männchen-Gehabe und seiner sexuellen Dominanz so viele Versprechen gemacht, dass ich nachgegeben und ihm vertraut hatte. Ich war meiner Schwäche für aggressive Männer zum Opfer gefallen, die nur nahmen und nahmen und nahmen, bis sie mich zerstört hatten.

Ich entriss ihm meinen Mund, hatte Angst vor ihm, vor seiner augenblicklichen Macht über mich, und mehr noch Angst vor mir selbst. Ich wusste nichts über ihn. Wie konnte ich ihm so bald schon vertrauen? Es war dumm und schwach, Zuordnung oder nicht. Das Computerprogramm im Abfertigungszentrum für Bräute behauptete, dass dieses männliche Wesen, dieser Außerirdische, der perfekte

Mann für mich war. Mit beinahe 100%iger Sicherheit. Aber was, wenn es sich irrte? Was, wenn er in seiner Bewerbung für das Programm gelogen hatte, oder sich als Ausnutzer herausstellte wie alle anderen Männer in meinem Leben? Selbst mein eigener Bruder hatte mich am Ende ausgenutzt. Es war für ihn vollkommen in Ordnung gewesen, dass ich mich opferte und eine interstellare Braut wurde, solange das hieß, dass er seine eigenen Schulden nicht abarbeiten oder für seine eigenen Fehler bezahlen musste. Ich hatte es trotzdem getan, nicht für ihn, sondern für meine drei Nichten. Ohne dem Geld, das ich ihnen so geben konnte, wären sie höchstwahrscheinlich entführt und von den finsteren Unterwelt-Kriminellen verkauft worden, bei denen sich mein idiotischer Bruder verschuldet hatte.

Ich versuchte, meinen rasenden Atem zu beruhigen, mein frenetisches Herz. Selbst sein Geruch, etwas beinahe

Hölzernes, spielte mit mir. Nein. *Nein!* Männer waren nicht vertrauenswürdig. Mein Körper offenbar auch nicht. Er hatte mich so rasch verraten, wollte sich diesem großen Alien hingeben und ihm völlig die Kontrolle überlassen, während ich meinen Kopf gedankenlos zur Seite legte.

„Aufhören." Ich brachte das Wort kaum hervor, aber er erstarrte, sein Mund, der eine Spur über die Rundung meines Halses gezogen hatte, die raue Zunge, die mich schmeckte wie sein neuestes Lieblingsdessert. Überall, wo er mich geschmeckt hatte, kribbelte meine Haut. Ich ballte die Fäuste unter seinen Händen und wehrte mich gegen meinen eigenen Körper.

Er grollte vor Unmut und zog sich zurück, um mir in die Augen zu sehen. „Du kannst mich nicht anlügen, Gefährtin. Ich rieche den süßen Honig zwischen deinen Beinen. Ich kann dein Herz rasen hören und sehe das Pochen deines Herzschlags an deinem Hals. Du willst es." Er lehnte sich wieder vor, um meinen Mund zu bedecken. Seine Lippen schwebten über meinen. „Du willst, dass ich dich fülle und dich auf immer zu meinem Eigentum mache."

Seine heisere Stimme ließ mich vor Lust zusammenzucken, aber er hatte seinen Griff an meinen Händen gelockert und ich beeilte mich, meine Lippen mit meinen Fingern zu bedecken, bevor er sie wieder berühren konnte. „Ich kenne kaum deinen Namen."

Mit einem Seufzen lehnte er sich zurück, bis er wieder aufrecht auf dem Bett saß, und ich atmete erleichtert auf.

„Da hast du recht, meine weise Kleine. Dein Kopf kennt nur meinen Namen, aber dein Körper weiß so viel mehr." Seine Augenbraue zog sich hoch. „Du wirst leugnen, dass das stimmt, aber dein Körper sagt mir die Wahrheit. Als Kommandant gehört dieses

Schlachtschiff mir. Man nennt mich Kommandant Deston, aber du, Gefährtin, und nur du alleine, darfst mich Zane nennen."

„In Ordnung. Mein Name ist Hannah. Wir verwenden unsere Nachnamen auf der Erde nicht, außer für offizielle Belange oder in förmlichen Situationen."

Zane nickte, und ich probierte ein Lächeln, versuchte, mich zu entspannen. Zumindest zwang er sich mir nicht auf—selbst wenn ich vielleicht wollte, dass sein Kuss weiterging. Dafür war Zeit... später, aber ich hatte ein paar grundlegende Fragen. Ich blickte mich im Zimmer um, doch es sah nur aus wie ein Krankenzimmer auf der Erde. Nichts weltraumartiges. „Sind wir wirklich im Weltall?"

„Ja. Wir haben auf deine Ankunft gewartet, bevor wir an die Front zurückkehren. Nun, da du sicher an Bord bist, werden wir uns den anderen wieder in der Schlacht anschließen."

All die Hitze, die meinen Körper durchflutet hatte, verflog sofort. An die Front? Schlachtschiff? Schlacht? Ich wusste, dass Prillon-Bräute auf Schlachtschiffen gehalten wurden. Das wusste ich, bevor sie mich hierher geschickt hatten. Aber die Realität, während einer richtigen Schlacht auf einem Schiff festzusitzen, wenn Dinge explodierten und Leute starben, war plötzlich grauenhaft. Nicht länger abstrakt. Gefährlich und beängstigend und echt. „Ich kann nicht in die Schlacht. Sie müssen bei meiner Zuordnung einen Fehler begangen haben. Ich muss nach Hause." Ich versuchte, mich zu bewegen und vom Bett zu klettern, aber mir wurde klar, dass ich nirgendwohin kommen würde, solange Zanes großer Körper mir im Weg stand. Mir fiel auch wieder ein, dass ich unter dem Laken nackt war.

Er blickte mich grimmig an, und dieser Ausdruck verwandelte seine Gesichtszüge in die eines Raubtiers. Ängstlich spürte ich, wie meine Augen groß wurden, während ich versuchte, vor ihm zurückzuweichen. Das schien ihn nur noch mehr zu erzürnen, sein Blick wurde düster und seine Nasenflügel bebten. „Du wirst nirgendwohin gehen, noch wirst du je wieder davon sprechen, mich zu verlassen. Ich habe dein Begehren geschmeckt, Hannah. Wir sind äußerst kompatibel."

„Aber Schlacht...?"

„Du hast Angst", bemerkte er, während er mich sorgsam betrachtete.

„Na klar habe ich Angst! Wir sind auf einem Schiff mitten im Weltall, mitten im Krieg. Ich will nicht sterben." Mein Herz pochte gegen meine Brust, und ich wehrte mich gegen Zanes Griff. Der bittere Geschmack von Panik erfüllte meinen Mund.

„Schweig." Er erhob die Hand. „Du bist hier völlig in Sicherheit, Hannah. Dies ist ein Prillonisches Schlachtschiff. Mein Schlachtschiff. Wir haben noch keine Schlacht verloren, meine Kleine. Stelle meine Fähigkeit, dich zu beschützen, nicht in Frage."

Ich schüttelte den Kopf. Mit einem Mal fielen mir sämtliche Schlachtszenen ein, die ich je in Sci-Fi-Filmen gesehen hatte. „Was, wenn das Schiff abstürzt? Oder explodiert? Was, wenn dein Schiff von Außerirdischen geentert wird und sie Gefangene nehmen? Was, wenn ich auf ein anderes Schiff transportiert werde? Oder von deinen Feinden gefangen? Was, wenn du getötet wirst und ein anderer Mann versucht, mich in Besitz zu nehmen?"

„Ich bin *dein* Gefährte und du wirst keinen anderen haben. Es gibt keinen sichereren Ort—keine sicherere *Person,* bei der du sein könntest, als mich. Deinen

Gefährten. Und mach dir keine Sorgen darum, dass du alleine zurückbleiben könntest. Ich habe einen Sekundär ernannt, wie unsere Sitten es vorsehen. Du wirst stets umsorgt und beschützt sein. Immer." Während er mir mit einem Finger über die Wange strich, fügte er hinzu: „Ich bin wohl zu sanft mit dir gewesen. Jetzt verstehe ich, warum die Protokolle für die Besitznahme einer Braut geschrieben wurden. Ich werde sie nicht wieder brechen, noch werde ich dir eine Ausrede geben, einen anderen zu wählen." Er nahm mein Kinn und schob es mit dem Daumen nach oben. Ich konnte nicht anders, als seinem bernsteinfarbenen Blick zu begegnen. „Vergib mir, Gefährtin. Ich werde mich nun um dich kümmern, wie ich es von Anfang an hätte tun sollen. Ich werde dich nicht wieder im Stich lassen."

Aus irgendeinem Grund brachten seine quecksilber-schnellen

Stimmungsschwankungen, von sexuell aggressiv zu zornig zu sanft, meine Augen zum Brennen. Was zum Geier war los mit mir? War es die nahende Todesgefahr? War es der Transport? Hatte der mein Hirn zermahlen? Ich hatte keine Ahnung, was ich sagen sollte, also nickte ich einfach.

„Braves Mädchen." Er stand auf, und sofort vermisste ich die Wärme seines Beines, das sich durch das Laken hindurch an meinen Schenkel geschmiegt hatte. Sobald sein Rücken mir zugewandt war, leckte ich mir über die Lippen, wo sein exotischer Geschmack noch an meinem Mund haftete.

Er trat entschlossen zur Tür, wartete darauf, dass sie zur Seite glitt, und nickte jemandem zu, den ich nicht sehen konnte. Er drehte sich herum, und ein weiterer Mann kam hinter ihm ins Zimmer. Sie sahen einander ähnlich, aber der andere Prillon-Krieger hatte dunkelgraue Augen. Er trug nicht die gemusterte Rüstung, die Zane trug, sondern ein tiefes Grün mit einem eigenartigen Symbol an seiner Brust, das ich nicht erkannte.

„Dies ist Doktor Mordin. Er wird nun deine Untersuchung durchführen."

Ich erstarrte und hielt mir das Laken eng an die Brust. „Ich hatte schon auf der Erde eine Untersuchung. Ich brauche keine weitere. Sie haben meine Gesundheit bestätigt. Bestimmt schicken sie Ihnen einen Bericht."

Zane verschränkte die Arme und hob eine Augenbraue. „Hannah, du wirst mir in dieser Angelegenheit gehorchen und es dem Doktor gestatten, deine Untersuchung abzuschließen. Ich muss mich um dich kümmern, und du bist über drei Transportzentren gereist, um zu mir zu gelangen. Ich werde deine Gesundheit nicht vernachlässigen."

„Du sagtest, dass wir in eine Schlacht

unterwegs sind. Solltest du dich nicht um wichtigere Dinge kümmern? Wie etwa deine Strahlenkanonen putzen oder so?"

Er trat einen Schritt näher, sodass ich den Kopf in den Nacken legen musste. „Ich weiß nicht, was eine Strahlenkanone ist, aber es ist egal, Gefährtin. Es gibt *nichts*, das wichtiger ist als du."

„Aber... aber es geht mir gut. Ich—" Mir blieben die Worte weg, als Zane knurrte.

„Du weigerst dich, mir zu gehorchen?" Zanes Tonfall war streng, aber der Arzt, wie ich sehen konnte, verbarg ein Grinsen hinter dem merkwürdigen Gerät, das er ins Zimmer gebracht hatte.

Gehorchen? Ich konnte sehen, dass der mächtige *Kommandant* Zane es nicht gewohnt war, dass man ihm nicht gehorchte, doch ich wollte nicht von einem weiteren dämlichen Alien angefasst werden, selbst wenn es ein Arzt war. „Ich brauche keine Untersuchung."

„Du benimmst dich wie ein ungezogenes Kind."

Mein Mund stand offen. „Nein, das tue ich nicht."

„Ich sehe, dass du eine Lektion in prillonischer Disziplin benötigst, meine Kleine. Ich hatte angenommen, dass die Regeln über deine Unterordnung Teil deiner Vorbereitungen für den Transport gewesen wären, so wie dein Körper auch entsprechend unserer Bräuche präpariert wurde."

Präpariert? Ich verzog das Gesicht, hob das Laken von meinem Körper und blickte nach unten. Ich... ich hatte keine Haare zwischen den Beinen. Überhaupt keine. Ich rieb meine Schenkel aneinander und es fühlte sich... glatt an. Gott, was hatten sie sonst noch getan, um mich zu *präparieren*?

„Dies muss sofort korrigiert werden. Anstatt zu *lernen*, was von dir erwartet wird, und dem zu gehorchen, wirst du nun *erfahren*, was passiert, wenn du es nicht tust. Du bist meine Gefährtin, und als Kommandant dieses Schiffes muss ich meinen Kriegern ein Beispiel sein. Ich werde eine ungehorsame Gefährtin nicht tolerieren."

Was zum—

Er durchquerte den Raum mit zwei Schritten und riss mir das Laken aus den Fingern. Ich kreischte auf, doch sein stoisches Gesicht war kalt und hart wie Eis, und völlig ungerührt. Bevor ich überhaupt daran denken konnte, vom Bett zu klettern, fasste er nach mir. Völlig mühelos wurde ich hochgehoben, herumgedreht, und dann wieder mit dem Gesicht nach unten auf seinen Knien platziert. Beide Beine waren unter seinem linken Oberschenkel gefangen, mein Bauch drückte sich auf seinen rechten, und mein bloßer Hintern streckte sich in die Luft wie ein böses Mädchen, dass darauf wartete, zu—

Wow. Wo war dieser Gedanke hergekommen?

„Was tust du da? Lass mich sofort los!" Ich war fassungslos. Der Arzt stand hinter mir, mit freiem Blick auf meinen Hintern und meine Pussy. Zanes Beine hielten meine mit der Kraft eines unverrückbaren Berges gefangen, und sein rechter Arm legte sich über meinen nackten Rücken und drückte mich nach unten.

„Du wirst mir nicht ungehorsam sein, Gefährtin. Ich kann nicht zulassen, dass du deine eigene Gesundheit vernachlässigst. Noch kann ich zulassen, dass du auf dem Schiff herumläufst und mir vor meiner Crew Respektlosigkeit erweist."

„Ist ja gut. Ich sehe schon, dass es dir sehr ernst ist. Es tut mir leid. Und nun lass mich hoch."

Seine Antwort war ein lautes Klatschen auf meine rechte Backe. Es tat weh.

Er verhaute mich! „Aua! Was soll der Scheiß? Lass mich—"

Klatsch.

Die linke Backe brannte nun auch, und ich konnte fühlen, wie mein Gesicht rot wurde. Zorn wallte in mir auf, als er mich wieder und wieder schlug, in ruhigem Rhythmus, unter dem mein nackter Hintern erst mit jedem Hieb stechenden Schmerz verspürte, der sich am Ende in ein flächendeckendes Brennen verwandelte.

Zu meinem Schrecken breitete sich das Brennen durch meinen Körper aus, ließ mich zusammenzucken, aber nicht aus Rage, sondern aus Verlangen nach Körperkontakt, nach mehr Sinnesreizen, nach mehr. Meine Nippel wurden hart, und mein Körper fühlte sich an, als stünde er kurz davor, mit Wahrnehmungen überladen zu werden, als er seine Taktik änderte und mich nicht weiter schlug, sondern seine riesige, warme Handfläche über mein schmerzendes, erhitztes Fleisch strich, als würde er sein Lieblingskätzchen streicheln. So sanft, so zärtlich, als wäre ich wertvoll und zerbrechlich. Die völlige Umstellung verwirrte mich und regte mich auf.

„Wärst du ruhig geblieben, wäre ich nun fertig, meine Gefährtin. Aber du hast mich angeflucht, und die Braut eines Prillon-Kriegers spricht niemals auf solche Art zu ihrem Gefährten. Du wirst mir in allen Dingen gehorchen. Du wirst dich nicht selbst entwürdigen oder dir selbst mangelnden Respekt zeigen, indem du es zulässt, dass schmutzige Worte über deine perfekten Lippen treten. Du wirst auf dich aufpassen, als wärst du das wertvollste Geschöpf auf diesem Schiff, denn für mich bist du genau das."

Seine Zärtlichkeiten beruhigten mich, doch bei seinen Worten wurde mir nur noch unwohler als zuvor. Ich dachte nicht darüber nach, warum, sondern bemühte mich weiter, mich zu befreien. Ich wand mich und drückte mit den Händen mit aller Kraft gegen das Bett, doch ich hätte ebenso gut versuchen können, einen Felsbrocken von meinem Rücken zu stemmen. Er tat mir nicht weh, aber ich konnte mich nicht rühren.

„Für dein schmutziges Mundwerk, meine Kleine." Er schlug wieder zu, diesmal auf die Rückseite meiner zarten Oberschenkel, wo sie auf die Rundung meines nackten Hinterns trafen. Dieser Bereich war extrem sensibel, und das Stechen seiner großen Hand trieb mir die Tränen in die Augen. Er versetzte mir weitere Hiebe auf die Schenkel, hörte nicht auf, bis mir die Tränen übers Gesicht liefen und ich in seinen Armen erschlaffte. Ich war so verwirrt, so verletzt, und ich verstand nicht, warum er mir das antun würde.

Als Zane meine Beine endlich freigab,

versuchte ich nicht, mich zu bewegen. Ich wusste nicht, was ich tun sollte. Der verdammte Arzt war immer noch da, sah allem zu, und ich fühlte mich verloren. Ich wollte mich nur noch in Zanes Schoß zusammenrollen und mich wieder von ihm streicheln lassen, mir von seiner sanften Stimme zuraunen lassen, bis er mir das Gefühl gab, dass alles wieder gut werden würde.

Wie konnte ich von Zane Trost wollen, wenn er überhaupt erst der Grund dafür war, dass ich aufgebracht war? Ich verlor wohl meinen Verstand.

Er rollte mich herum und platzierte mich wieder auf seinem Schoß, bis ich genau da war, wo ich sein wollte, aber es niemals gewagt hätte, darum zu bitten— sicher und geborgen in seinen großen, starken Armen. Ich konnte die Tränen nicht zurückhalten, und er hielt mich schweigend fest, während ich weinte, und strich mir mit der Hand sanft über meinen bloßen Rücken.

Mehrere Minuten verstrichen, bevor mein Weinen sich in Schluchzen und Schnüffeln verwandelte. Ich versuchte nicht länger, zu verstehen, was mit mir geschah. Ich war quer durch die Galaxis transportiert worden, hatte alles, was mir vertraut war, zurückgelassen, und war dann vor einem Alien aufgewacht, das mich zuerst mit Küssen um den Verstand gebracht hatte und dann meinen nackten Hintern versohlt, nur weil ich mit ihm diskutiert und ein Schimpfwort verwendet hatte.

Als ich nun über die Sache mit dem Arzt nachdachte, ergab es wohl Sinn. Wäre Zane quer durch die Galaxis gereist, um zur Erde zu gelangen, würde ich auch wollen, dass er dort von einem Arzt untersucht wird. Ich würde mich um ihn sorgen, weil er mir nicht egal war. Das ergab durchaus Sinn. Nur, wie konnte ich ihm nicht egal sein, wo wir uns doch gerade erst begegnet waren?

„Bist du jetzt soweit, dass du dich vom Doktor ansehen lässt? Wir müssen sicherstellen, dass du gesund bist und der Transport keine bösen Nebenwirkungen gehabt hat." Seine Stimme war sanft, doch hinter seinen Worten lag Stahl. Ich wusste, wenn ich mich ihm noch einmal widersetzte, würde ich sofort wieder übers Knie gelegt werden.

„Also gut. Ja."

„Braves Mädchen."

Warum machte mich dieses Lob so glücklich? Warum *wollte* ich ihm auf einmal Freude bereiten, einem völlig Fremden? Oh, ich wusste schon, dass ich schon immer für Alpha-Männchen anfällig gewesen war, auf das primitive und grundtiefe Verlangen danach, dass jemand starkes auf mich aufpasst und mich beschützt. Aber ich war ein gebranntes Kind was Männer anging, mehr als einmal. Und Zane kannte ich kaum. Warum benahm sich mein Körper, als würde er ihn kennen, als würde ich ihm bereits vertrauen? Mein Körper schien einen eigenen Willen zu entwickeln, und ich war mir nicht sicher, dass ich damit einverstanden war.

„Ich werde dich nun wieder aufs Bett zurücklegen. Entspann dich und lass den Arzt sicherstellen, dass alles ordnungsgemäß funktioniert." Sein Tonfall war sanft und ruhig, als wären die letzten paar Minuten, seine Hiebe auf meinen nackten Hintern, nie passiert.

Ich nickte und wischte mir die letzte Träne weg, während er mit mir im Arm aufstand. Er drückte mich sanft, als wäre ich wahrlich kostbar für ihn, dann drehte er sich herum und legte mich auf den Rücken. Ich wurde nicht an den Kopf des kleinen Bettes gelegt wie zuvor, sondern an sein Ende, wo mein nackter Hintern buchstäblich über den Rand hinausging.

Sein Arm hielt meine Beine hoch, während der Arzt zwei Steigbügel aus einem mysteriösen Versteck hervorholte. Der Arzt nickte Zane zu, der meine Füße in die Steigbügel legte und zurücktrat.

Scheiße. Eine gynäkologische Untersuchung? Jetzt?

4

Hannah

STEIGBÜGEL. Hintern, der vom Tisch hing. Ein Fremder zwischen meinen Beinen.

Diese Situation kannte ich nur zu gut. Einen Moment lang überlegte ich mir, zu protestieren, dann hielt ich mich zurück, bevor ich wieder über seinen Knien landete. Mein Hintern und die Rückseite meiner Oberschenkel brannten immer noch von seinen äußerst gründlichen

Hieben, und mehr davon wollte ich nicht.

Ich holte tief Luft und atmete langsam aus. Das hatte ich auf der Erde schon durchgemacht, viele Male, einmal pro Jahr, seit ich sechzehn war. Ich konnte es aushalten, wenn es den Arzt glücklich machte, meinen Gefährten glücklich machte, und mich aus diesem verdammten Krankenzimmer rausbrachte.

Der Arzt stand mit blanker, klinischer Miene zwischen meinen Beinen, was half. „Ich werde versuchen, es schnell zu machen, Lady Hannah."

Ich begegnete dem Blick des Mannes kurz, dann blickte ich zur Decke hoch und betrachtete die Nieten, die sie zusammenhielten. Ich weigerte mich, einen der Männer anzusehen. „In Ordnung."

Voller Unbehagen legte ich mich zurück und vergrub meine Augen in meiner Armbeuge. Mein ganzer Körper lag auf dem Präsentierteller, meine Pussy hing offen und entblößt über die Bettkante, vor nicht nur einem, sondern zwei fremden Alien-Männern. Was es noch schlimmer machte, war, wie rot mein Hintern von den Hieben sein musste, die Zane mir verpasst hatte.

Ich hörte, wie Zane sich bewegte, doch ich hatte keine Ahnung, was er vorhatte, bis er sich über mir aufs Bett setzte, meinen Kopf anhob und ihn sich auf den Schoß legte. Ich nahm den Arm von den Augen und sah, dass er mich ansah. Er ignorierte den Arzt völlig. „Gib mir deine Hand, Gefährtin."

Mir war nicht bewusst gewesen, wie sehr ich die Unterstützung gebraucht hatte, bis ich meine linke Hand hob und sie in seine legte. Er drückte sie sanft, und plötzlich fühlte ich mich nicht mehr so alleine auf diesem fremden Schiff mit Alien-Kriegern.

„Beginnen Sie nun, Herr Doktor. Sie ist soweit." Er nahm die Augen nicht von meinen, während er zu dem anderen Mann sprach.

Ich ignorierte die warmen Hände an meinen Schenkeln. Ich ignorierte das kalte Gefühl des medizinischen Gleitgels, das er über meine Mitte schmierte. Ich ignorierte sogar die stumpfe Spitze eines kalten, harten Gegenstandes, den der Arzt in meine Pussy einführte. Ich erwartete das übliche Dehnen eines Spekulums, doch erschrak, als der Gegenstand plötzlich tief in mir war, an meinen Uterus gepresst. Ich keuchte auf bei dem Gefühl.

„Still, Gefährtin. Es ist gleich vorbei." Zanes rechte Hand legte sich auf meine Schulter, und während ich ihn ansah, verfinsterte sich sein Blick zu etwas, das ich auf seinem umwerfend gutaussehenden Gesicht bereits erkannte. Lust.

„Bereit, Kommandant?" Die Frage des Arztes ließ mich verwirrt blinzeln. Bereit wofür? War es so üblich, dass der Arzt mit Zane sprach, anstatt mit mir? Ich war doch diejenige, die nackt war, mit weit gespreizten Beinen und einem dicken, harten Objekt in meiner Pussy.

„Sie ist bereit", antwortete er.

„Wie bitte? Ich dachte—" Ich keuchte auf, als ein zweiter Gegenstand die Rosenknospe zwischen den Backen meines nackten Hinterns umkreiste. Der Arzt arbeitete etwas Kleines, im Durchmesser wohl nicht größer als ein Strohhalm, in das enge Loch, und ich spürte etwas Feuchtes in mein Inneres fließen, als eine Art warme Flüssigkeit mich füllte. *Dort.*

Nach einer gefühlten Ewigkeit entfernte er endlich das kleine Objekt, und ich bemerkte, dass ich keuchte und Zanes Hand so heftig drückte, dass ich dachte, es musste ihm wehtun. „Was für eine Art Untersuchung ist das hier? Ich denke nicht, dass ich während des Transportes *dort* verletzt worden bin."

Die Männer ignorierten mich, und der Arzt sagte „Halten Sie still, Lady Hannah. Ich will Ihnen hiermit nicht wehtun."

Während diese Warnung in meinen Ohren hallte, hielt ich völlig still, als er etwas Hartes und Kaltes an meine jungfräuliche Öffnung presste.

„Atmen, Hannah." Zane rieb seine Hand beruhigend über meine rechte Schulter, und ich versuchte, auf ihn zu hören, während der Arzt mir langsam das Objekt einführte. Es dehnte mich, das Gewebe und die unerprobten Muskeln waren an eine solche Invasion nicht gewöhnt. Ich bewegte meinen Kopf von einer Seite auf die andere, während der Druck langsam weiter ausgeübt wurde.

„Zane, bitte", keuchte ich. „Was macht er da?"

„Sie machen das ganz toll. Fast fertig." Doktor Mordin rieb die Innenseite meines Schenkel, als würde er mich trösten wollen, aber ich fühlte mich so bloßgestellt, so verdammt nackt. Ich hatte ein riesiges Gerät in meiner Pussy und nun ein anderes, kleineres, in meinem Hintern. Ich hatte mich noch nie so voll gefühlt, oder ausgedehnt, oder entblößt.

Ich spürte, wie der Gegenstand an meinen inneren Muskeln vorbei glitt, und das Brennen ließ nach. Ich blickte auf meine kahle Pussy hinunter. Ich konnte ein langes, dunkles Objekt aus mir herausstecken sehen, aber es war seltsam geformt, mit einem gekrümmten Teil, das außerhalb von mir blieb und sich nach oben krümmte. Ich war nicht sicher, was er mir in den Hintern gesteckt hatte, aber ich konnte es spüren. Ich zog die Muskeln um die beiden harten Objekte zusammen.

Gott, konnte ich es spüren. Ich legte meinen Kopf zurück auf Zanes Schenkel und wandte den Kopf ab, um auf die kahle silberne Wand zu starren. Ich konnte es nicht ertragen, in Zanes Augen hinaufzublicken, aus Angst, dass er den Krieg sehen konnte, der sich in mir abspielte. Ich sollte mich schämen. Ich sollte wütend sein. Ich sollte mich gegen das hier wehren.

Stattdessen spürte ich meine Pussy feucht werden und sehnte mich danach, dass der Arzt das harte Objekt hin und her bewegte, das er in mich geschoben hatte. Ich wollte, dass er mich damit fickte, es herauszog und wieder in mich hinein arbeitete, während Zane zusah. Ich wollte meine Hüften hochstemmen und den Arzt anbetteln, seinen Mund an mich zu legen, während Zane mich niederdrückte. Dieser dunkle, wollüstige Teil von mir wollte niedergedrückt und von ihnen beiden genommen werden, genau wie in der Simulation, die ich während der Zuordnungsprozedur durchlebt hatte. Ich wollte Zanes Zunge an meiner Brust und seine Hand über meiner Kehle, währen der Doktor mich mit seinen Geräten bearbeitete und mich zum Kommen brachte.

Oh Gott. Was war los mit mir? Vielleicht hatten die Männer recht mit ihrer Sorge, dass ich beim Transfer verletzt worden war. Bestimmt würde ich ansonsten nicht so denken und fühlen.

Ich wimmerte, so beschämt und gedemütigt und verwirrt. Ich wusste nicht, was ich tun sollte, wie ich mit dieser dunklen Offenbarung umgehen sollte.

„Schhh", beruhigte mich Zane. „Ist schon gut, Hannah. Ich passe auf dich auf. Niemand wird dir je wieder wehtun. Das verspreche ich dir."

Zanes zartes Versprechen ließ mich beinahe völlig die Kontrolle verlieren, die ich nur mit Mühe zusammenhielt. Ich wünschte, ich könnte ihm glauben. Ich wünschte, dass ich ihm vertrauen könnte und ihm sagen, was mein Körper brauchte, doch diese Worte hatte ich zuvor schon gehört. Von einem Lügner und Betrüger, einem Mann, der mich benutzte, um an mein—

„Aah!" Ich bäumte mich vom Tisch auf, als ein starkes Saugen an meinen Kitzler gesetzt wurde. Ich keuchte und hob den Kopf, wodurch ich sehen konnte, dass das gekrümmte Teil gesenkt worden war und an meiner geschwollenen Knospe angebracht. Das Sauggerät war über ein langes, biegsames Kabel mit dem Dildo verbunden. Das Gerät vibrierte und saugte zugleich an mir, und mein Körper stand in Flammen. Ich bebte, während sich in mir ein Verlangen aufbaute, egal wie stark ich dagegen ankämpfte.

Was zum Teufel?

„Das hier ist keine ärztliche Untersuchung", schrie ich und versuchte, Atem zu schöpfen. „Es ist falsch. Alles falsch. Zane!" Ich schrie nach ihm, damit er es stoppte, aber innerlich flehte ich danach, dass es weiterging.

Er hielt mich nieder und beugte sich über mich, um mir Antwort zu geben. Ich konnte nichts sehen als sein attraktives Gesicht.

„Wir müssen die Reaktion deines Nervensystems auf sexuelle Stimulation überprüfen, Gefährtin. Du musst loslassen, Hannah. Du musst für den Doktor kommen."

„Wie bitte? Warum?" Ich keuchte auf, als das Objekt schneller zu vibrieren begann. Für den Doktor kommen? Einen Orgasmus haben, während er—

„Oh mein Gott."

Der Arzt zog das große, genoppte Gerät aus meiner Pussy, dann schob er es mit einem langen, glatten Streich wieder in mich. Noch einmal. Und noch einmal. Meine Hüften stemmten sich vom Tisch, um seinen Stößen zu begegnen. Ich konnte es nicht zurückhalten. Ich hatte keine Kontrolle über meinen Körper. Er hatte das Sagen übernommen. Ich war nicht länger Hannah Johnson von der Erde. Ich war niemand. Ich hatte keine Identität. Ich war nur ein Körper, eine Frau, die kommen musste.

„So ist gut, Hannah. Lass los." Zane beugte sich über mich und schnippte mit seiner langen Zunge über meinen Nippel, gerade als das Saugen an meinem Kitzler stärker wurde. Der Arzt fickte mich mit dem schwarzen Gerät, und das lange Kabel, das am Saugnapf hing, bog und streckte sich mit seiner Bewegung. Das Gefühl an meinem Kitzler ließ nie ab, und mein Körper war so angespannt wie ein Bogen. Ich war an der Kippe und so verängstigt, dass ich nicht atmen konnte. Ich konnte das nicht. Es war zu viel. Zu stark, als dass ich es zurückhalten konnte.

„Nein! Es ist zu viel. Zane... es ist, oh mein Gott. Ich kann nicht—" Mein Kopf warf sich in seinem Schoß hin und her.

Schweiß trat mir auf die Haut, und ich fühlte mich am ganzen Körper erhitzt und errötet.

Zanes rechte Hand glitt über meinen Innenschenkel, und er zog mein Bein aus dem Steigbügel, spreizte mich weiter, öffnete mich für die Zuwendungen des Arztes. Ich wimmerte und hob meine freie Hand zu seinem Haar, zog und zerrte an ihm, hielt mich an ihm fest, meinem einzigen Anker in diesem Orkan der Empfindungen.

Zane hob seine Lippen von meinem Nippel ab und küsste sich seinen Weg über meine Brust auf die andere Seite. „Machen Sie, Doktor."

„Ja, Kommandant."

Diese beiden Worte waren meine einzige Warnung, als der Arzt den Dildo stärker und schneller mit der einen Hand in meine Pussy pumpte, während er mit der anderen das Objekt in meinem Hinter bewegte. Die Laute meiner Lust, nass und schlüpfrig, erfüllten das kleine Zimmer. Die Maschine, die an meinem Kitzler befestigt war, wurde schneller, und Zane saugte kräftig an meinem vernachlässigten Nippel.

Mein Körper zerfiel. Ich explodierte, meine Nerven so überladen, dass mein ganzer Körper bebte und ich buchstäblich Sterne vor den Augen sah, als meine Sicht vorübergehend zu tintenschwarzer Dunkelheit verschwamm. Die Zuckungen in meiner Pussy gingen weiter und weiter, zogen sich um das Ficken des Arztes herum zusammen, drückten auf das Gerät, das er in meinen Hintern gesteckt hatte. Ich war so voll, dass ich um sie herum kam, ausgedehnt und hilflos und außer Kontrolle. Kleine Zuckungen heißer Lust ließen mich wieder und wieder um die Geräte herum zusammen krampfen, bis ich ausgewrungen und schlaff war, bis ich nicht den Willen hatte, meinen Kopf aus Zanes Schoß zu heben, geschweige denn gegen die Lust zu protestieren, die ich gerade erlebt hatte.

Nur langsam schwebte ich in die Wirklichkeit zurück. Zanes sanfte Küsse auf meiner Brust und meinen Schultern fühlten sich wie Anbetung an, und der Arzt entfernte vorsichtig seine Gerätschaften aus meinem Körper. Ich zischte, als das Teil in meinem Hintern mich zuerst weit dehnte, dann ins Freie glitt. Ganz plötzlich fühlte ich mich leer, und meine Muskeln zogen sich um... nichts herum zusammen.

Der Arzt verließ leise das Zimmer und ließ mich mit meinem neuen Gefährten zurück, und dem heißen Stich der Entwürdigung, die mein Gesicht und meine Kehle brennen ließen. Was zum Geier war los mit mir?

Tränen strömten mir aus den Augenwinkeln, doch ich hatte über sie keine Kontrolle, und keine emotionale Verbindung zu ihnen. Es war, als würde mein Körper von selbst weinen, aus schierer Überwältigung.

„Sehr gut, Hannah. Sehr gut." Zane wickelte mich in ein Laken und zog mich in seinen Schoß, als der Arzt wieder eintrat. Die Haut, die von den Hieben noch heiß war, brannte beim Kontakt mit Zanes rauem Schenkel. Ich spannte mich an und wandte den Kopf ab, bis der Arzt vor mir stand und ein kleines Kästchen neben uns auf den Untersuchungstisch setzte. Meine Aufmerksamkeit war aber von etwas abgelenkt, das er außerdem ins Zimmer gebracht hatte. In seiner Hand lag eine Art langer schwarzer Streifen. Es sah aus wie ein dickes schwarzes Satin-Band.

„Sie haben unsere medizinischen Anforderungen erfüllt, Lady Hannah. Die Sensoren messen, dass Ihr Nervensystem optimal funktionstüchtig ist, und dass Sie gesund und fruchtbar für die Zucht sind."

Ich wollte etwas Aufmüpfiges sagen,

wie *ach wirklich, na vielen Dank aber auch*, aber ich hielt meine Zunge im Zaum. Mein Hintern schmerzte, innen wie außen, und ich wollte so weit wie ich nur konnte vom Doktor weg.

Beide Männer blieben still, und schließlich hob ich den Kopf von Zanes Brust, um mir anzusehen, was der Arzt mir hinhielt. „Was ist das?"

„Sie haben sich das Recht verdient, eine Prillon-Braut zu sein. Herzlichen Glückwunsch, Hannah. Und willkommen, meine Dame. Sobald Sie erst Ihren Platz unter uns eingenommen haben, gehören wir ganz Ihnen. Alle Prillon-Krieger werden Sie ehren, für Sie kämpfen und dafür sterben, Sie zu beschützen."

Ich war so verwirrt. Ich hatte mir durch einen erzwungenen Orgasmus das Recht verdient, eine Prillon-Braut zu sein?

Ich starrte auf das Teil, das stark wie ein Halsband aussah. Ich streckte die

Hand aus und nahm es dem Arzt aus der Hand. „Was mache ich damit?"

„Sie legen das Band um Ihren Hals und halten es stets sichtbar. Derzeit ist es schwarz, Lady Hannah. Doch sobald Sie einen Gefährten wählen und seinen Besitz durch die Besitznahme-Zeremonie anerkennen, wird Ihr Band die Farbe Ihres Gefährten annehmen und seine Funktion als volles prillonisches Körperregulierungs-System beginnen."

Ich wollte *nicht* wissen, was das heißen sollte. Nicht in dem Moment. Ich war an der Grenze meiner Aufnahmefähigkeit.

Ich blickte zu Zane hoch und bemerkte erst da das tiefrote Band um seinen Hals. Das Halsband war teilweise unter seiner Rüstung verborgen. Ich wandte den Blick ab, unfähig, weitere Informationen zu verarbeiten. „Können wir nun gehen? Bitte?"

Er strich seine Hand über meinen

Arm. „Ich kann dich nicht aus der Sicherheit der Krankenstation entfernen, bis du das Band um deinen Hals gelegt hast. Ohne es wärst du ungeschützt, und jedes männliche Wesen könnte versuchen, dich in Besitz zu nehmen."

„Aber, wenn es schwarz ist, bedeutete das, dass ich noch nicht gewählt habe, also was für einen Unterschied macht es?"

Der Arzt lachte auf. „Der Unterschied, meine Dame, ist, dass ein schwarzes Band bedeutet, dass Sie sich in einer aktiven Besitzperiode befinden, mit einem Gefährten und seinem Sekundär."

„Ich verstehe immer noch nicht, was es für einen Unterschied macht, wenn ich noch nicht gewählt habe."

„Es bedeutet, Hannah, dass ich dich gewählt habe." Zanes Blick verband sich mit meinem, und der schiere Besitzanspruch, den ich in seinen Augen sah, löste hunderte Schmetterlinge in meinem Bauch aus. Kein Mann hatte mich je so angesehen, als wäre ich das Einzige im Universum, was von Bedeutung war. „Sollte irgendein Mann dich anfassen oder sonst wie respektlos zu dir sein, werde ich ihn zu einem Todesduell fordern." Diesmal fühlte ich mich bei Zanes leisem Knurren geschätzt, als wäre ich etwas Besonderes, denn ich wusste, dass all das Feuer und der primitive Beschützerinstinkt für mich waren. Sein Daumen fuhr über meine Unterlippe, während er mir ein feierliches Gelöbnis zuflüsterte. „Ausschließlich mein Sekundär und ich werden auch nur einen Finger an deinen wunderschönen Körper legen, meine Hannah. Jeder andere? Ich würde ihn töten."

Sekundär? Das war inzwischen mehrfach erwähnt worden, doch bevor ich mich über den Begriff erkundigen konnte, glitt die Tür zum Zimmer auf. Ich erstarrte, als zwei weitere Krieger eintraten. Einer war jung und recht gutaussehend. Der andere wirkte wie ein Ältester seiner Rasse, sein Gesicht zerfurcht und hart, seine Haut von stumpfer Farbe, nicht die goldene Bräune von Zanes Gesicht. Der kalte Ausdruck auf dem Gesicht des Ältesten, als er mich ansah, brachte mich dazu, hinter meinen Gefährten klettern und mich hinter seinem äußerst großen, äußerst eindrucksvollen Körper verstecken zu wollen. Ich zog das Laken noch enger um mich.

Der alte Mann sprach, und ich wurde angespannt bei seinen Worten. „Sind wir zu spät dran für die medizinische Untersuchung, Kommandant? Als persönlicher Ratgeber von Prinz Nial und ehrenwerter Großvater des künftigen Primus hatte ich mich schon sehr darauf gefreut, an den Freuden des Braut-Vorbereitungs-Protokolls teilzuhaben." Er funkelte mich an, und der Ausdruck in seinen Augen war alles andere als freundlich. Es war recht deutlich, wie sehr er zusehen wollte. Und nicht aus Sorge um meine Gesundheit.

Die Anspannung in der Brust meines Gefährten übertrug sich auf meinen erschöpften Körper, und ich begann, in seinen Armen zu zittern.

„Die Untersuchung ist abgeschlossen, Harbart. Meine Braut ist gesund und ganz. Ich werde sie nun ohne weitere Verzögerung in mein persönliches Quartier bringen. Bestimmt verstehen Sie das."

„Natürlich, natürlich. Was für eine Enttäuschung, in der Tat. Wir werden den Primus informieren müssen, dass wir es verpasst haben, nicht wahr, Prinz Nial?" Harbart trat einen kleinen Schritt auf mich zu, doch hielt inne, als Zane ihn doch tatsächlich anknurrte. Harbart hielt seine Hand hoch, als würde er sich ergeben, doch das Blitzen, das ich in seinen Augen sah, ließ mir den Atem stocken, als er fortfuhr. „Oh, Kommandant. Sie trägt ja gar nicht Ihr Band um ihren hübschen kleinen Hals. Hat sie Sie denn in der Tat jetzt bereits zurückgewiesen?"

Die Anspannung in der Luft war so dick, dass ich kaum atmen konnte. Ich blickte auf den schwarzen Streifen des seltsamen Stoffes in meinen Händen und hob ihn rasch an meinen Hals. Es gab keine Schließe, doch sobald ich die Enden aneinanderhielt, verschlossen sie sich und legten sich dann an mich. Der Kragen passte seine Größe eigenständig an, bis er sich wie eine zweite Haut anfühlte.

Zane entspannte sich sofort, und ich spürte, wie die Spannung auch meinen Körper verließ. Ich hatte ihm Freude bereitet und hoffentlich den grässlichen alten Mann verärgert, der mich nun anfunkelte, als hätte ich ihm sein Lieblingsspielzeug weggenommen.

„Ah, mein Irrtum, Kommandant." Er

verneigte sich leicht aus der Hüfte, und seine lange braune Robe berührte den Boden vor seinen Stiefeln. „Meine Dame. Willkommen auf dem Schlachtschiff Deston. Ich freue mich schon sehr darauf, bald wieder Ihre Bekanntschaft zu machen."

Er drehte sich auf dem Absatz herum und ließ mich mit dem Arzt, dem Prinzen und meinem Gefährten alleine, der den Prinzen praktisch anfauchte, sobald die Tür sich geschlossen hatte.

„Halte diesen Mann von meiner Gefährtin fern, Cousin, oder ich werde ihn umbringen."

Der hübsche junge Prinz trug Kampfrüstung ähnlich wie Zane, doch mit etwas dunkleren Brauntönen und mehr Schwarz. Er war groß und stark, genau wie mein Gefährte, und seine Augen waren freundlich und äußerst interessiert, als er mich anblickte.

„Lady Deston, willkommen."

Als ich schwieg, gab mir Zane einen kleinen Stups, gerade genug, um mich wissen zu lassen, dass er von mir erwartete, dass ich etwas sagte. „Danke." Mehr brachte ich nicht heraus. Es reichte aus.

Mit einer Verneigung ließ der Prinz von Prillon Prime uns alleine, und mein Körper schmolz in Zanes Armen zu einer Pfütze. Ich hatte keine Willenskraft, um mich zu wehren oder zu helfen, als Zane mit mir in seinen Armen aufstand.

„Ach, Kommandant. Ein letzter Punkt, bevor Sie Ihre Gefährtin in Ihr Quartier bringen." Der Arzt hob das Kästchen vom Tisch hoch. „Ihre Untersuchung hat eine Angelegenheit deutlich gemacht, die behoben werden muss."

Ich runzelte die Stirn und spürte, wie Zane sich in meinem Rücken anspannte. „Ach? Was für eine Angelegenheit?"

„Obgleich ihre Pussy von einem anderen bereits durchbrochen wurde, ist ihr Hintern noch unbeansprucht. Er ist eng und unerprobt."

Ich wurde rot bei den Worten des Arztes. Es stimmte; ich war keine Jungfrau mehr, aber noch niemand hatte *irgendwas* mit meinem Hinterteil angestellt, bis zu der Untersuchung gerade eben.

Der Doktor hielt das dunkle Kästchen hoch und öffnete dann den Deckel, um uns den Inhalt zu präsentieren.

Mein Mund stand offen, als ich die Auswahl von Analstöpseln vor meinen Augen auf mich wirken ließ. Ich wusste sofort, worum es sich handelte, denn obwohl ich anal noch eine Jungfrau war, war ich nicht von gestern. Mein Herz, das sich jetzt erst langsam von der vorhergehenden Untersuchung beruhigte, hüpfte in meiner Brust, und ich konnte den Anblick nicht ertragen, oder darüber nachdenken, was Zane laut dem Doktor mit ihnen tun sollte.

„Wofür... wofür braucht man denn die?", fragte ich.

„Als Teil der Besitznahme-Zeremonie werden wir jeden Teil von dir in Besitz nehmen. Deinen Mund, deine Pussy und deinen Hintern. Die hier"—Zane wies auf den Inhalt des Kästchens—„werden dich darauf trainieren, einen Schwanz in deinem Hinterteil aufzunehmen. Es ist meine Pflicht als dein Gefährte, deinen Körper vorzubereiten, sodass du keinen Schmerz während der Besitznahme erfährst, nur Lust."

Wir? Hatte er *wir* gesagt?

Der Arzt schloss den Deckel mit einem Klick, und Zane nahm es ihm ab.

„Danke, Doktor, für Ihre Fürsorge in dieser Angelegenheit. Wir werden mit ihrem Training beginnen, sobald wir in meinem Quartier sind."

Da war das Wort wieder. Wir.

Der Arzt neigte den Kopf.

Zane steckte sich das Kästchen unter

den Arm und blickte auf mich hinunter, wo er mich an seine riesige Brust geschmiegt hielt. „Nun, Hannah, werde ich dich in dein neues Zuhause bringen."

Ich schluckte noch einmal und versuchte, meinen Magen davon zu überzeugen, dass er nicht zu grollen und sich zusammenzuziehen brauchte. Zane würde mich in sein Quartier bringen und... Dinge mit mir anstellen. Mein Hintern zog sich alleine beim Gedanken an dieses *Training* schon fest zusammen. Mein Verstand schrie mich an, zu rennen, weit weit fort, aber das Band um meinen Hals wurde warm und begann zu pulsieren, und sandte eine kleine Genusswelle durch meinen Körper.

Ich musste keuchen.

Einer von Zanes Mundwinkeln zog sich hoch. „Ich sehe, dass unsere Bänder nun verbunden sind, wie sie es sein sollten. Von nun an wirst du meine Lust fühlen können, Hannah, und ich deine.

Die Verbindung ist derzeit nur auf halber Kraft, vorübergehend, doch wenn die Zeremonie der Besitznahme abgeschlossen ist, wird die Verbindung kraftvoll und untrennbar sein. Das ist nur einer der Vorzüge davon, das Halsband deines Gefährten zu tragen. Fürchte dich nicht, mein kleiner Erdenmensch. Ich werde dir nur Lust bereiten, selbst während dieser jungfräuliche Hintern, den du hast, trainiert wird." Als die Tür sich öffnete und er mich in das Schiff hinaus trug, konnte ich mich nur festhalten, während mein Körper diesen kleinen, köstlichen Impuls seiner Lust genoss. Er würde mit mir anstellen, was immer er wollte, und solange ich hier auf einem Alien-Schlachtschiff im tiefsten Weltall festsaß, konnte ich nicht das Geringste dagegen tun.

5

ane

Der Weg zu meinem Quartier verlief ruhig. Hannah betrachtete die glatten grünen Wände im medizinischen Sektor des Schiffs, die gedämpfte blaue Beleuchtung, die den Boden erhellte. Jedem Sektor des Schiffes war eine Farbe zugeordnet: grün für Medizin, rot für Kampf, blau für Maschinen, und gedeckte Braun- und Orange-Töne für die

Gemeinschaftsbereiche und Speiseräume. Die Wände am Kommandodeck waren schwarz wie das tiefe Weltall. Es war schwer, sich vorzustellen, dass dies ihr erster Blick auf ein Raumschiff im All war. Es war nicht irgendein Schiff, sondern *mein* Schiff, und wir waren unterwegs an die Front.

Vorbeiziehende Leute neigten ihre Köpfe in Ehrerbietung, erst zu mir, dann, sobald sie den Kragen um Hannahs Hals sahen, ein weiteres Mal, diesmal mit vor Überraschung großen Augen. Sie bekam von all dem nichts mit, da sie damit beschäftigt war, ihre Umgebung in sich aufzunehmen. Ihre Augen wurden groß, als wir den grünen Korridor verließen und das dunkle Orange der Wände erreichten, die den Bereich des Schiffes kennzeichneten, der den Offiziersquartieren vorbehalten war.

Hannah hielt sich das Laken um wie einen Umhang, vorne mit festem Griff zugehalten, aus sichtlichem Anstand. Obwohl es entscheidend war, dass sie den Anblick ihres nackten Körpers vor anderen abschirmte, würde ich ihr noch beibringen, dass es zwischen uns als Gefährte und Gefährtin keine anständige Zurückhaltung geben würde. Ihr Körper gehörte mir, und mein erwählter Sekundär Dare erwartete uns in meinem Quartier. Zusammen würden wir unsere neue Gefährtin teilen und ihr Lust bereiten, wann immer und wie immer wir wollten. Sie hatte noch viel zu lernen, und ich freute mich darauf, sie auszubilden. Ich wusste, dass auch Dare bereit war.

Sie war nicht auf Prillon Prime geboren worden. Hannah, mit ihrer langen Mähne dunklen Haares und ihren ebenso dunklen Augen, war die Antithese der durchschnittlichen goldenen Braut meiner Heimatwelt. Sie war so klein, zierlich und kurvig! Eine Braut von ihrer ungewöhnlichen Schönheit würde herausstechen und sie selbst unter gewöhnlichen Umständen schon zur Zielscheibe machen. Doch sie war noch dazu die Braut des Kommandanten, was sie in noch größere Gefahr brachte. Hannah würde sich nicht unter die Menge mischen können, um sich zu verbergen. Sobald ihre Besitznahme vollzogen war, würde die Farbe ihres Kragens sich mir und Dare angleichen. Unsere waren von tief blutroter Farbe, so wie alle Kragen meiner Blutlinie. Sollte sie es so wollen, würde ihr Kragen sich leicht unter einem Kleidungsstück mit hohem Hals verbergen lassen, doch solange sie sich nicht völlig in Stoff wickelte, würden die dramatisch auffallenden Färbungen ihrer Haut mit Sicherheit dafür sorgen, dass sie bemerkbar war.

Meine Knöchel wurden weiß, als ich das Kästchen fester packte. Meine Mutter hatte sich diese Zuordnung nicht gut durchüberlegt. Sie dachte an Liebe und Enkelkinder, nicht an die taktischen Aspekte des Krieges. Noch kannte sie meine primitiveren Gelüste. Ja, Prillon-Krieger waren dafür bekannt, feurig zu sein, doch bei mir nahm dies extremere Formen an. Ich durfte mich nicht zu sehr an diese Frau gewöhnen. Ich würde die ganze Gewalt meiner Lust nicht über sie walten lassen können, ohne ihren kleinen Körper zu verletzen.

Bevor ich meine kleine Gefährtin in den Armen gehalten hatte, hatte ich mir keine Sorgen um meine Fähigkeit gemacht, sie zu beschützen—vor mir oder meinen Feinden. Noch hatte ich mir Gedanken um meinen eigenen Tod gemacht. Ich hatte den Gedanken an den Kodex für Prillon Prime-Krieger mit Gefährtinnen verlacht, den Ehrenkodex, der fordert, dass wir einen Sekundär aus unserer Blutlinie für unsere Gefährtinnen wählen, um ihre Sicherheit und ihr

Wohlergehen zu gewährleisten, falls der primäre Gefährte ums Leben kommt.

Erst jetzt, als meine kleine Frau in meinen Armen zitterte, ganz aus weichen Kurven und großen, unschuldigen Augen bestehend, erkannte ich den Wert dessen, einen Sekundär zu ernennen. Als Krieger war uns der Tod geläufig, besonders an der Front. Hannah würde Schutz brauchen, doch als Kommandant würde ich dazu gezwungen sein, oft von ihr weg zu sein und Risiken einzugehen, die andere nicht eingehen mussten. Ich würde gezwungen sein, öfter von ihrer Seite zu weichen, als mir lieb war. Ich konnte nicht persönlich zu allen Zeiten für ihre Sicherheit sorgen. Mein Sekundär Dare würde in meiner Abwesenheit da sein. Sollte mir etwas zustoßen, würde meine Rolle als Hannahs primärer Gefährte, als Vater für etwaige Kinder, die wir zeugten, an Dare übergehen.

Der Gedanke daran, dass ihr Körper mit meinem Kind anwachsen könnte, machte mich nur noch begieriger darauf, in ihre Pussy zu hämmern wie ein hungriges Tier. Ich würde vorsichtig sein müssen mit ihr, ihre Grenzen behutsam austesten. Meine dominanteren Züge würden ihr gewiss Angst machen. Ich wollte, dass sie mich *wollte,* und nicht versuchen würde, mit der erstbesten Transportkapsel auf die prillonische Heimatwelt zu fliehen, um einen anderen Gefährten anzufordern. Besitzergreifende Instinkte, die ich nie gekannt hatte, durchströmten mich und bereinigten meine Gedanken und mein Herz von jeglichen Unklarheiten.

Hannah Johnson gehörte *mir,* und ich würde alles tun, was ich tun musste, um sie davon zu überzeugen, meine Besitznahme anzunehmen. Selbst, wenn das bedeutete, mein wahres Ich zu verbergen. Selbst mit Dare als ihren

Beschützer wusste ich, dass ich sie aufgeben *sollte*. Einen Kommandanten zum Gefährten zu haben war riskant, besonders mich, aber wie konnte ich fortgehen? Ein Blick auf sie, und es war mir klar gewesen. Sie *war* meine Gefährtin. *Sie gehörte mir.* Niemand sonst würde sie haben, außer Dare. Als ich zusah, wie sie kam, als ich ihre klatschnasse Erregung um die medizinischen Sonden herum hervortropfen sah, als ich den süßen Duft davon riechen konnte, gab es kein Zurück mehr. Ich wollte sie in meiner geheimen Kammer auf Ebene Siebzehn haben, an meinen Tisch geschnallt, nackt, mit Klammern an ihren Nippeln und ihre Pussy vollgestopft mit einem vibrierenden Dildo. Dort würde sie die wahre Bedeutung des Wortes *Gehorsam* lernen.

Ich wollte sie schmecken, lecken, ficken, und sie mit meinem Samen füllen, in jede ihrer engen Öffnungen, während sie mich *Meister* rief.

Das würde nicht geschehen. Es durfte nicht geschehen, wenn ich sie behalten wollte. Die Verbindung war zu kräftig, als dass ich sie leugnen konnte. Als sie sich den Kragen um den Hals legte, begann unsere Verbundenheit. Ich konnte die Reste ihrer Lust spüren, die pulsierenden Anzeichen der Erregung, die weiterhin durch ihre Adern strömte. Sie hatte die Lust genossen, jedoch nicht die Art, auf die sie hervorgerufen worden war. Das war von einer Testsonde gewesen, nicht von meinem Mund oder meinen Fingern oder meinem Schwanz. Wenn es ihr schon missfiel, über Knie gelegt und medizinisch untersucht zu werden, dann würde sie es geradezu hassen, in wahre Unterwerfung gezwungen zu werden.

Auch mir hatte ihre Untersuchung missfallen, doch aus einem völlig anderen Grund. Ich wollte nicht, dass der Arzt ihre

Lust mitansah. Ich fand mich damit ab, zu wissen, dass sie gesund war, leicht zu erregen, und reif für die Zucht. Mordin hatte bestätigt, dass sie Lust dabei empfand, ihren Hintern und ihre Pussy zur gleichen Zeit gefüllt zu haben, was für eine prillonische Braut Voraussetzung war. Mit nur ein wenig Training würde sie soweit sein, mich und Dare gemeinsam zu nehmen. Die Besitznahme konnte bis dahin nicht stattfinden.

In der Zwischenzeit konnten wir sie ficken und trainieren. Es war unsere Pflicht, sie darin zu unterrichten, von zwei Männern in Besitz genommen zu werden; ich wusste, dass es die Bräuche auf der Erde nicht erlaubten. Das alleine reichte aus. Alleine dadurch, wie sehr ihr die medizinische Untersuchung widerstrebt hatte, erwartete ich, dass ihr auch Dare widerstreben würde, der Gedanke an einen zweiten Gefährten. Daher hatte er Anweisungen bekommen, in meinem

Quartier zu warten. Wenn sie mit meinem Sekundär nicht zurechtkommen würde, würde sie niemals in der Lage sein, meine wahren Gelüste zu akzeptieren.

Ihre Reaktion auf ihren sekundären Gefährten würde schon bald zum Vorschein kommen. Und als die Tür hinter uns zuglitt und wir endlich im privaten Bereich meiner eigenen Räumlichkeiten waren, war Dare nicht länger ein Unbekannter. Er erhob sich von der länglichen Liege an der Wand mit den Anzeigeschirmen, die derzeit einen Ausblick auf das Weltall zeigten.

Ich blickte mich rasch im Zimmer um. Dies war ein neues Quartier, und die Bediensteten auf dem Schiff hatten mein und Dares persönliches Hab und Gut in unser neues Gefährtenquartier übersiedelt, als Hannah ankam. Es gab einen voll ausgestatteten Wohnbereich mit einer Liege, zwei großen Lehnsesseln und einer langen Couch. Die Wände waren mit fließenden Stoffen behängt, die dazu gedacht waren, das spärliche Aussehen der harten, glatten Schiffswände sanfter zu gestalten. Anders als in den Quartieren von alleinstehenden Männern waren die Wände mit Bildern von den Bergen und berühmten Naturdenkmälern meiner Heimatwelt geschmückt. Eine S-Gen-Einheit in voller Größe stand in der Ecke des Schlafbereiches, neben einem Bett, das dreimal so groß war wie alles, worin ich zuvor geschlafen hatte.

Groß genug für drei. Die dunkelroten Decken waren in der Farbe meiner Stammline gehalten und waren aus Respekt vor der nächsten Generation über das Bett gebreitet worden, in dem sie gezeugt werden würde.

Mein Blick wanderte zu meinem Sekundär, doch Dare hatte nur Augen für Hannah. Sie hatte ihn gleich bei unserem Eintreten bemerkt, doch als ich sie sanft auf ihre Füße setzte, sprach sie ihn nicht an, sondern stand vor dem Glas und blickte, wie ich vermutete, zum ersten Mal ins All hinaus. Während sie starrte, glitt ihr das Laken von den Schultern und entblößte ihre blasse Haut und die lange Linie ihres Halses. Dunkles Haar legte sich über eine Schulter, und die Rückseite des Kragens war sichtbar.

Dare warf mir einen Blick zu, und ich nickte knapp. Ich hörte ihn erleichtert seufzen. Der Kragen um Hannahs Hals bestätigte, dass sie gesund war, aber er gab uns auch für die nächsten dreißig Tage die Autorität über ihren Körper. Nun, da sie die Besitzperiode angenommen hatte, gehörte sie uns, zumindest für ein paar Wochen. Es war unsere Aufgabe, sie davon zu überzeugen, für immer zu bleiben.

Vielleicht hatte es etwas Gutes an sich gehabt, dass Halbart und der Prinz auf der Krankenstation aufgetaucht waren.

Obwohl sie es womöglich nicht erkannt hatte, hatte sie sich den Kragen als ein Zeichen ihres Vertrauens in mich angelegt. Sie wusste, unterbewusst durch unsere Verbindung, dass ich sie vor dem widerlichen Hof-Ältesten beschützen würde.

Ich hob das Kästchen hoch, damit Dare es sehen konnte, dann setzte ich es auf dem Esstisch ab. Dares Augen wurden bei dem Anblick größer, und kurz danach fasste er nach unten und richtete sich seine Hose zurecht. Der Gedanke daran, unsere Gefährtin zu trainieren, war für ihn genauso erregend wie für mich.

„Es ist so wunderschön", raunte sie.

Ich kannte den Ausblick schon mein ganzes Leben lang und sah nichts Ungewöhnliches darin. Ich konnte ihr Staunen nachvollziehen, doch sie würde den Rest ihres Lebens Zeit haben, es sich anzusehen.

„Hannah."

Als sie sich nicht herumdrehte, wiederholte ich: „Hannah."

Dare räusperte sich.

„Ich möchte dir Dare vorstellen, deinen sekundären Gefährten."

Wie ich erwartet hatte, wirbelte sie am Absatz herum und blickte zwischen mir und Dare hin und her. „Meinen sekundären Gefährten? Entschuldigung, ich bin verwirrt." Ein tiefes V formte sich auf ihrer glatten Stirn.

Dare trat auf sie zu, neigte seinen Kopf, um ihr seinen tiefsten Respekt zum Ausdruck zu bringen, dann blickte er ihr in die Augen. „Ich bin Dare, Zanes ernannter Sekundär, Hannah."

Sie blickte zu meinem Freund und entfernten Cousin hoch, die lange Linie ihres Halses klar zu sehen. Wie sehr ich sie an dieser Linie entlang küssen wollte, ihre Haut dort schmecken, das rasche Schlagen ihres Pulses fühlen. Ich konnte von der anderen Seite des Zimmers sehen, wie ihr Blut frenetisch durch ihre Adern pulsierte.

„Du sagtest... sekundärer Gefährte?"

Dare sprach, bevor ich es konnte.

„Frauen auf Prillon haben zwei Gefährten." Dare lehnte den Kopf in meine Richtung. „Du wurdest durch das Bräute-Programm Zane zugeordnet, doch er hat mich als Sekundär gewählt. Ich habe genauso lange darauf gewartet, dich zu treffen. Und ich befinde dich als wunderschön, Hannah."

Sie winkte das Kompliment ab und trat um Dares große Form herum, um vor mir zu stehen. „Du sagtest, ich gehöre dir."

„Das tust du", antwortete ich. „Aber ich habe Dare als meinen Sekundär gewählt, also gehörst du auch ihm."

Sie zerrte am Kragen um ihren Hals, doch er rührte sich nicht. „Und die Kragen? Ich *spürte* die Verbindung zu dir. Aufseherin Egara versicherte mir, dass ich nur einem Gefährten zugeordnet würde. Ich bin nicht zwei von euch zugeordnet."

„Das stimmt schon. Du *wurdest* mir zugeordnet. Nur mir alleine. Doch ich wähle meinen Sekundär, und deswegen hast du uns beide als *Gefährten*", erklärte ich, während Dare sich neben Hannah stellte.

Er hielt seinen neuen Kragen hoch, der derzeit schwarz war; er lag schlaff in seiner Hand. Als sie sich ihm zuwandte, trat ich hinter sie und legte meine Hände auf ihre nackten Schultern, während Dare sprach. Sie war zwischen uns, genau da, wo ich sie haben wollte.

„Ich habe auf dich gewartet, Hannah", raunte er. „Ich wollte bei dir sein, während ich das hier anlege und uns alle vereine."

Dare legte sich den Kragen vor Hannahs Augen um den Hals. Die Enden verschlossen sich, und er wurde tiefrot. Ich spürte den Ruck in meinem Körper, und Hannahs Aufkeuchen ließ uns beide wissen, dass auch sie die Verbindung fühlte. Nun, da Dare sich unserer Verbindung angeschlossen hatte, war die Verknüpfung zu Hannah stärker. Ich konnte den Geruch ihrer feuchten und hungrigen Pussy sogar noch deutlicher wahrnehmen als zuvor. Im Gegenzug spürte sie nun uns beide und unser Begehren, ihr Lust zu bereiten. Dares Augen funkelten, als er den ersten Impuls von Hannahs steigender Erregung verspürte. Ich wusste, dass auch er sie riechen konnte. „Ich spüre dich nun, Gefährtin. Du und ich, wir sind verbunden, so wie du mit Zane verbunden bist."

Hannah trat zurück, bis sie gegen mich stieß. Ich legte meinen Arm um ihre Schultern, sodass mein Unterarm direkt unter ihrem Kinn ruhte. Ich wollte, dass sie wusste, dass ich für sie da war, dass ich sie immer auffangen würde.

Sie fasste hoch und legte zwei kleine, zitternde Hände um meinen Unterarm, doch ich bemerkte, dass das panische Rasen ihres Herzens langsam abklang, und sie stieß mich nicht von sich. Sie klammerte sich an mich, als wäre ich bereits ihr wahrer Partner, als wäre ich der einzige sichere Hafen im Zimmer. „Aber ich kann nicht zwei Gefährten haben!"

Ich beugte mich über sie, begierig darauf, mein Gesicht in den seidenen Strähnen ihres Haares zu vergraben, und stellte meine Frage, während ich meine Lippen an ihren Hinterkopf drückte. „Warum nicht?"

„Das tut man einfach nicht!"

Dare verschränkte die Arme vor der Brust, und ich fing seinen Blick ein, um sicherzustellen, dass wir uns einig waren. Ja, wir würden dieses Thema diskutieren —eine kurze Weile lang—und dann würden wir sie auf andere Arten davon überzeugen, den Gedanken zu akzeptieren.

„Auf Prillon ist dies die einzige Art, wie eine Frau Partner findet", fügte ich hinzu.

„Warum?", fragte sie mit bebender Stimme.

Ich lehnte meine Wange an ihren Kopf, während Dare ihr antwortete. „Zane ist Kommandant von diesem Schiff, von einer ganzen Flotte an Schiffen. Ich bin Kampfpilot. Wenn einem von uns im Kampf etwas zustoßen sollte, würdest du einen zweiten Gefährten brauchen, um dafür zu sorgen, dass du nicht alleine und ungeschützt zurückbleibst. Wir sind eine Kriegerrasse, Hannah. Wir rechnen nicht damit, lange Leben zu führen, und wir fürchten den Tod nicht, aber wir glauben sehr wohl daran, unsere Gefährtinnen und unsere Kinder abzusichern. Unsere Besitznahme-Rituale wurden geschaffen, um dich zu beschützen. Du wirst nicht weniger sein als eine Prillon-Braut, nur, weil du von der Erde stammst. Du erhältst das heilige Geschenk des doppelten Bundes, um deine Zukunft und eine Zukunft für deine Kinder abzusichern."

„Also wurde ich Zane zugeordnet, aber dich soll ich einfach so dazu akzeptieren?"

Dare grinste. „Es wäre am einfachsten, wenn du das tätest, aber ich werde es auf jeden Fall genießen, dich zu überzeugen, solltest du Zweifel haben. Denk nur nach, Hannah. Zwei Männer, die dich anbeten. Zwei Männer, die sich um deine Bedürfnisse im Schlafzimmer und außerhalb kümmern."

Ihre Hände packten meinen Arm fester, als sie über die Möglichkeiten nachdachte.

„Ist es normal, dass ihre Haut sich so hübsch rosa färbt?", fragte mich Dare.

„Mhm, man nennt es Erröten." Ich hob meinen Kopf und drehte sie in meinen Armen herum, damit ich zusehen konnte, wie die Farbe sich von ihren entblößten Schultern zu ihrem Hals hinaufzog, und über ihre Wangen. „Ihre Nippel haben denselben Farbton, und wenn sie kommt, färbt sich ihre Pussy noch eine Spur dunkler."

Ihr Gesicht wurde bei diesen Worten nur noch roter. „Zane!", schrie sie auf, sichtlich empört.

„Es gibt keine Geheimnisse zwischen uns", sagte Dare. Er berührte seinen Kragen. „Mit den Kragen ist das unmöglich. Ich weiß, dass der Gedanke daran, mit uns beiden zusammen zu sein, deinem Verstand Angst macht, aber dein Körper ist von dem Gedanken erregt. Ich kann das Sehnen in deiner Pussy spüren und die Schwere in deinen Brüsten, während Zanes Arm direkt auf ihnen ruht. Und Zane spürt das auch." Dare leckte sich langsam über die Lippen, als könnte er es nicht erwarten, eine der weichen Wölbungen in den Mund zu nehmen.

Ihr Mund stand offen, und sie zog ihr Laken fester zu.

„Ich glaube euch nicht", flüsterte sie.

Dare öffnete seine Hose und zog seinen Schwanz hervor. Hannah wandte den Kopf ab und drückte die Augen zu.

„Du brauchst mich nicht zu sehen, um zu wissen, wie ich für dich empfinde." Dare packte seinen steifen Schwanz an der Wurzel und begann, sich zu streicheln, seinen Daumen über den gefächerten Kopf zu streichen.

Während mein Kragen darauf programmiert war, Dares Empfindungen auszublenden, war Hannahs darauf programmiert, den körperlichen Bund mit beiden ihrer Gefährten zur Gänze zu erfahren. Sie würde die Intensität unserer beider Begehren spüren, unserer beider Bedürfnisse, was sie betraf. Es stand außer Frage, dass sie Dares Erregung spüren konnte, das Rauschen der Lust, das er alleine bei ihrem Anblick schon empfand.

Sie keuchte auf und drehte den Kopf wieder zu ihm herum, während ich ihre bloßen Schultern mit den Händen rieb und ihr ins Ohr flüsterte. „Diese Verbindung, Hannah, ist kraftvoll. Sie kann nicht verweigert werden."

Dare fuhr damit fort, sich zu streicheln, und sie starrte ihn weiter an, ihre Haut noch roter anlaufend. Ihre Pussy war tropfnass vor Erregung; ich konnte es in der Luft riechen. Ihr rasendes Herz, ihr schmerzendes Hinterteil, das schwere Gewicht ihrer Brüste, das pochende Verlangen ihrer Pussy... all diese Empfindungen kamen durch den Kragen mit äußerster Präzision.

„Ich verstehe nicht", antwortete sie mit heiserer Stimme.

„Du wirst dich daran gewöhnen, Hannah, nicht nur ans Weltall, sondern auch an mich und Dare", sagte ich ihr. „Du brauchst nur Zeit, um das Wissen zu erwerben, das du dazu brauchen wirst, dein neues Leben zu akzeptieren. In der Zwischenzeit werden wir unser gemeinsames Leben beginnen, so wie wir ab nun vorhaben, es zu leben. Nimm das Laken ab."

Hannahs Blick blieb auf Dare gerichtet, der seinen Schwanz streichelte.

„Hannah", warnte ich. „Tu, was man dir sagt."

Als ein Tropfen Flüssigkeit von der Krone von Dares Schwanz tropfte, leckte Hannah sich über die Lippen. Der subtile Geruch von Dares Lusttropfen war ein Aphrodisiakum, ein Erregungsmittel, das dazu eingesetzt wurde, Begehren und Verlangen in unseren Gefährtinnen hervorzurufen.

Dadurch, dass Dare sich selbst streichelte, konnte Hannah nicht nur sehen, dass er sie begehrte, sondern es löste auch ihre erregte Reaktion auf ihn aus. Würde der Lusttropfen erst ihre Haut berühren, in ihr seidiges Fleisch einziehen, würde die Verbindung zwischen ihnen beiden nur noch verstärkt werden. Die sinnlichen Nebenwirkungen der Pheromone in unserem Samen würde ein noch tieferes Bündnis schaffen, sobald unser Samen erst tief in ihr eingebettet war.

Es war historisch erwiesen, dass selbst, wenn eine Gefährtin davor zurückschreckte, sofort ficken zu wollen, sie es zumindest zulassen würde, dass ein Mann ihr seinen Schwanz zeigte. Dadurch würde sie der sexuellen Wirkung des Lusttropfens ausgesetzt werden, so wie Hannah in diesem Moment. Sie wusste es nicht, aber ihr Bündnis als Gefährtin hatte begonnen. Sie würde auf uns beide begierig sein, ihre Pussy ständig feucht, ihr Körper an der Kippe und hungrig. Unser Verlangen würde ihres speisen, durch die mentale Verbindung, die die Kragen, die wir trugen, schufen. Ihr Verstand mochte gegen unsere lusterfüllten Begehren ankämpfen, doch der Kragen und die Verbindung, die wir teilten, waren stark. Dare und ich waren mächtige Krieger, und selbst wir konnten nicht dagegen ankämpfen—das wollten wir auch nicht.

Manche Kulturen argumentierten, dass die Verbindung eine Art Nötigung war, ein Weg, um den Körper einer Frau gegen sich selbst einzusetzen. Doch das Argument war für die ungepaarten Leute auf unserer Welt, denn sobald jemand Gefährten hatte, gab niemand mehr freiwillig diese Verbindung auf. Sie verschaffte zu viel Lust.

Hannah war auf mich abgestimmt. Es gab keinen Grund, warum sie gegen etwas ankämpfen sollte, das ihr schlussendlich großes Glück und Sicherheit verschaffen würde. Weder Dare noch ich wollten jegliche Zeit verschwenden, bevor wir sie in Besitz nehmen konnten. In diesem Augenblick war das Schiff mitten auf dem Weg an die Front, in den Krieg. Wir mussten an Hannahs Abwehr vorbei, rasch und präzise. Erst, wenn wir die Besitznahme-Zeremonie abgeschlossen hatten und ihr Kragen sich unseren angeglichen hatte, würde für ihre Sicherheit gesorgt sein.

Ich trat zurück und nahm ihr die Hände von den Schultern, um sie vor meiner Brust zu verschränken. Hannah stand wie angewurzelt da und sah Dare zu, wie er sich streichelte. Sie rührte sich nicht, als wäre sie nicht ganz sicher, was von ihr erwartet wurde. Ich war mehr als nur gewillt, dem abzuhelfen.

„Dreh dich herum, Hannah, und zeig Dare deinen Hintern. Lass ihn die kräftigen, rosigen Handabdrücke von deiner Bestrafung sehen."

Ihr Blick riss sich von Dares

Machenschaften los und begegnete meinem. Sie konnte die Botschaft in meinen Worten hören. Widersetze dich mir noch länger, und du wirst wieder verhauen.

Sie bewegte sich nicht, und ich trat einen kleinen Schritt auf sie zu, aber hielt meine Stimme ruhig und sanft. Ich war nicht böse auf sie, und es war mir wichtig, dass sie das wusste.

„Nimm das Laken ab."

Während sie schluckte, lockerte sie ihren festen Griff an der Bedeckung, und sie fiel zu Boden.

Dare stöhnte bei ihrem Anblick auf. Dunkles Haar fiel ihr über die Schulter und strich über einen rosigen Nippel. Ihre Brüste waren üppig, mehr als eine Handvoll, mit großen, prallen Spitzen. Vor unseren Augen verwandelten sie sich in harte Knospen. Sie war nicht schlank wie Prillon-Frauen, sondern weich und rund. Ihre Taille war leicht gerundet, und ihre Hüften waren breit und baten perfekten, üppigen Halt für unsere Hände, um sie zu ficken.

Weiter unten, zwischen ihren Schenkeln, waren die nassen Furchen ihrer Pussy zu sehen. Sie glitzerten, pink und angeschwollen, von ihrer Lust von vorhin. Es hatte sie erregt, als die Verbindung zwischen uns aufflackerte. Ich wusste, dass sie mein Begehren spüren konnte, ihre Pussy zu lecken und ihre süßen Schreie zu hören, wenn sie in meinem Mund kam. Die schmerzende Fülle meines Schwanzes würde ebenfalls ihre Sinne erreichen. Ich war so hart wie Dare, begierig darauf, mich in ihrem köstlichen Körper zu versenken. Der Duft ihrer Erregung wurde nun stärker, süß und kräftig.

Dare holte tief Luft, und ich wusste, dass auch er es wahrnahm.

„Sehr gut, Hannah. Ich bin stolz auf dich dafür, dass du uns deinen Körper zeigst. Was dir gehört, gehört uns", bemerkte Dare. „Unsere Brüste, unsere Nippel, unsere Pussy, unser Hintern. Selbst diese geröteten Arschbacken."

„Sie brauchte vorhin etwas Richtungsweisendes", erklärte ich.

Während sie sich unter unseren Blicken unbehaglich wand, hielt sie die Hände an ihren Seiten.

„Doktor Mordin befand sie als völlig gesund, auch wenn es da einen Mangel gab. Ihr Hintern ist eng, zu eng für eine ordentliche Besitznahme."

Hannah schüttelte den Kopf, während sie wieder auf Dares Schwanz starrte. „Das da... es wird nicht hineinpassen. Na klar bin ich zu eng, wenn der Doktor das da als Grundlage heranzieht."

Ich grinste und sah auch Dare lächeln. „Ach Hannah, ich freue mich über die Schmeichelei, so wie auch Dare, aber wir sind bereits deine Gefährten. Es ist nicht notwendig."

Sie warf mir einen Blick zu. „Ich meinte es nicht als Schmeichelei", entgegnete sie. „Er... er ist riesig!"

Ich begann, mir die Hosen aufzuknöpfen, während ich antwortete. Ich konnte spüren, wie mir der Lusttropfen von der geschwollenen Spitze hervortrat. Sie musste diesem subtilen Geruch ausgesetzt werden, bevor wir zum nächsten Punkt übergehen konnten. Ich könnte sie verhauen, doch ihren Hintern zu trainieren würde erfolgreicher sein, sehr viel lohnender für uns alle, wenn sie darauf begierig war.

„Dares Schwanz ist groß." Ich öffnete die Hose weiter und zog mich heraus. „Aber meiner auch."

Hannahs Mund stand offen, als sie auf meinen Schwanz starrte. Ich hatte gelesen, dass die Männer auf Prillon viel größer waren als die auf der Erde, in allen Teilen ihrer Anatomie. Wir waren oft einen Kopf größer, muskulöser und breiter, genetisch auf die Schlacht vorbereitet. Auch unsere Schwänze waren von eindrucksvoller Größe, was unabdingbar dafür war, unsere Gefährtinnen zu beglücken, sie vollkommen auszufüllen um die perfekte Verbindung sicherzustellen, die intensivste Lust für unsere Frauen, sodass unser Samen Wurzeln fassen konnte.

Ein Lusttropfen rann von der Spitze, und ich wischte ihn mit dem Daumen weg. Ich kam auf Hannah zu und berührte ihre Unterlippe mit der Flüssigkeit. Sie keuchte überrascht auf, denn ich hatte mich rasch bewegt. Als ich meinen Daumen über ihre Wölbung hin und her strich, wurden ihre Augen immer größer. Sie waren so dunkel, dass ich beinahe nicht sehen konnte, wie ihre Pupillen sich zu schmalen Punkten zusammenzogen. Instinktiv zuckte ihre Zunge hervor und nahm die Flüssigkeit in ihren Mund auf. Ich sah zu, wie ihr Blick verschwommen wurde.

„Die Flüssigkeit von unseren Schwänzen wird sich mit deiner eigenen Erregung vermengen. Dein Körper wird weicher werden, offen und bereit für uns. Wenn wir dich ficken, wird das nicht weh tun, das verspreche ich dir. Du wirst uns anflehen, dich zu nehmen, Gefährtin, und du wirst deine Lust hinausschreien."

Ich fühlte den sanften Hauch ihres Atems in kurzen, schnellen Stößen auf meiner Hand, während sie sich bemühte, ihre Reaktion unter Kontrolle zu halten. Die Wirkung der Paarungsflüssigkeit meines Körper an ihr zu beobachten, war berauschend.

„Zane, der Arzt sagte, dass ihr Hintern trainiert gehört?", fragte Dare, seine Stimme tiefer, als ich sie je gehört hatte. Auch an ihm ging das alles nicht spurlos vorüber.

Ich ging zum Tisch zurück, um das

Kästchen mit den Stöpseln zu holen. Dare nahm Hannah an der Hand und führte sie an die Liege. Er setzte sich hin und zog sie zu sich, bis sie direkt vor ihm stand. In dieser Stellung befanden sich ihre Brüste direkt vor seinem hungrigen Mund, und Dare konnte der Versuchung natürlich nicht widerstehen, denn seine lange Zunge schlängelte hervor und umkreiste einen Nippel, kostete ihn, zerrte daran.

Hannahs Knie wurden weich, und sie musste sich an Dares Schulter abstützen. Ein Stöhnen entfuhr ihren Lippen, bevor sie ihren Kopf schüttelte und versuchte, den sinnlichen Nebel abzuschütteln, der, wie ich wusste, ihren Verstand benebelte, so wie ihr Verlangen meinen benebelte. „Nein, das ist so nicht richtig. Ich kenne dich nicht einmal, Dare."

Dare lehnte sich zurück und blickte zu ihr hoch. „Als Zanes Sekundär sind wir aufeinander abgestimmt, verbunden." Er zupfte an seinem Kragen. „Wehre dich nicht gegen das, was richtig ist."

Sie blickten einander tief in die Augen, und der Kragen informierte mich, dass Hannah wollte, dass Dare an ihren prallen Brüsten saugte. Sie wollte seine Zunge auf ihrer Haut.

„Auf die Liege mit dir, Hannah. Stell dich auf alle Viere", sagte ich. Wenn sie sich schon dagegen gewehrt hatte, uns einfach nur ihren Körper zu zeigen und sich darauf vorzubereiten, dass wir sie fickten, dann konnte sie ganz bestimmt nicht mit meinen aggressiveren Gelüsten fertig werden.

„Nein. Das kann ich nicht. Hier stimmt etwas nicht. Ich sollte das hier nicht wollen. Nicht zwei von euch. Ich kann das nicht."

Dare hob sie hoch und brachte sie mit Leichtigkeit in die Position, die ich wollte, während sie fortlaufend grummelte. Sobald sie in Position war, stellte Dare sich neben mich und wir genossen beide den Anblick ihres erhobenen, herzförmigen Hinterns.

„Ja, ich kann sehen, dass du auf der Krankenstation deine Freude hattest."

Ich musste auflachen, aber Hannah begann, sich zu bewegen.

„Kommunikator, Fesseln", sagte ich laut. Das Computersystem des Zimmers reagierte, und die versteckten Fesseln traten aus der Liege hervor.

Dare legte eines ihrer Handgelenke in die Fessel, die tief unten an einem Bein der Liege angebracht war, dann das andere. Ich wickelte einen langen Riemen über ihre Waden und fixierte sie so an ihrer derzeitigen Position.

„Was soll das? Das will ich nicht!", rief Hannah und wehrte sich gegen die Fesseln. Ihre Brüste und ihr Kopf waren gegen die weichen Kissen der Liege gedrückt, während ihr Hintern in die Höhe gestreckt war. Sie konnte ihre

Hüften hin und her bewegen, sich aber ansonsten nicht rühren.

Sie war in der perfekten Position dafür, gefickt zu werden, aber auch dafür, ihren Hintern trainiert zu bekommen. Das eine würde sofort passieren, das andere später. Auf jeden Fall später.

Unter ihrem geröteten Hintern stand ihre Pussy offen zur Schau. Kahl, wie es von allen Gefährtinnen gefordert war, glänzten ihre nassen Furchen in dem sanften Licht, das von der Decke kam. Als sie sich wand, teilten sich die geschwollenen Blütenblätter.

Dare zischte beim Anblick der engen Öffnung zu ihrer Scheide auf. Ihre Erregung tropfte daraus hervor und an ihren cremeweißen Schenkeln hinunter. Ihr Kitzler stand frei und stolz unter der kleinen Kappe hervor, gierig nach unserer Berührung. Ihr Körper war so sehr auf uns abgestimmt, reagierte so bereitwillig auf die Verbindung, die wir teilten.

„Sie ist bereit für uns", grollte Dare. „Doch selbst mit den Hieben hat sie offenbar noch nicht gelernt, ihren Gefährten zu gehorchen." Er hob seine Hand, um Hannahs immer noch geröteten Hintern sanft zu streicheln.

Hannah drückten ihren Kopf in die Liege. „Ich bin kein Roboter. Ich befolge keine Befehle wie einer. Ich bin euch gerade erst begegnet." - „Ich... ich kann keine zwei Ehemänner haben. Bitte..."

Wir hörten beide den flehenden Ton in ihrer Stimme. Unsere hübsche kleine Gefährtin war verwirrt und verängstigt. Doch Ungehorsam wurde auf einem Schlachtschiff niemals toleriert, weder von den Kriegern unter meinem Kommando, noch von meiner Gefährtin. Offensichtlich stimmte Dare mir zu.

Ich sah zu, wie Dare ihre nassen Furchen mit seinen Fingern erkundete. Er strich ihr mit der Hand über ihren Rücken und ihre Hüften, streichelte sie, bis sie sich soweit beruhigt hatte, dass man vernünftig mit ihr reden konnte. Dann stellte er unsere Erwartungen klar. „Du wirst uns gehorchen, Hannah. Ohne Frage. Oder du wirst bestraft." Er beugte sich vor und gab ihr einen kleinen Kuss auf die Lenden. „Ich werde dich nun verhauen, Hannah. Und das nächste Mal, wenn wir dir auftragen, deinen Körper für uns in Stellung zu bringen, wirst du das ohne Widerrede tun."

„Wie bitte? Nein!"

Ihr Protest wurde vom scharfen Knall von Dares Hand abgeschnitten, die auf ihrem Hintern aufprallte. „Zähle bis zehn, Hannah."

Dare traf sie absichtlich genau dort, wo sie noch gerötet war von ihrer vorherigen Disziplinierung. Sie schrie die Zahlen heraus, ihre Brüste schwankten unter ihr, während Dares Hiebe ihren Körper auf ihren Knien hin und her schaukelten.

Ich stand da und nahm alles in mich auf, wurde mit jedem schallenden Klatsch auf ihren runden Hintern härter. Ihre Protestrufe wurden zu Schluchzen, und schließlich zu Stöhnen, als sich die natürliche Reaktion ihres Körpers einschaltete und sie mit flüssigem Feuer durchflutete. Ihre Pussy war nasser als sie es gewesen war, bevor Dare mit den Hieben begonnen hatte. Die hellroten Stellen auf ihrem nackten Hintern waren wie primitive Signale an ihre Partner.

Als Dare fertig war, beugte er sich über sie und flüsterte ihr ins Ohr. „Wir werden dich nun ficken, Hannah, in deinen Mund und in diese nasse kleine Pussy."

Von meinem Aussichtspunkt hinter ihr sah ich, wie ihre Pussy bei seinen Worten vor Lust zusammenzuckte. Sie wollte uns. Sie wollte das hier.

Augenscheinlich befand sich der Verstand unserer Braut im Krieg mit ihrem Körper. „Das hier war ein Fehler. Ihr werdet mich einfach nur benutzen."

„Wir werden dich *niemals* benutzen, Hannah." Ich kniete mich neben sie und strich ihr das seidige schwarze Haar aus dem Gesicht. „Wir werden dich ficken, aber dir stets deine Lust zukommen lassen. Immer."

„Aber fürs Erste müssen wir diesen engen Hintern dehnen, um dich auf unsere Schwänze vorzubereiten."

Sie versuchte, den Kopf zu schütteln. „Ich habe noch nie... ich will das nicht."

„Das stimmt, du hattest noch nie etwas in deinem jungfräulichen Hintern, bis vorhin. Du kannst nicht wissen, ob du es willst oder nicht, bis du es ausprobiert hast", fügte ich hinzu.

„Wir werden uns so gut um dich kümmern, Hannah", sagte Dare, öffnete das Kästchen und nahm ein Fläschchen eines Gleitmittels heraus. „Bei der Besitznahme-Zeremonie werde ich in deinem Hintern sein und Zane in deiner Pussy. Erst dann wird dein Kragen die Farbe von unseren annehmen, und wir werden eins."

Ich ließ mich hinter ihr nieder und umfasste ihre Pussy mit einer Hand. Sie war heiß und nass und so, so weich. Zärtlich streichelte ich sie dort, erkundete, wie sie sich anfühlte, wie sie ihren Kitzler gerne gestreichelt hatte. Ich erforschte ihre Pussy, lernte, wie ich sie in ihrer nassen Mitte streicheln musste, mit ihr spielen musste, damit sie sich aufbäumte und aufschrie und vor Verlangen wimmerte.

Es dauerte nicht lange, bis Hannah die Augen schloss und sich meinen Berührungen hingab. Ich war nicht sicher, wie ich diese Empfindungen überleben sollte. Mein Schwanz schmerzte vor dem verzweifelten Bedürfnis, sie zu ficken, aber hier ging es nicht um meine Bedürfnisse, sondern ihre.

Dare öffnete das Fläschchen und tropfte ein wenig der öligen Flüssigkeit auf seine zwei Finger, dann fuhr er mit ihnen über die enge Rosette ihres Hinterns.

„Oh Gott", schrie sie, als Dare das Gleitgel über ihre empfindliche Haut strich.

„Schhh, Hannah, lass zu, dass wir dir schöne Gefühle bereiten. So ist gut. Entspanne alle Muskeln. Du hast nicht das Sagen. Dein Körper gehört uns. Übergib dich an uns, und wir bringen dich wieder und wieder zum Kommen."

Wir fuhren fort, sie zu berühren, langsam und geduldig, als hätten wir keine Eile. Hatten wir auch nicht. Wir hatten unser ganzes Leben schon auf Hannah gewartet. Ich hatte sie vielleicht erst nicht finden wollen—aber nun, da sie hier war, gab es keine Frage, dass sie mir gehörte. Dass sie Dare gehörte.

Dare bewegte das Fläschchen näher

an ihre enge Öffnung und sagte ihr, was er vorhatte. „Entspann dich, das ist die schmale Spitze des Fläschchens mit der Gleitflüssigkeit. Es ist klein, kleiner als die Sonde, die der Arzt verwendet hat. So ist gut, drück raus und lass es ein."

„Braves Mädchen", sagte ich und krümmte die Finger, um über den empfindlichen Punkt in ihrer Pussy zu streicheln.

Sie schrie auf und ballte ihre Hände zu Fäusten. Ihre Haut war nass vor Schweiß, und ihr Duft war heiß und reif. Ich war froh, dass mein Schwanz von der Enge der Hosen befreit war, ansonsten wäre es schmerzhaft gewesen. Meine eigene Begierde floss mir aus der Öffnung. So, wie sie auf uns reagierte, hatte ich keine Zweifel, dass unser Duft ebenso erregend für sie war, wie sich ihrer auf uns auswirkte.

„Du wirst spüren, wie die Flüssigkeit dich füllt. Ja, sie ist schön warm."

Sie rückte die Hüften zurecht, als Dare das Fläschchen zusammendrückte.

„Das wird dich innen schön schlüpfrig machen, heiß und feucht. Sobald du schön für uns gedehnt bist, werden wir fein und einfach hineingleiten können. Du wirst es lieben. So, das ist alles. Das hast du so toll gemacht, Hannah."

Dare ließ das leere Fläschchen auf die Liege fallen und holte den kleinsten Stöpsel hervor. Er hielt ihn hoch, damit ich ihn sehen konnte, und ich schüttelte den Kopf. Er tauschte ihn gegen den nächstgrößeren aus. Er war so groß wie mein Daumen, aber länger. Er würde sie ein wenig dehnen, aber sie tief ausfüllen. Ihr Körper musste sich nicht nur an die Breite unserer Schwänze anpassen, sondern auch an die beträchtliche Länge.

Mit zwei Fingern in ihrer Pussy streichelte ich mit meinem Daumen an der linken Seite ihres Kitzlers entlang, nur ganz leicht, da er nicht von seiner Schutzkappe bedeckt war.

Sie keuchte auf, als ich das tat, doch der Laut wurde zu einem Stöhnen, als Dare den Stöpsel an ihr unerprobtes Loch drückte.

„Das ist der Stöpsel. Richtig, er ist schön glitschig. Drück dagegen. Noch einmal. Ich weiß, dass du ihn aufnehmen kannst, Hannah."

Sie hechelte nun geradezu, ihr Gesicht zerfurcht, während sie gegen Dares Eindringen ankämpfte. Ich sollte sie für ihren Ungehorsam verhauen, aber dann würde sie sich nur noch mehr verkrampfen. Stattdessen drückte ich fester gegen ihren Kitzler und glitt mit meinen Fingern tiefer in sie, bearbeitete sie nun, baute ihren ersten vom Gefährten geschenkten Orgasmus in ihr auf.

Ihr Körper wurde sofort nachgiebiger, während sie aufschrie über meine aggressivere Aufmerksamkeit auf ihrem

Kitzler. Dare nutzte den Moment, um den Stöpsel vorsichtig in sie einzuarbeiten. Ich sah zu, wie der Muskelring sich weiter und weiter dehnte, bis der breiteste Teil des Stöpsels sie durchbrach. Sobald er wieder schmaler wurde, konnte Dare die restliche Länge des Stöpsels hineinschieben, bis das ganze Teil in ihr zur Ruhe kam. Ein kleines Endstück hielt ihn an Ort und Stelle.

„Dare, ich... er ist so groß. Ich kann nicht..." Sie schloss die Augen mit einem leisen, heulenden Laut, bevor sie ihre nasse Pussy kräftiger in meine Hand presste, als ich diese schneller bewegte. „Ja, Zane! Mehr!"

Ich grinste über ihre schwankenden Emotionen, im einen Moment unsicher darüber, ob sie einen Stöpsel in ihrem Hintern mochte, und im nächsten begeistert über meinen Daumen an ihrem Kitzler.

Einer der Vorteile von zwei Gefährten

waren vier Hände an ihrem Körper. Meine waren mit ihrer Pussy und ihrem Kitzler beschäftigt. Dare zupfte am Endstück des Stöpsels, spielte mit all den kleinen Nervenenden, die Hannah so intensiven Genuss bereiten würden, wenn wir erst ihren Hintern fickten. Seine andere Hand strich über ihr schmerzendes Hinterteil und erweckte die hitzige Haut von ihrer vorherigen Bestrafung zum Leben.

„So ein braves Mädchen, Hannah. Komm für uns. Komm für deine Gefährten."

Sie kam auf Befehl. Die Wände ihrer Pussy krampften sich um meine beiden Finger, als wollte sie sie tiefer in sich ziehen. Sie schrie und warf ihren Kopf herum, ihr langes Haar peitschte über ihren Rücken und ihren Hintern, wo es Dares große Hand bedeckte, die auf ihrer rosigen Backe ruhte.

„Umwerfend", raunte Dare.

Als nur noch kleine Wellen ihrer Pussy meine Finger zusammendrückten, zog ich sie heraus und leckte sie. Ihr süßer Geschmack benetzte meine Zunge.

Ich hatte mich lange genug zurückgehalten. „Nun ist es an der Zeit, dich zu ficken, Hannah."

6

Hannah

ICH HÄTTE nach ihren Zuwendungen und dem unglaublichen Orgasmus nicht mehr sein sollen als eine Pfütze von geschmolzener Frau auf der Liege. Stattdessen erzitterte bei Zanes Worten mein ganzer Körper vor Spannung. Der Geruch ihrer Körper und der Geschmack von Zanes Lusttropfen ließen meine Lippen kribbeln. Ich spürte nicht nur das

Trainingsteil in meinem Hintern, sondern das aufrichtige und beinahe unkontrollierbare Begehren meiner beiden Gefährten. Der Kragen um meinen Hals surrte ohne Pause, schickte Wogen von Lust, von Verlangen, durch mein ganzes Wesen.

Es war berauschend, und ich fühlte mich wie die mächtigste, begehrenswerteste Frau im Universum, wenn ich nicht nur einen riesigen Krieger, sondern zwei davon, an den Rand ihrer Beherrschung bringen konnte. Durch ihr Verlangen fühlte ich mich schön und feminin und begierig darauf, ihnen Freude zu bereiten. Mein rationeller Verstand wollte mir sagen, dass all diese Emotionen, ihre und meine, nicht echt sein konnten, dass diese zwei außerirdischen Männer sich unmöglich um mich sorgen konnten, oder mich begehren mit einer Leidenschaft, die an Schmerz grenzte.

Aber ich brachte die kleine Stimme in meinem Kopf mit Nachdruck zum Schweigen. Ich war auf alle Viere gebeugt, gefesselt, festgebunden und nackt, am anderen Ende der Galaxis mit zwei riesigen Alien-Schwänzen vor meinen Augen, die beide begierig darauf waren, meinen Körper in ihren Besitz zu nehmen. Logisch oder nicht, es gab nichts, was ich dagegen tun konnte. Nicht jetzt. Ich gehörte diesen beiden Männern; es war so Sitte auf ihrer Welt, ihr Brauch.

Zane zerrte an den Fesseln über meinen Waden und löste sie, während Dare das Gleiche an meinen Handgelenken tat. Er half mir auf, sodass ich auf allen Vieren zu ruhen kam.

„Ich bezweifle, dass du jetzt noch Fesseln brauchst, richtig, Hannah?", fragte Zane.

Ich schüttelte den Kopf. Nein, ich brauchte keine Fesseln mehr. Ich *brauchte* es, gefickt zu werden.

Er stellte sich hinter mich. Seine riesigen Hände legten sich um meine Hüften, zogen meinen Körper ihm entgegen, bis meine Knie an der Kante der Liege waren und meine Füße zu beiden Seiten seiner Knie in der Luft baumelten.

„Bist du bereit, Hannah? Bist du bereit für deinen Gefährten?"

Zane rieb den Kopf seines Schwanzes über meine Schamlippen, und ich spürte das sengende Aufflammen seines Lusttropfens, der meinen Körper benetzte und sich mit meinen eigenen nassen Säften vermengte. Die Hitze davon breitete sich sofort aus, als mein hungriger Körper seine Essenz aufsog. Ich stöhnte und drückte mich nach hinten, versuchte, ihn in meinen Körper aufzunehmen, zumindest ein kleines Bisschen. Ich hatte Angst, dass es weh tun würde. Er war riesig, und mein Hintern war immer noch voll mit dem Stöpsel, den Dare eingeführt hatte, aber das war mir sowas von egal.

Ich wollte, dass es ein wenig wehtat. Ich wollte mich so ausgedehnt und voll fühlen, dass ich nicht noch mehr ertragen konnte. Ich wollte ihm Lust bereiten. Ich wollte ihn dazu bringen, die Beherrschung zu verlieren. Ich wollte sein, was immer er von mir brauchte. Er setzte seinen riesigen Schwanz an meine Öffnung und drückte sich langsam hinein, mich kaum durchbrechend. Er spielte nur mit mir. Eine Kostprobe. Ich zuckte zusammen und versuchte, nach hinten zu drücken, mehr von ihm zu erfassen, aber die Hände an meinen Hüften verhinderten meine Bewegung, was nur dazu führte, dass ich es noch mehr wollte.

„Ja. Bitte. Tu es. Tu es, jetzt."

Dare lachte links von mir leise auf und fasste unter mich, um an einer meiner baumelnden Brüste zu zupfen. Er rollte meinen Nippel kräftig zwischen seinen Fingern herum, bevor er die gesamte Brust zärtlich in seiner Hand knetete. Ich stöhnte, und Zane knurrte hinter mir.

„Es gefällt ihr, Dare. Ihre Pussy ist so nass, dass ich sie mit einem Stoß nehmen könnte."

Bei dem Gedanken zog sich meine Pussy um seinen Schwanz herum zusammen und versuchte, ihn tiefer hineinzuziehen. Mit einem Knurren nahm Zane die wunden Rundungen meines gestraften Hinterteils und packte sie unsanft mit seinen zwei starken Händen. Er zog sie kräftig auseinander, bis der Schmerz meines wunden Hinterteils durch mein Blut strömte wie flüssiges Feuer, und meine Schamlippen unmöglich weit auseinandergezerrt waren.

„So wunderschön, Hannah." Ich wusste, dass Zane auf meine Pussy starrte, auf die rosigen Furchen, die sich um den

Kopf seines Schwanzes herum streckten. Wie er solche Beherrschung hatte, solche Geduld, wusste ich nicht, aber ich wollte nicht warten. Ich war so frustriert, dass ich den Tränen nahe war.

„Bitte. Ich kann nicht länger warten. Ich brauche..."

Zane drückte sich vorwärts, dehnte mich ein wenig weiter, dann hielt er still.

Ich schrie auf und ließ meinen Kopf fallen, und der Laut war einem Schluchzen sehr nahe.

Dieser Laut, meine völlige Hingabe, machte ihn fertig. Über unsere Verbindung spürte ich, wie sein Körper erwartungsvoll sang, weniger als eine Sekunde, bevor Zane mit einem kräftigen Stoß tief in mich fuhr.

Er bewegte sich wie ein Kolben hinter mir, sein Schwanz so angewinkelt, dass er den süßen Punkt in mir rieb, und seine Hände hielten meine Arschbacken weit auseinandergedrückt, damit er bis zum

Anschlag in mich kommen konnte, unmöglich hart und tief.

Neben mir wanderte Dares Berührung wie eine Flamme, die einer Benzinspur folgte, von meinem Nippel zu meinem Kitzler, während er sich neben mich auf den Boden kniete. Er legte den Kopf schief, sodass er meinen Nippel in den Mund nehmen konnte, seine lange Zunge zerrend und schmeckend, während seine Hand meinen Kitzler streichelte und Zane mich fickte. Das erotische Bild der zwei starken Krieger, die meinen Körper bearbeiteten, war der letzte Stups, den ich brauchte, um mich zu verlieren. Diese Männer gehörten nun mir. Mir.

Ich sprach das Wort laut aus, als der Orgasmus über mir zusammenschlug, mich fortspülte wie die Strömung am Meer, und ich schrie, zum ersten Mal in meinem Leben völlig außer Kontrolle.

Dare wartete, bis die Wogen meiner Lust sich gelegt hatten, dann wechselte er die Stellung und setzte sich rittlings auf den Sitz vor mir. Seine Beine hingen zu beiden Seiten hinunter, und sein Schwanz war vor mir, nur wenige Zentimeter von meinem Mund entfernt.

Ich wusste, was er wollte. Ich konnte spüren, wie das beinahe verzweifelte Verlangen ihm zusetzte. Ich konnte den Lusttropfen riechen, der aus der Spitze hervorsickerte. Ich leckte mir die Lippen, mir lief das Wasser im Mund zusammen.

Als Zanes Schwanz in meiner Pussy vorübergehend langsamer wurde, beugte ich mich hinunter und leckte den Lusttropfen von Dares riesigem Schwanz. Ich fühlte mich wie eine Sex-Göttin, unartig und voller femininer Macht, als seine Essenz in meine Zunge schmolz und mich knapp an den Rand eines weiteren Orgasmus brachte.

Du liebe Scheiße. Was war in den Säften dieser Alien-Krieger, das mich in eine rasende Nymphomanin verwandelte?

Zane stieß sich kräftig in meine Pussy, was den Stöpsel tief in mich drückte, und ich beschloss, dass ich es nicht so genau wissen wollte. Es war mir egal.

Ich öffnete weit den Mund und nahm so viel von Dare auf, wie ich konnte, schluckte ihn, bis sein Schwanz an meinen Rachen stieß. Ich bearbeitete ihn mit der Zunge, solange ich konnte, genoss sein leises Knurren.

Dares Lust brachte Zane dazu, dafür zu sorgen, dass ich ihn hinter mir nicht vergaß, und er ließ meine Arschbacken los, um seine Hand in meinem Haar zu vergraben und mich am Nacken zu packen. Er hielt mich über Dares Schwanz fest, während seine andere Hand um meine Hüfte herum fuhr, um meinen Kitzler zu streicheln. Mit seiner Hand in meinem Haar gab er meine Geschwindigkeit vor, zog mich nach hinten, um Dare zu foltern, jedes Mal, wenn ich wieder versuchte, ihn tief in mich aufzunehmen. Zane hatte hier das Kommando, über meine Lust und Dares, und er wollte uns das beiden deutlich machen.

„Lutsch seinen Schwanz, Hannah. Lutsche ihn, bis sein Samen deine Kehle hinunterrinnt. Es wird deinen nächsten Orgasmus auslösen."

Der gutturale Befehl, kombiniert mit dem Ziehen seiner Hand in meinem Haar, setzte etwas Wildes in mir frei. Etwas Fremdes und Mächtiges. Und diese primitive Seite an mir schwelgte in ihrer Dominanz, begehrte ihre Lust mehr als meine eigene, hatte das Bedürfnis, ihnen beiden Genuss zu bereiten. Dares Befriedigung surrte durch meinen Kragen, gab mir das Gefühl, eine Königin auf Eroberungszug zu sein, die mächtigste Frau in der Galaxis, die schärfste, geilste Frau der Welt. Aber Zane? Zanes

Emotionen waren ein Netz aus Lust und Dunkelheit, aus Begehren und Beherrschung.

Zane hielt sich zurück. Er hatte alles fest unter Kontrolle, ritt mich, fühlte meine heiße, enge Pussy, doch wollte mehr, brauchte etwas, das ich ihm nicht gab.

Tief in mir erwachte das Bedürfnis zu brüllendem Leben, ihm Genuss zu bereiten, ihn glücklich zu machen. In dem Moment war ich nicht vollständig, solange er nicht mit mir zufrieden war, solange ich diese Dunkelheit in ihm nicht erfüllt hatte, ihm keinen Frieden gebracht hatte. Ich wollte einen glücklichen Gefährten. Wenn diese Männer mir gehörten, wenn dies nun mein Leben sein sollte, dann *brauchte* ich es, dass sie zufrieden waren. Meine eigene Lust wurde schwächer, als ich bemerkte, dass Zane nicht so an der Klippe tanzte wie Dare und ich. Zane war anwesend, aber er verbarg auch etwas, hielt sich zurück.

Ich wimmerte, fest entschlossen, meinen primären Gefährten, meinen mir zugewiesenen Partner zufriedenzustellen. Ich war doch angeblich perfekt für ihn, und er war angeblich perfekt für mich. Wenn ich ihn nicht zufriedenstellen konnte, dann musste etwas mit mir nicht stimmen. Vielleicht gab es keinen Mann im gesamten Universum, den ich wahrhaftig lieben konnte.

Der Gedanke machte mich traurig und weckte den verzweifelten Wunsch, Zane aus seiner Dunkelzeit hervorzuziehen.

Ich lutschte Dares Schwanz tiefer, als ich je zuvor einen Mann aufgenommen hatte, schluckte ihn, bis sein Schwanz zum Teil in meiner Kehle steckte. Sein Knurren trieb mich an, während ich mich über ihm hob und senkte.

Dare kam. Sein Schwanz zuckte und

ruckte in meinem Mund wie ein lebendes Biest. Ein Biest, das ich gezähmt hatte, ein Biest, das meinem Kommando unterlag, dessen Lust ich in der Hand hatte. Dares Befriedigung durchflutete mich, und mein Herz schmolz für diesen fremden Krieger. Er war äußerst zufrieden, sein Genuss durchflutete mich und machte mich glücklich.

Aber Zane? Er ließ mein Haar los und pumpte wild in mich, eine Hand an meinem Kitzler und die andere gefährlich nahe an dem Stöpsel, der meinen Hintern ausfüllte. Ja, ich wollte es so. Ich wollte, dass Zane ein wenig wild wurde.

Dann bewegte er den Stöpsel, gerade genug, dass ich das Gefühl bekam, als würde ich von beiden Gefährten zugleich genommen, an beiden Orten zugleich gefickt werden, während auch Finger mit mir spielten.

Der brennende Samen, der meine Kehle hinunterrann, löste meine eigene

Erlösung aus, wie Zane es gesagt hatte. Meine Schreie wurden von dem dicken Schwanz gedämpft, der meinen Mund weit streckte. Ich spürte sowohl Dares Orgasmus wie auch Zanes rasch nahenden Höhepunkt durch meinen Kragen, und dies verstärkte meine eigene Lust nur noch mehr, bis ich beinahe im Delirium war. Überwältigt.

Ich gab Dares Schwanz frei, aus Sorge, dass ich zubeißen würde, wenn meine eigene Lust ihren Höhepunkt erreichte. Zanes Schwanz bewegte sich wie von selbst tief in mir. Seine Hüften klatschten gegen meinen schmerzenden Hintern. Seine Erlösung, das heiße Spritzen seines Samens in mir, löste einen weiteren Höhepunkt in mir aus, und ich wurde starr und stumm, unfähig, genug Luft zum Schreien zu holen. Ich hatte nichts mehr übrig.

Ich kam langsam wieder zu mir, als wäre ich benebelt. Und so fühlte es sich auch an. Diese wilde, wollüstige sexuelle Kreatur konnte nicht ich sein.

Zanes Hand strich in langen, zärtlichen Streichen über meinen Rücken, während sein Schwanz noch tief in mir vergraben war. Sein Körper war gesättigt, doch ich konnte seinen Frust spüren, sein Bedürfnis, mehr zu tun, sein Verlangen nach mir, mehr zu sein.

Dare erhob sich und drückte mir sanfte Küsse auf jedes Stück Haut, das er erreichen konnte, vollkommen befriedigt. Glücklich. Gesättigt.

Aber nicht Zane. Zane hatte mich gefickt, und ich konnte spüren, dass er seine Enttäuschung hinter einem sanften Lächeln und einer noch sanfteren Berührung versteckte. Ich wollte heulen, aber ich biss mir in die Lippe und verbarg mein Gesicht vor beiden Gefährten.

Ich hatte ihn nicht zufriedengestellt. Er war mit mir unzufrieden, und dieses Wissen tat meinem Kopf weh. Ich kannte diese Männer kaum, aber sie gehörten mir und ich gehörte ihnen. Ich brauchte es, dass Zane mit mir zufrieden war. Ich brauchte es mit einer Verzweiflung, die ich noch nie zuvor verspürt hatte.

Aber ich hatte ihnen alles gegeben. Ich hatte ihm nicht mehr zu bieten. Nichts.

Die Dringlichkeit war in uns allen dreien verflogen, hinterließ eine träge Zufriedenheit in meinem Körper. Ich war noch nie zuvor so gründlich benutzt worden, so völlig und vollkommen in Besitz genommen, mit Körper und Seele. Ein Teil von mir genoss das Gefühl, aber ein anderer Teil konnte nur die missbilligende Stimme meiner Mutter hören, die mir sagte, dass alles, was in diesem Zimmer gerade passiert war, falsch war. Zwei Männer? Ein Analstöpsel? Einen Schwanz im Mund zu haben und einen in der Pussy, und es zu lieben?

Falsch. Falsch. Falsch. Ich war von der dunklen Seite verführt worden. Ich war zu einer Schlampe geworden, einer Hure, und ein Dutzend weiterer Schimpfwörter rasten mir durch den Kopf. Ich war doch ein braves Mädchen, oder nicht? Vielleicht nicht. Vielleicht war ich schlimm. Vielleicht war ich verdorben. Vielleicht hatte Zane gewollt, dass ich mich ihnen widersetze? Vielleicht hatte er gewollt, dass ich mich wehre? Oder Dare abweise? Vielleicht wollte er tief drin nicht, dass ich sie beide genoss?

Ich hatte keine Möglichkeit, das herauszufinden, und ich konnte ihn nicht vor Dare fragen. Zum Teufel, ich war mir nicht sicher, ob ich überhaupt den Mut hatte, ihn irgendetwas zu fragen. Er war Kommandant einer gesamten Schiffsflotte. Vielleicht war er einfach nicht dafür geschaffen, glücklich zu sein. Vielleicht wollte er trotz aller seiner Worte überhaupt keine Gefährtin.

Während Dare mich zärtlich weiter streichelte, zog Zane sanft seinen Schwanz aus mir. Plötzlich alleine, sackte ich über der Liege zusammen und rollte mich zu einem Ball zusammen. Ich wusste nicht, was ich tun sollte. Ich wusste nicht, was ich denken oder sagen oder fühlen sollte. Ich fühlte mich verloren. Schon nach wenigen Stunden im Weltall hatte ich mich in eine Frau verwandelt, die ich nicht wiedererkannte. Ich hatte zugelassen, dass zwei Männer, die ich nicht kannte, mich fickten und meinen Körper auf eine Weise benutzten, die ich mir nie vorstellen hätte können. Und es hatte mir gefallen. Ich war auf Zanes Schwanz gekommen, als hätte ich es nicht länger erwarten können. Und es hatte ihm nicht gereicht. Die Verbindung über den Kragen zwischen mir und meinen Männern war während des Sex so erregend gewesen, aber nun war sie ein Fluch. Ohne sie hätte ich über Zanes

Enttäuschung nichts gewusst. Ich hätte nicht das Gefühl, als wäre ich ihm irgendwie nicht gerecht geworden.

Gerade, als ich mich so richtig hineinzusteigern begann, legte Zane seine starken Arme um mich. Er hob mich hoch und wiegte mich in seinem Schoß, mein Ohr über seinem pochenden Herzen, mein Körper in seinen Armen zusammengerollt wie ein kleines Kind. Er war riesig, ein Monster unter Männern. Mein Monster.

„Was bedrückt dich, Hannah?" Eine Hand strich über meinen Rücken, und die andere hob er, um sie mir an meine Wange und meinen Hals zu legen, mich an sich zu drücken, während Dare neben uns saß und mir übers Haar strich.

Ich konnte nicht sprechen. Es war unmöglich, den chaotischen Wirbel von Emotionen zu erklären, der in einem Heulkrampf aus mir herauszubrechen drohte, der den Tobsuchtsanfall eines 2jährigen in den Schatten stellen würde.

Zu meiner Erleichterung drängten sie nicht nach Antworten, sondern hielten mich einfach nur fest und streichelten mich, als wäre ich das wertvollste Geschöpf im Universum.

Nach mehreren langen Minuten hatte ich mich wieder unter Kontrolle und entspannte mich in Zanes Armen. Ich brachte sogar ein Lächeln für Dare zusammen, der mich mit besorgten grünen Augen ansah, so anders als Zanes. Nun, da ich Zeit hatte, zu verarbeiten und nachzudenken, fiel mir auf, dass er etwas dunkler war, seine Färbung auffälliger, und seine Augen waren tiefgrün wie Sommergras, nicht bernsteinfarben wie Zanes.

Dare sah auch umwerfend aus, aber auf seine eigene Art. Er war um einiges kleiner als Zane, und seine Schultern waren nicht ganz so breit, aber immer noch gewaltig.

Ich betrachtete ihn eingehend, die harten Kanten in seinem Gesicht, und dann fiel mir auf, dass er immer noch Kleidung trug. Sie waren beide noch vollständig bekleidet, nur ihre Schwänze waren frei. Ihre immer noch steifen Schwänze. Aus irgendeinem Grund nervte mich das höllisch.

„Warum bin ich hier die einzige, die nackt ist?"

Dares Grinsen war ansteckend. „Weil du die Schönste bist."

Ich grinste. Schmeicheleien würden ihn nicht weit bringen. „Ich bin anderer Meinung." Sie waren beide schön, meine Gefährten. Aber ich wusste nichts über sie. „Wer bist du, Dare? Du sagtest, du bist Pilot, aber was machst du?"

Er rieb eine Strähne meines langen schwarzen Haares zwischen seinen Fingern, als würde die Farbe ihn faszinieren. „Ich bin Pilot, Hannah. Ich bin der Anführer der neunten Schlachtbrigade."

„Noch ein Soldat." Ich lehnte mich an Zane, dankbar darüber, dass er zu wissen schien, was ich brauchte, ohne dass ich fragen musste. Er legte beide Arme um mich und hielt mich fest, damit ich nicht in einem Meer aus Panik untergehen würde. Ihre Erklärung über die Notwendigkeit, dass alle Prillon-Krieger einen Sekundär ernennen mussten, wurde plötzlich viel realer. Ich kannte diese beiden starken Männer kaum, aber ich wollte nicht, dass sie starben. Der Gedanke daran ließ mich schaudern, und Schmerz stach mir hinter den Augen. „Was heißt das? Was ist eine Schlachtbrigade?"

„Ich spüre deine Sorge, Gefährtin. Hab keine Angst. Wir fliegen in kleinen Kampfjets, die für Erkundungsflüge,

Engstellen und direkten Schiff-zu-Schiff-Kampf gebaut wurden."

Ich stellte mir eine Szene aus meinem Lieblingsfilm vor, in dem die kleinen Schiffe im Weltall umeinander zischten, mit Lasern feuerten und einander bei hohen Geschwindigkeiten in winzige Stücke zerfetzten. Mein Herz, das sich kaum erst von unserem Liebesspiel erholt hatte, begann in meiner Brust zu donnern, als ich mir Dare in einem dieser Schiffe vorstellte, gejagt. Beschossen. In die Luft gejagt.

Gott, was hatte ich getan? Was sollte ich hier auf einem Schlachtschiff? Diese zwei Krieger akzeptieren, ein paar Wochen oder Monate warten, bis einer von ihnen starb, und dann jedes Mal einfach einen neuen Gefährten dazubekommen? Dafür kannte ich mich zu gut. Mein Herz würde das nicht ertragen.

Es war nicht nur die Angst um ihr

Leben, die mich bedrückte. Das war schon mehr als genug, aber ich spürte etwas durch den Kragen. Es gab keine Erklärung dafür, doch ich wusste, dass ich auf eine Weise mit diesen Männern im Einklang war, die ich mir nie vorgestellt hätte. Da war dieses Gefühl, eine leise Sorge, dass Zane mehr wusste, als er sagte, als hätte er ein Geheimnis, etwas vor mir zu verbergen.

Wusste er etwas über ihren bevorstehenden Tod, das er mir nicht sagte? Als Kommandant des Schiffs, einer ganzen Flotte, würde er doch bestimmt über den Status dieses Krieges Bescheid wissen, in den ich da transportiert worden war. Was hielt er vor mir geheim, und warum hatte ich das Gefühl, dass ich ohne dieses Geheimnis seine Besitznahme niemals akzeptieren konnte?

War das der Grund, warum er sich bei unserem Liebesspiel zurückgehalten hatte? War dieses Geheimnis die

Dunkelheit, die ich in ihm spürte? Hatte er mich quer durchs Universum geholt in dem Wissen, dass er sterben würde? Oder verbarg er etwas anderes? Eine andere Geliebte? Eine Frau, die er mehr wollte als mich? Eine Vergangenheit, von der er fürchtete, dass ich sie nicht akzeptieren konnte? Fand er mich auf irgendeine grundlegende Art mangelhaft?

Ich drückte Zanes Arm weg, mit dem Gefühl, dass ich meinen Körper gerade einem völlig Fremden übergeben hatte. Ich hatte diesen Männern meinen Körper überlassen, mich hingegeben, mich ihnen beiden *unterworfen*. Ich hatte zugelassen, dass sie mir einen Stöpsel in den Hintern schieben, und ihre Schwänze in meine Pussy und meinen Mund. Ich hatte mich der Lust hingegeben, von der sie genau wussten, wie sie sie in meinem Körper hervorrufen konnten. Und doch gaben sie mir im Gegenzug nicht alles. Zane hielt etwas zurück, und bestimmt wusste Dare es, konnte es ebenso fühlen.

Zane ließ mich los, und ich stand auf zittrigen Beinen wie ein neugeborenes Kätzchen. So konnte ich nicht leben. Nicht für immer. Dem Zuordnungsprogramm musste ein Fehler unterlaufen sein. Ich konnte Zane nicht mein Herz anvertrauen, wenn er Geheimnisse vor mir hatte. „Ich glaube—ich muss jetzt nach Hause gehen."

7

Hannah

BEIDE KRIEGER SPRANGEN bei meinen Worten auf die Füße.

„Nein", fuhr Zane mich an.

„Warum, Hannah? Was haben wir getan, das dich verärgert?"

Ich schüttelte den Kopf und wanderte an den Wänden des Zimmers entlang, auf der Suche nach etwas, das ich mir anziehen konnte. Das Laken, das ich auf den Boden hatte fallen lassen, war für interplanetarisches Reisen nicht geeignet. Ich musste eines dieser Transporter-Dinger finden und ihnen sagen, dass sie mich nach Hause schicken sollten. Ich kam mit dieser Lebensweise, mit ihren Geheimnissen, nicht zurecht. Es war schlimm genug, dass von mir erwartet wurde, dass ich mich in einen Krieger verliebe, der jeden Augenblick sterben konnte. Zane, mein zugewiesener Gefährte, war sich seines bevorstehenden Todes sogar so sicher, dass er einen zweiten Mann gewählt hatte, der sich um mich kümmern sollte, wenn es unweigerlich eintreten würde? Und in der Zwischenzeit hielt er Dinge vor mir zurück? Mein zugewiesener Gefährte. Es war vorgesehen, dass ich ihm alles gebe. Mich ihm hingebe, mit Körper und Seele. Und doch war es ihm erlaubt, ein Mysterium zu bleiben, den tiefsten Teil seiner Selbst zu verbergen? Was, wenn ich seine Besitznahme akzeptierte, mich fürs Leben an ihn band, und dann herausfand, dass er komplett irre war? Oder wahnsinnig eifersüchtig? Oder mich misshandelte.

Nein. Ich konnte Zane nicht akzeptieren, während sein wahres Ich im Schatten lag. Ich hatte diesen Fehler zuvor gemacht, auf der Erde, und ich wusste, dass es Wahnsinn war. Ich musste nur lange genug überleben, um aus diesem Schlamassel rauszukommen, ohne mich in einen von ihnen zu verlieben. „Das hier ist ein Fehler. Es tut mir leid. Ich—ich kann das nicht. Ich muss nach Hause."

Dare blickte Zane an, sichtlich ratlos, und zuckte mit den Schultern. Zane steckte seinen Schwanz in seine Hose zurück und runzelte die Stirn. „Hannah, du *bist* zu Hause."

„Nein." Ich blickte um mich herum auf die seltsam gefärbten bräunlichen

Wände, das Fenster, wo in dem Moment die Sterne und Galaxien in einem endlosen Strom an, wie es aussah, Sternschnuppen, vorübersausten. Die Möbel waren an die Fußböden genietet, und die Bilder an der Wand zeigten Landschaften, die ganz falsch wirkten, mit Himmeln, die nicht blau waren, und zwei oder drei Monden, die über der Landschaft hingen. Ich wollte einen blauen Himmel, und Bäume, und weiches grünes Gras unter meinen bloßen Füßen. Ich wollte Schokolade und Kaffee und einen Mann, den ich lieben konnte, ohne dass er fortgehen und sich bemühen würde, am nächsten oder übernächsten Tag in Stücke geschossen zu werden, oder in einer Woche. „Ich muss nach Hause, zurück zur Erde."

Zane blickte über die Schulter zu Dare. „Geh und lass unserer Gefährtin ein Bad ein."

Dare nickte und ließ mich mit

meinem zugewiesenen Gefährten alleine, dem einen perfekten Mann für mich im ganzen Universum. Dem Krieger, den zu verlieren ich bestimmt war.

Ich drehte mich auf dem Absatz herum und hob das Laken auf, doch bevor ich es mir um den Körper wickeln konnte, hatte sich Zanes Arm von hinten um mich geschlungen, und ich war plötzlich mit meinem Rücken an seine Brust gedrückt. Seine muskulösen Arme umfingen mich, einer um meine Taille, der andere um meine Schulter. Ich konnte mich nicht rühren, und aus irgendeinem bizarren Grund, den ich nicht erklären konnte, selbst mir gegenüber nicht, beruhigte mich das ausreichend, um nachdenken zu können. Es schien tröstlich für mich zu sein, in meiner Bewegung eingeschränkt und sicher gehalten zu werden.

„Hannah, sag mir, was dich bedrückt.

Waren wir zu grob mit dir? Haben wir dich zu hart rangenommen?"

Ich konnte spüren, wie mir bei seiner Frage die Wärme ins Gesicht schoss. Die Antwort war Nein. Nicht zu hart. Nicht zu schnell. Es hatte mir wahnsinnig gut gefallen. Es war nicht so aggressiv gewesen wie der Traum bei der Abfertigung, die aufgezeichnete Besitznahme, die ich miterlebt hatte, aber es war... umwerfend gewesen.

„Nein, Zane. Ihr habt mir nicht geschadet." In Wahrheit wollte ich mehr. Ich wollte meine Krieger, von ihnen dominiert und zum Kommen gebracht werden, wieder und wieder. Ich wollte ihnen alles geben—aber ich hatte Angst. Diese lästige Schwäche, die ich für dominante Alpha-Männchen hatte, zeigte ihr hässliches Gesicht. Und Zane war wahrhaftig wie für mich gemacht. Ich konnte die Verbindung zwischen uns —und zu Dare—so deutlich spüren, wie ich seine Berührung auf meiner Haut spüren konnte. Sie war so echt und solide und jetzt schon so stark, dass es sich wie etwas Greifbares zwischen uns anfühlte. Ich wollte alles über meine Männer wissen. Ich wollte ihnen wahrhaftig gehören. Ich wollte sie für immer besitzen und dem Zuordnungsprogramm vertrauen, oder Gott, oder welcher bizarren Schicksalswendung auch immer es zu verdanken war, dass ich an diesem Ort gelandet war, bei diesem Krieger. Ich wollte mich Hals über Kopf in sie beide verlieben, und nichts zurückhalten. Nichts. Und genau *das* war das Problem. Ich wollte ihnen alles geben, Herz, Verstand und Seele, und es würde nicht ausreichen. Zanes Dunkelheit breitete sich aus, seine Unzufriedenheit kam durch meinen Kragen so deutlich wie eine Glocke, die in meinem Kopf klingelte. Ich war nicht genug für ihn. Ich war nicht genug, und er brachte es nicht übers Herz, es mir zu sagen.

„Hannah, sprich zu mir, oder ich lege dich übers Knie."

Ich zuckte bei seiner Drohung zusammen. Mein Hintern schmerzte noch von seinen Hieben von vorhin, und der Stöpsel füllte mich immer noch. Ich wusste, dass er keine leeren Drohungen machte. Ich seufzte und beschloss, dass ich ihm genauso gut die Wahrheit sagen konnte, oder zumindest so viel wie möglich davon. Seine Dunkelheit und wie sehr sie mich verletzte? Ich hatte ein wenig Stolz. Das würde ich für mich behalten. „Ich kann nicht deine Gefährtin sein, Zane. Es tut mir leid. Ich weiß, dass der Computer oder was auch immer uns einander zugeordnet hat, aber ich kann das nicht."

„Du fürchtest unseren Tod. Ich kann deine Traurigkeit spüren, Hannah, deine Angst. Wir werden alle sterben, Hannah.

Der Tod ist Teil des Lebens. Fürchtest du unseren Tod, oder liegt es an mir? Wünschst du, einen anderen auszuprobieren? Machst du von deinem Recht Gebrauch, einen neuen Gefährten anzufordern?" Seine Stimme war leise, tödlich ruhig, und ich hörte Dares leise Schritte von hinten herankommen und unserer Unterhaltung lauschen.

„Nein. Ich will keinen anderen Krieger." Sein Griff lockerte sich etwas, und ich holte tief Luft. „Ich will keine Braut sein. Ich will nach Hause." Ich sprach vom Herzen, und ich wusste, dass er die Aufrichtigkeit meiner Worte hören konnte. Ich konnte es mir nicht erlauben, mich in ihn zu verlieben. Es würde eine absolute Katastrophe sein. Die Vorstellung der perfekten Liebe, einer intensiven, alles verzehrenden Liebe, war aufregend und machte Freude, und jede Frau auf der Erde träumte davon. Die Realität, dass ich wusste, ich würde einen von ihnen verlieren, oder gar beide, war zu heftig, zu viel für mich, besonders da ich wusste, dass Zane etwas verbarg, dass er meine Liebe nicht erwidern würde. Ich hatte Angst. War ein Feigling. Ich gab es zu, versuchte nicht, es zu verleugnen.

Die Stille hing schwer und dick in der Luft, während ich auf seine Antwort wartete. Ich hatte ihnen alles gegeben, und wenn einer von ihnen sterben würde, würde ich das nicht überleben. Ich würde in eine Million winziger Staubkörner zerfallen und vom Wind davongepustet werden. Im Angesicht der überaus realen Wahrscheinlichkeit, den Mann zu haben, den ich immer gewollt hatte, den Typ, bei dem ich mich vollkommen gehen lassen konnte, war ich völlig verängstigt. Sie würden mich besitzen. Mit Körper und Seele. Ich würde ihnen gehören, aber Zane? Ich konnte den Schatten in ihm spüren, und er wurde immer stärker. Er würde sich ewig verstecken. Ich konnte seine Entschlossenheit über unsere Verbindung spüren. Und er war der Kommandant, der disziplinierteste Krieger in der gesamten interstellaren Flotte. Wenn er beschloss, sich fernzuhalten, gab es nichts, was ich dagegen tun konnte. Er würde mir niemals wahrhaftig gehören. Damit konnte ich nicht leben.

Zwei Signaltöne erfüllten den Raum. „Kommandant."

Zane erstarrte hinter mir. „Ja", sagte er zum ganzen Zimmer.

„Sie werden in der Kommandozentrale gebraucht." Das Zimmer hatte eine Art schiffsweites Kommunikationssystem.

„Bin auf dem Weg. Deston out."

Dare räusperte sich. „Ihr Bad ist bereit."

Zane seufzte. „Wir sprechen später weiter, Hannah." Seine Arme drückten einen kurzen Augenblick lang fester zu, bevor er sich mit mir in den Armen herumdrehte und mich an Dare übergab.

Dare nickte, und Zane verließ ohne ein weiteres Wort das Zimmer. Ich wusste, dass ich ihn irgendwie verletzt hatte, den gefürchtetsten Kommandanten der Prillon-Flotte verwundet hatte. Aber er hatte die Wahrheit gewollt. Die Wahrheit, dass ich unglaubliche Angst davor hatte, dauerhaft an ihn gebunden zu sein und ihn dann sterben zu sehen, oder leben, aber niemals ganz für mich. Jede dieser beiden Möglichkeiten brachte mir nichts als Kummer.

„Komm, Hannah. Du kannst gerade nirgendwo hin. Legen wir deine Befürchtungen fürs Erste zur Seite. Lass mich dir mit dem Bad helfen." Dare hielt mir seine Hand hin, und ich nahm sie, ließ mich von ihm durch die kleine Tür führen, die ich an der Seite des Hauptraumes gesehen hatte. Er hatte recht. Wohin sollte ich? Ich hatte keine

Kleider, keinen Weg, wie ich nach Hause kommen konnte. Ich merkte, dass Dare versuchte, mich zu beruhigen; ich war überwältigt. Die Unterhaltung war noch nicht zu Ende. Meine Bedenken waren nicht aufgelöst, aber ich würde warten. Ein Bad klang tatsächlich gut. Ich war verklebt und mir tat alles weh.

Es war seltsam, mit dem Stöpsel tief in mir zu laufen. „Dare", sagte ich und blickte überall hin außer auf ihn. „Was ist mit... ähm, nun..."

Vielleicht hatte er eine Ahnung, was mein Problem war, oder vielleicht konnte er es durch den Kragen spüren.

„Der Stöpsel bleibt drin. Er ist zum Training gedacht, nicht zur Lust."

Ich runzelte die Stirn, denn ich kannte den Unterschied zwischen den beiden nicht, aber ich konnte an seinem Gesichtsausdruck sehen, dass er sich nicht umstimmen lassen würde. Ich seufzte und sah mir das Badezimmer an.

Es war nicht groß, aber es war luxuriös, mit strahlend weißen Armaturen, die aussahen, als wären sie aus Feueropal gemacht, der von innen leuchtete. Eine Wanne voll Wasser erwartete mich. Die Wanne war riesig, groß genug für zwei, oder sogar für uns alle drei. Dare zog mir das Laken vom Körper und zog sich dann die Uniform aus, unter der eine muskulöse Brust zum Vorschein kam, ein breiter, starker Rücken, der zu den Hüften hin schmäler wurde, und kräftige Beine. Sein Schwanz hing immer noch halbsteif zwischen seinen Beinen. Der Anblick erinnerte mich an den Geschmack, wie sein Samen schmeckte, als er sich in meiner Kehle ergoss.

„Sieh mich nicht so an, Hannah, sonst ficke ich diesen süßen Mund gleich nochmal." Mit einer raschen Bewegung hatte er mich hochgehoben und stieg ins warme Wasser, tauchte uns beide bis zur Schulter in das duftende Bad.

An seine nackte Brust gepresst konnte ich ihn riechen. Sein Duft stieg von seiner Haut auf, um mich zu beruhigen. Ich kannte ihn erst so kurze Zeit, doch jetzt schon war mein Körper mit seinem vertraut. Ich wusste, wie sein Schwanz schmeckte und sein Fleisch roch. Ich war hungrig nach dem Geschmack seines Samens, so wie ein Drogensüchtiger auf der Erde nach dem nächsten Schuss hungrig war. Ich verlor meinen Verstand. Das war die einzige Erklärung.

Dare setzte mich vor sich im Bad ab und rieb meinen ganzen Körper mit einer seltsamen Seife ein, die anfing, wie eine exotische Frucht zu duften, sobald sie mit meiner Haut in Kontakt kam. Auf seiner Hand roch sie nach ihm, ein dunkler, moschusartiger Duft, bei dem ich mein Gesicht in seiner Brust vergraben und ihn einfach nur einatmen wollte.

„Lehn dich zurück, Hannah. Ich möchte dein Haar waschen." Seine

Stimme schien meine Sinne zu erobern und gab mir ein Gefühl von Trost und Geborgenheit.

Ich fühlte mich wie ein Kind im Schwimmbecken, als er meinen Kopf mit seinen Händen nach hinten zog und meinen Hintern von sich weg stupste, sodass ich auf dem Rücken im Wasser schwebte. Er hielt mich sanft fest, während er mein Haar eintauchte, dann setzte er mich wieder auf und massierte mir die Kopfhaut. Es fühlte sich so gut an, dass ich mich in seinen Armen zusammensacken ließ. Ich war so müde und überwältigt, und seine zarten Berührungen beruhigten etwas tief in mir, von dem mir nicht bewusst gewesen war, dass es Beruhigung brauchte.

Ich versuchte immer noch, mit dem Gedanken klarzukommen, zwei Gefährten zu haben, aber der Gedanke war nicht mehr so unvorstellbar, wie ich zuvor gedacht hatte. Nicht, wenn diese

Gefährten Zane und Dare waren. Egal. Was mich so höllisch verschreckte, war nicht der Gedanke daran, sie zu lieben. Es war der Gedanke daran, sie zu verlieren. Doch selbst wenn ich mich dazu zwingen konnte, mich dieser Angst zu stellen, hatte ich eine weitere Angst, eine dunklere, viel beängstigendere—dass meine Liebe nicht erwidert werden würde, dass ich für meinen zugewiesenen Gefährten nicht genug sein könnte. Es wäre nicht das erste Mal, dass mich ein Mann für unzulänglich befand.

Dare war fertig und hob mich aus der Wanne, um mich in ein flauschiges graues Handtuch zu wickeln. Er trocknete sich selbst ab, dann kümmerte er sich um mein Haar, drückte das Wasser heraus, bis ich nicht länger auf den Boden tropfte.

„Komm, Hannah." Er sah aus wie ein Sex-Gott, sein Handtuch tief über die Taille gebunden, und ich musste starren, als ich meine kleine Hand in seine viel größere legte. „Hast du Hunger? Wir können uns ankleiden, und ich bringe dich in den Speisesaal."

„Ich habe keine Kleider." Seit meiner Ankunft hatte ich nichts als ein Laken getragen. Wie sollte ich so in die Öffentlichkeit treten?

„Vertrau mir."

Ich folgte ihn zurück in den Wohnbereich, und er führte mich zu einer kleinen schwarzen Plattform in der hinteren Ecke. Die Bodenplatte war mit einem Gitter aus grünen Linien überzogen. Dare kam auf mich zu, beugte sich zu mir hinunter und gab mir einen sanften, süßen Kuss.

„Nimm das Handtuch ab und stell dich in die Mitte. Das Schiff wird dich abmessen und dann kreieren, was immer du brauchst."

Seine leise Stimme und sein sanfter Kuss beruhigten mich, und ich fühlte mich wie ein zufriedenes Kätzchen, während ich mir von ihm das Handtuch abnehmen ließ. Nackt trat ich auf die Plattform und hielt still, während eine Reihe sanfter grüner Lichter jeden Zentimeter meines Körpers abmaßen. Mein Kragen kribbelte und surrte, und ich erstarrte bei der seltsamen Empfindung. Als die Lichter ausgingen, streckte mir Dare die Hand entgegen, und ich trat mit den Fingern am Kragen herunter. „Was war das? Er hat vibriert."

„Das war, weil der Kragen direkt mit dem Schiffssystem kommuniziert hat. Deine Identifizierung und deine Maße sind in den S-Gen des Schiffs hochgeladen worden."

„S-Gen?" Ich hatte so viel seltsames Zeug zu lernen. Ich fühlte mich wirklich nicht in meinem Metier, als die nun leere Plattform aus der Bodenplatte heraus hellgrün aufleuchtete. Ich konnte meine Augen nicht von dem Spektakel abwenden, und als das Licht verloschen war, lag ein Häufchen Stoff auf der Plattform.

„Spontaner Materien-Generator." Dare beugte sich hinunter und hob den Stoff hoch. Als er ihn für mich hochhielt, sah ich, dass es eine Art knielange Tunika war, mit seltsamen Leggings, die daran befestigt waren. Dare reichte es mir, und ich sah, dass es im Rücken offen war. Ich stieg in die Leggings und zog sie hoch, dann steckte ich meine Arme in die langen Ärmel. Sobald ich es anhatte, verschloss sich das Material eigenständig im Rücken. Es passte sich an mich an wie eine zweite Haut. Dare blickte an mir auf und ab. Sein Blick blieb am breiten Ausschnitt hängen, über dem mein Kragen deutlich zur Schau stand. Seine Aufmerksamkeit wanderte nach unten zu meinen Brüsten und meiner Taille, an den leicht ausgestellten Rock, der mir bis fast zu den Knien hing. Darunter bedeckten mich die Leggings vollständig bis an die Fußgelenke, und meine bloßen Füße sahen seltsam deplatziert aus.

Dare drückte seine Hand in eine Vertiefung an der Seite des S-Gen. „Stiefel für Lady Deston." Bei seinem Befehl kam das grüne Licht zurück und hinterließ ein Paar passende Stiefel, die mir bis knapp über die Fußgelenke reichen würden. Er hielt sie mir hin, und ich schlüpfte mit den Füßen hinein. Ich dachte, dass sie sich ohne Strümpfe merkwürdig anfühlen würden, aber die Stiefel zogen sich genau wie die Kleidung um meine Füße zusammen, und sie waren innen weich wie Seide.

Dare bestellte sich danach Kleidung für sich selbst und zog eine frische Uniform und Stiefel an, bevor er unsere beiden Handtücher und mein Laken nahm und sie zu einem Bündel zusammenknüllte. Er drückte einen kleinen Knopf an der Wand neben der S-Gen-Einheit, und eine Schublade trat aus der Wand hervor. Er ließ die Handtücher und das Laken hineinfallen, dann sammelte er seine im Badezimmer fallengelassene Uniform und die Stiefel auf und ließ alles hineinfallen, bevor er sie schloss. Ein helles grünes Licht sickerte um die Ränder der Schublade hervor, und ich legte den Kopf schief und schaute zu.

„Das ist die Wiederverwertungs-Einheit. Sämtliche Materie wird auf die Grundstruktur reduziert und vom System wiederverwertet."

Ich dachte einen Moment darüber nach und blickte mich im Zimmer um. Es gab keine Kommoden für Kleidung, keine Stiefel am Boden, keine Essensreste auf dem kleinen Tisch neben dem Bett. „Ihr verwendet alles einmal und recycelt es dann?"

Er lächelte. „Ja. Die subatomaren Partikel, die dein Handtuch gebildet haben, werden morgen vielleicht zur

Erschaffung von Schuhen eingesetzt, oder einem Teller Suppe übermorgen. Alles an Bord des Schiffes wird auf diese Weise recycelt. Niemand muss hungern. Niemand muss dursten. Niemand leidet unter Armut. Solange das Schiff Energie hat, können wir alles erschaffen, was wir brauchen."

Lieber Himmel, das war toll. Ich blickte auf meine neue Kleidung hinunter. Sie war großartig, aber ich hatte ein kleines Problem. Ich hatte bereits Trikots und andere Kleidungsstücke getragen, die aus einem Stück bestanden hatten, und sie waren furchtbar mühsam gewesen, wenn es darum ging, die Toilette zu benutzen.

Wenn ich es mir recht überlegte, hatte ich im Badezimmer keine Toilette gesehen. Ich blickte mich um. Es schien nirgendwo eine zu geben. Ich hatte noch keine benötigt, also war es mir nicht aufgefallen. Was seltsam wirkte, und falsch. Stimmte doch etwas nicht mit mir? Hatte der Transport etwas mit meinen Nieren angestellt, oder so?

„Was ist los, Gefährtin? Du kannst mich alles fragen." Dare hob die Hand an meine Wange und ich hielt still, ließ seine Berührung geschehen. Sie fühlte sich jetzt schon so vertraut an. Einfacher zu handhaben als Zane. Aber aus irgendeinem Grund machte ich mir Sorgen um den Kommandanten. Er war so hart, so stark. Er hatte so viele Leute, eine ganze Flotte an Kriegern, die von seiner Stärke abhängig waren, und ich hatte seine Gefühle verletzt. Ich, die kleine, unbedeutende Hannah Johnson, Kindergärtnerin von der Erde. Ich hatte den mächtigen Kommandanten mit ein paar wenigen ehrlichen Worten verwundet.

Na toll. Keine Toilette, und jetzt kam ich mir auch noch vor wie eine herzlose Zicke. Das wurde ja immer besser. Ich seufzte. Ich konnte Dare genauso gut jetzt gleich fragen, egal wie peinlich mir das Thema war. „Ich sehe keine Toilette."

Dare legte die Stirn in Falten. „Ich verstehe nicht, und meine Stims haben kein Wort dafür. Was brauchst du?"

Du liebe Scheiße. Würde ich ihm das tatsächlich erklären müssen? Ich fühlte, wie meine Wangen heiß wurden, und diesmal war es nicht Erregung, sondern nur gute alte Peinlichkeit. „Du weißt schon, ein Ort, an den du gehst, wenn du den natürlichen Abfall deines Körpers ausscheiden musst? Müsst ihr Kerle denn nie, du weißt schon, eure Blase erleichtern?"

Verständnis erhellte sein hübsches Gesicht, und er lachte mich doch tatsächlich aus, was mich sowohl sauer machte, als auch mein Gesicht noch heißer werden ließ. „Hat Doktor Mordin dir das nicht erklärt?"

„Was erklärt?"

„Alls wird in das S-Gen Wiedervewertungssystem geschickt. Selbst die biologischen Abfälle deines Körpers."

„Wie?" Wovon zum Teufel redete er da?

„Verspürst du das Bedürfnis, deine Blase zu entleeren?"

Ich dachte einen Moment darüber nach, fühlte nach, wie es mir ging. „Nein."

Er lächelte, sichtlich erleichtert. „Gut. Ich habe mir schon Sorgen gemacht, Gefährtin. Aber es scheint, dass die Implantate, die während der Untersuchung in dir angebracht wurden, ordnungsgemäß funktionieren."

„Implantate?"

„Ja. Während deiner Aufbereitung wurden in deinen internen Abfallsystemen Wiederverwertungs-Module implantiert. Bei unseren Kindern wird das nach der Geburt durchgeführt. Das System reinigt dein Blut und transportiert und entfernt sämtlichen Abfall aus deinem Körper, sobald er entsteht."

Heilige Scheiße. Ich würde nie wieder die Toilette benutzen müssen? „Also werde ich nie mehr—du weißt schon—niemals?"

„Nicht, solange du dich in Reichweite des Systems des Schiffs befindest. Solltest du eine neue Welt erkunden und den Kontakt mit unserem System verlieren, würden die alten biologischen Vorgänge deines Körpers wieder normal funktionieren."

Merkwürdig. Nicht, dass ich diese spezielle Tätigkeit vermissen würde, aber ich fühlte mich plötzlich wie ein Alien. Oder ein Roboter. Oder etwas Eigenartiges und nicht Menschliches. Meine Hände zitterten ein wenig, als ich mir meine schlichte Uniform vorne glatt strich.

„Also kann der Stöpsel—"

„In dir bleiben, solange es deinen Gefährten beliebt", antwortete er.

Zeit, an etwas anderes zu denken.

Die öde Farbe meiner Kleidung war besser, als nackt zu sein, aber das einfache braune und schwarze Muster ließ zu wünschen übrig. Ich trug gerne grelles Rot und Blau und Violett. Ich mochte einen Farbspritzer. „Trägt jeder hier Kleidung wie diese?"

Dare legte den Kopf schief, als würde ihn die Frage verwirren. „Natürlich. Warum sollten sie das nicht?"

Ich zuckte mit den Schultern. Ich wollte ihn nicht beleidigen, oder sein Volk. „Selbst die Frauen? Und die Kinder?"

Er verschränkte die Arme vor der massiven Brust und verzog das Gesicht. „Ja. Bist du mit deiner Kleidung unglücklich, Hannah? Die Uniform ist dafür gemacht, deinen Körper vor extremen Temperaturen zu schützen, sowie vor Verwundungen bei einem Angriff. Das Material ist undurchdringlich, so wie die Rüstung meiner Uniform. Kleiden sich die Frauen auf deiner Welt nicht so?"

Ich zerrte am Ende meines schwarzen Ärmels, wo er sich an mein Handgelenk schmiegte, und versuchte, zu lächeln. Schwarz. Jeden Tag. Für immer.

Puh.

„Nein, aber ich werde mich anpassen." Mein Magen suchte sich diesen Moment aus, um zu knurren, und ich bemerkte, dass ich am Verhungern war.

Er starrte mich an, als wäre ich ein Alien, was ich ja, wie mir mit jedem Moment klarer wurde, auch war. Zumindest für ihn.

„Komm mit mir, Gefährtin. Du musst etwas essen, und ich nehme an, dir würde eine Führung durchs Schiff gefallen? Ich habe ein paar Stunden Zeit, bevor ich mich zum Dienst melden muss."

Ich kaute an meiner Unterlippe. „Du musst zu einer Mission ausrücken?"

„Ja."

„Aber warum? Ich dachte, das Schiff wäre in Bewegung, unterwegs zurück an die Front."

„Das sind wir, Hannah. Aber mein Team fliegt auf Erkundungsmissionen, um sicherzugehen, dass das Schiff nicht in irgendwelche Überraschungen fliegt."

„Ist das gefährlich?"

Sein Grinsen war das eines Raubtieres. „Ich bin gefährlich. Und nicht nur für meine Feinde, wie ich hoffe." Er beugte sich vor und küsste mich seitlich am Hals, was mir Schauer über jeden Zentimeter meiner Haut jagte. Mein Kragen wurde warm und brachte meinen Kitzler zum Pochen.

Nein, nicht nur für seine Feinde. Zane überwältigte mich, besorgte mich, aber Dare schlüpfte wie ein Dieb an meiner Abwehr vorbei.

„Ich habe Hunger, und ich würde liebend gerne das Schiff sehen." Es war an der Zeit, meine neue Welt zu erkunden und den verdammten Transporterraum zu finden. So, wie ich jetzt schon für Zane und Dare empfand, wusste ich, dass ich so schnell wie möglich von diesem Schiff kommen musste, bevor es zu spät war, bevor ich mich Hals über Kopf in sie verliebt hatte. Zane war nicht glücklich mit mir. Soviel konnte ich spüren. Jetzt zu gehen war die beste Option. Die Frage war, würde ich den Weltraum mit einem Stöpsel in meinem Hintern verlassen?

8

Hannah

IM SPEISESAAL WAR VIEL LOS, als Dare und ich eintraten. Der Raum war klein, für nicht mehr als hundert Leute angelegt. Etwa ein Dutzend Kinder im Kindergartenalter jagten einander um die Tische, an denen ihre Mütter saßen und aus Tassen voll mit dampfender Flüssigkeit tranken. Hier und dort über die langen Esstische verteilt saßen kleine

Gruppen von Kriegern, die meisten von ihnen ohne Kragen. Sie lächelten und ließen zu, dass ihnen die Jungen auf den Schoß krabbelten und mit ihnen sprachen. Zwei Gefährten saßen mit ihren Frauen—ich konnte nun sehen, dass sie Kragen der gleichen Farbe trugen—an einem der Tische. Ein Paar fiel mir sofort auf. Mein Mund blieb offen stehen, und mein Herz raste vor Aufregung. Dare versuchte, mich auf eine kleine, an der Wand angebrachte S-Gen-Einheit zuzuziehen, aber ich widerstand seinem Zerren.

„Sie ist ein Erdenmensch."

Dare blickte in die Richtung, in die ich starrte—ich konnte nicht anders—und nickte. „Ja. Das ist Lady Hendry. Der Krieger, der ihr gegenüber sitzt, ist ihr primärer Gefährte, Captain Hendry. Er muss wohl hier sein, um den Kommandanten zu sprechen, bevor wir die Front erreichen."

Dare zerrte wieder an meinem Ellbogen, und diesmal folgte ich ihm zur S-Gen-Einheit an der Wand. Sie war etwa so groß wie eine Mikrowelle zu Hause und hatte die gleiche schwarze Bodenplatte mit den seltsamen grünen Linien wie die in Zanes Quartier. Mein Magen knurrte erneut. Ich war am Verhungern.

„Lege deinen Finger auf den Aktivator, so." Dare drückte seinen Daumen in eine kleine Vertiefung an der Wand neben der Maschine. „Und dann sagst du dem Schiff einfach, was du essen möchtest." Er bestellte etwas, von dem ich noch nie gehört hatte, zog den Daumen weg und wartete geduldig, während das Innere des Geräts leuchtend grün wurde. Als das Licht verblasst war, wartete ein dampfender Teller voll Essen auf ihn, komplett mit einer zweispitzigen Gabel und einem Messer. Er nahm seinen Teller und wandte sich an mich. „Du bist dran."

„Ich weiß nicht, was ich bestellen soll." Das wusste ich tatsächlich nicht. Ich hatte keine Ahnung, wie irgendeine ihrer Speisen aussah oder schmeckte. Alles, was ich wirklich wollte, war ein wenig von Mutters hausgemachter Lasagne und französisches Baguette.

Er grinste. „Der Kommandant hat eine vollständige Speisekarte von den Abfertigungszentren auf der Erde bestellt, als er hörte, dass du unterwegs bist. Das Schiff ist mit über zweitausend Speisen von deiner Welt programmiert. Er wollte, dass du dich hier wohl fühlst." Den letzten Satz sprach er voller leiser Aufrichtigkeit, als hätte ich Zweifel daran, dass Zane das nur für mich getan hätte.

Ich blickte auf die andere Menschenfrau und ihren Gefährten. Sie hatte zwei entzückende Kinder bei sich. Das ältere Kind, ein süßes kleines Mädchen, sah etwa vier Jahre alt aus. Ihr kleiner Bruder konnte kaum krabbeln.

Dare beobachtete mich, während ich meine Schlüsse aus der Szene zog.

„Auch Lady Henry isst Erdenspeisen. Aber bevor du zu uns kamst, bestand die Speisekarte von deiner Heimatwelt aus hundert Speisen, und nur von ihrem Heimatland. Bräute auf ganz Prillon feiern deine Ankunft. Deston ist der höchstrangige Militäroffizier, der noch aktiv im Dienst ist. Niemand sonst, außer dem Primus oder Prinz Nial, hätte die Programmierung anordnen können, die notwendig war, diese Speisekarte für dich zu schaffen."

Ich riss meinen Blick von dem glücklichen Paar los und starrte auf den S-Gen. Na dann mal los. Ich legte den Daumen auf den Aktivator-Knopf. „Lasagne und französisches Baguette."

Eine freundliche weibliche Stimme antwortete mir, die Stimme des Computersystems des Schiffs, und ich zuckte überrascht zusammen. „Möchten

Sie auch etwas trinken, Lady Deston? Ich nehme wahr, dass sie unter einer leichten Dehydrierung leiden."

Ich *war* wirklich durstig. „Woher weiß es das?" Ich sah Dare an.

„Dein Kragen überwacht laufend den Gesundheitszustand deines Körpers. Sobald wir dich in Besitz genommen haben, wird das System dir dabei helfen, das Gleichgewicht zu halten, solltest du dich in Not befinden."

Ich schüttelte den Kopf und bestellte ein Glas Wasser mit Zitrone, und wandte mich wieder an Dare. „Was soll das überhaupt heißen?"

Er trug meinen Teller, und ich folgte ihm, einen Schluck von dem eiskalten Wasser nehmend. Es schmeckte himmlisch. „Es bedeutet, wenn du dehydriert oder krank bist, werden die zusätzlichen Implantate, die du bekommst, sobald wir völlig verbunden sind, dir Wasser oder andere Nährstoffe direkt ins Blut transportieren können, auf die gleiche Weise, wie es Abfallstoffe hinaustransportiert."

Ich setzte mich in einen weichen braunen Sessel, und Dare setzte sich mir gegenüber hin. „Warum esst ihr Leute dann überhaupt?"

„Weil wir es genießen." Er blickte neugierig auf mein Essen, bevor er seinen Finger in den geschmolzenen Käse und die Tomatensauce tunkte. Er kostete es und nahm sich Zeit, die Aromen auf seiner Zunge zergehen zu lassen. Ich beobachtete ihn, neugierig darüber, was er vom Erdenessen halten würde.

„Hast du schon einmal Essen von der Erde gegessen?"

Er nickte. „Ja, aber nur ein paar Dinge. Ich habe euer Bier probiert und etwas, das sich Hot Dog nannte." Er verzog das Gesicht und schüttelte den Kopf. „Begeistert war ich davon nicht. Aber das hier?" Er hob die seltsame Gabel hoch und schnitt sich ein Stück Lasagne für sich selbst ab. „Das hier ist fantastisch."

Ich lachte über den erstaunten Ausdruck auf seinem Gesicht, wie ein kleiner Junge, der gerade ein neues Spielzeug entdeckt hatte. „Soll ich dir auch eine bestellen?"

Er lächelte, aber bevor er antworten konnte, kam jemand auf uns zu und stellte sich neben uns. Ich blickte zur Seite und sah dort die Menschenfrau mit langen blonden Haaren, die auf meinen Teller starrte, als hätte sie noch nie zuvor Lasagne gesehen. Ihre Stimme war melodisch und erinnerte mich an meine Musiklehrerin in der Schule.

„Oh mein Gott. Ist es das, was ich denke?" Ihr Gefährte stand hinter ihr, mit belustigtem Gesicht. Ihre kleine Tochter war auf seinem Arm, ihre Arme um seinen Hals geschlungen und ein Ausdruck völliger Zufriedenheit auf ihrem Gesicht. Ich kannte das Gefühl; ich hatte es verspürt, als Zane mich in beinahe derselben Position gehalten hatte. Der kleine Junge hing am Bein seiner Mutter.

„Wenn Sie denken, dass es Lasagne ist, dann ja."

Ihre Augen leuchteten entzückt auf, und sie klatschte sich vor Aufregung die Hände vor dem Gesicht zusammen. „Oh ja! Ich bin schon seit fünf Jahren dazu verdammt, Maccaroni mit Käse zu essen! Sie müssen Lady Deston sein." Sie hielt mir die Hand hin, und ich schüttelte sie.

„Ich bin Hannah."

„Anne." Ihr Blick hielt meinen fest, und ich wusste, zumindest teilweise, wie sie sich fühlte. Es war nett, jemanden von zu Hause zu sehen. Ich erinnerte mich an die Worte von Aufseherin Egara, dass ich die erste Freiwillige von der Erde war. Ich musste also annehmen, dass Anne im Gefängnis gewesen war. Ich fragte mich, was sie angestellt hatte, um verurteilt und vom Planeten geschickt zu werden. Sobald ich darüber nachdachte, erkannte ich, dass ihre Strafe *war*, vom Planeten geschickt zu werden. Es musste ihr nicht unbedingt missfallen. In der Tat, wenn ich sie mir so ansah mit ihrem Gefährten und ihren Kindern, wirkte sie recht glücklich.

„Es freut mich, dich kennenzulernen."

„Hoch, Mama." Der Kleine hielt seine dicken kleinen Arme hoch, und ich starrte den Jungen erstaunt an. Er sah nicht so wild aus wie der Krieger, der sein Vater war, doch er war auch nicht so richtig menschlich. Die Augen des kleinen Mädchens glichen denen des Kriegers, der sie hielt, und ich nahm an, dass dies ihr Vater war. Aber der kleine Junge? Er sah ein wenig anders aus, mit grünlichen Augen und einem anderen Farbton auf seiner Haut. War der Junge ein Kind von Annes sekundärem Gefährten? Hatte sie einen sekundären Gefährten? Hatten das nicht alle Prillon-

Bräute? Aber immerhin hatte ja auch ich zwei Gefährten und war derzeit nur mit Dare unterwegs. Vielleicht flog ihr anderer Gefährte gerade mit einem Raumschiff herum oder so.

Ich hatte keine Ahnung, und ich würde niemals fragen. Beide Kinder waren entzückend, und plötzlich konnte ich mir mich selbst mit ein paar eigenen Babys vorstellen, eines mit Zanes bernsteinfarbenen Augen, das andere mit Dares grauen.

„Du hast wunderschöne Kinder." Ich lächelte ihr zu, als sie ihren Sohn hochhob. Mein Kompliment war aufrichtig.

„Danke." Unsere Blicke trafen sich, und ich wusste, dass ich eine Freundin gewonnen hatte. „Was hast du gemacht, auf der Erde meine ich?"

Das hatte mich noch niemand gefragt, und die normale Unterhaltung fühlte sich gut an. „Ich war Kindergärtnerin."

„Wow. Du musst eine Engelsgeduld haben. Ich war Krankenschwester."

Blut. Eingeweide. Schleim. Igitt. „Wow. Das könnte ich nicht. Ich werde ohnmächtig, wenn ich Blut sehe."

„Jedem das Seine." Wir kicherten beide, aber ihr Gefährte unterbrach uns.

„Es tut mir leid, meine Liebe, aber wir müssen los. Wir müssen auf unser Schiff zurück. Ich habe in einer Stunde eine Besprechung." Der riesige Mann sprach zum ersten Mal, und mein ganzer Körper spannte sich an Ich kannte diese Stimme. Oh mein Gott, und wie ich diese Stimme kannte—die mich fragte, ob ich seine Besitznahme annahm—seine riesige Hand um meinen Hals legte und meinen nackten Körper an seine riesige Brust drückte, während ein anderer Mann, sein Sekundär, an meiner Pussy naschte—

Die Erinnerungen überfluteten mich mit Hitze, und ich musste auf meinen Teller hinunterblicken und hoffen, dass mein dummer Körper sich bald beruhigen und mich in Ruhe lassen würde. Aber ich hatte kein Glück, denn er sprach mich diesmal direkt an, mit seiner tiefen Stimme. „Ich heiße Sie willkommen, Lady Deston. Mögen Sie hier bei uns Ihr wahres Glück finden, als Braut von Prillon."

Meine Antwort war eher ein Pieps als ein ganzes Wort. „Danke."

Anne berührte mich am Arm, und ich hatte das Gefühl, dass ich sie noch einmal ansehen musste, oder das Risiko eingehen, äußerst unhöflich zu wirken. Als ich in ihre blauen Augen blickte, konnte ich sehen, dass sie wusste, was ich gesehen hatte, was ich im Bräute-Abfertigungsprotokoll erlebt hatte. Sie *wusste* es. Ich konnte es in ihren Augen sehen, während ihr Gefährte seine große Hand auf ihre Hüfte legte. Ihre nächsten Worte bestätigten es. „Das Abfertigungsprotokoll?"

Ich konnte ihr nicht in die Augen sehen und lügen. Das konnte ich einfach nicht. „Ja. Es tut mir leid."

Sie warf den Kopf zurück und lachte laut auf, ein Laut reiner Freude. Ich erstarrte, erschrocken über ihre Reaktion. Ich hatte erwartet, dass sie wütend war oder beschämt. Stattdessen konnte sie sich das Grinsen nicht verkneifen. „Gern geschehen, *Lady Deston*." Sie sprach meinen neuen Titel mit äußerstem Nachdruck aus. „Sehr, sehr gern geschehen."

Ich spürte, wie meine Augen groß wurden, und sie zwinkerte mir zu, während ihr Gefährte sie sanft in Richtung Tür zog. Sie blickte über ihre Schulter zurück. „Wir werden gute Freunde werden, Hannah. Wir sehen uns bald wieder."

Ich winkte ihr nach, und als ich mich herumdrehte, fand ich Dare vor, der mich studierte, seine Nasenflügel bebend, als könnte er meine Erregung riechen. Dann fiel mir ein, dass er das tatsächlich konnte, und sie *spüren*, durch unsere Verbindung. Eine schuldbewusste Röte zog sich über meinen Hals und mein Gesicht, und ich wusste, dass ich knallpink anlief. Es hatte mir gefallen... nein, ich hatte es geliebt, was Captain Hendry und sein Sekundär mit Anne angestellt hatten. Ich begehrte diese Art von Dominanz.

„Erkläre dich, Hannah."

Ich schüttelte den Kopf, weigerte mich, dem Mann meine wahren Gefühle zu verraten, und machte stattdessen meinen ersten Bissen von der Lasagne. Der Geschmack von Tomaten und Oregano, Mozzarella und dicken Teigblättern explodierte auf meiner Zunge. Es war die beste Lasagne, die ich je gegessen hatte. Ich gab einen kleinen Genusslaut von mir und beeilte mich, einen weiteren Bissen zu machen, mein

Magen mit einem Mal eine leere, schmerzende Höhle.

Dare sah mir einen Moment lang zu, dann beschloss er, die Angelegenheit beiseite zu legen und sein eigenes Essen rasch aufzuessen.

Als wir beide fertig gegessen hatten, kam eine Prillon-Frau mit freundlichem Gesicht an unseren Tisch und trug unsere Teller mit einem schüchternen Lächeln davon. Ich dankte ihr, und sie verneigte sich vor mir. „Gerne, Lady Deston. Willkommen. Mögen Sie unter uns viel Freude finden."

„Vielen Dank." Ich blickte hoch und bemerkte, dass jeder, der sich noch im Speisesaal befand—das waren acht gefährtenlose Krieger, sechs kleine Kinder mit ihren Müttern, und ein Gefährtenpaar, das Mitte sechzig zu sein schien—uns alle offen beobachteten. Ich drehte mich zu Dare herum, plötzlich unbehaglich damit, im Mittelpunkt der

Aufmerksamkeit zu stehen. „Warum starren die mich alle an?"

Seine Brust war stolzgeschwellt und sein Lächeln von der Art, wie es ein Mann trägt, der sich großmütig und überaus selbstzufrieden fühlt. „Sie warten darauf, ihre neue Lady kennenzulernen. Der Kommandant hat den zweithöchsten Rang nach dem Primus auf unserer Heimatwelt."

Ich hatte keine Ahnung, was ein Primus war, und meine Verwirrung musste mir auf dem Gesicht gestanden sein.

„Der Herrscher auf unserem Planeten. Unser König."

Du liebe Scheiße. Deston war dritter in der Thronfolge seines gesamten verdammten Planeten? Ich spürte, wie sich meine Brust zusammenzog. Heiß. Es war heiß hier drin.

Ich blickte vom herannahenden Paar zu Dare auf, der meinen Moment der

Panik zu genießen schien, denn er fuhr fort. „Zane, mein Cousin, ist außerdem der gefürchtetste Krieger an der Front. Er ist Kommandant der gesamten Koalitionsflotte, nicht nur von diesem Schlachtschiff und seiner Schlachtformation. Du bist die Braut von Kommandant Deston, Hannah. Und hast somit den zweithöchsten Rang in unserer gesamten Flotte."

„Wie bitte? Was soll das überhaupt heißen?" Ich flüsterte die Frage eilig, denn der ältere Krieger und seine Braut näherten sich bereits dem Tisch. Ich wusste nicht das Geringste über Kriegsführung, oder Schlachtschiffe, oder den Feind. Ich wusste, wie man Nasen putzte, ‚Alle meine Entchen' sang und das Alphabet mit Wasserfarben malte.

Dare lehnte sich in seinen Stuhl zurück und verschränkte die Arme vor der Brust, und nickte dem Mann, der auf mich zukam, kaum wahrnehmbar zu.

„Der Primus herrscht über unseren Planeten, aber der Kommandant herrscht über die Militärkräfte der gesamten Koalition. Er hat mehr tatsächliche Macht und Einfluss als der Primus, denn er kommandiert Krieger von allen Mitgliedswelten. Zane regiert über diese Region des Weltalls. Auf der Erde, Hannah, würdest du glaube ich als Königin bezeichnet werden."

Die nächste Stunde lang wurde ich jedem im Raum vorgestellt und von ihnen willkommen geheißen. Ich konnte mich nicht beschweren. Sie waren freundlich, warmherzig und schienen sich aufrichtig darüber zu freuen, mich kennenzulernen. Ich versuchte, zu lächeln und Small-Talk zu betreiben, aber die Wahrheit war, dass ich mit vollem Magen und all den erschöpfenden Ereignissen des Tages langsam müde wurde. Dare wachte wie ein Adler über mich, und sobald die letzte kleine

Kinderhand meine geschüttelt hatte, erhob er sich.

„Vielen Dank euch allen für eure Freundlichkeit Lady Deston gegenüber, aber sie ist müde von ihrem Transport. Ich muss sie nun zu unserem Quartier zurückbringen, wo sie sich wie dringend nötig ausruhen kann."

Sie alle nickten zustimmend, und Dare legte seinen Arm um meine Taille und führte mich aus dem Raum, auf beinahe die gleiche Art, wie Captain Hendry Anne geführt hatte. Er ragte über mir auf, aber er nahm seine Hand nicht von mir, während wir durch die Flure zu unserem Quartier zurückgingen.

Die Wände wechselten von einem dunklen Orange zu blau, dann wieder zurück zu dem vertrauten cremefarbigen Braun, das mir sagte, dass wir unserem privaten Quartier wieder nahe waren. Während wir näherkamen, gingen meine Gedanken wieder an Zane zurück. Er hatte das Kommando über die gesamte Weltraum-Armee, die gleiche Armee, die die Erde und alle anderen Mitgliedswelten beschützte? Er war der Anführer von alledem?

Und was noch wichtiger war, würde er in unserem Quartier sein und auf mich warten? Was würde mir bevorstehen, wenn diese Türen sich öffneten und ich eintrat?

Dare musste gespürt haben, wie sich die Muskeln in meinem Rücken anspannten, als wir näherkamen.

„Der Kommandant wird die ganze Nacht über in der Kommandozentrale sein. Wir werden bald an der Front ankommen. Ich habe ein paar Stunden Zeit, bevor ich mich zum Dienst melden muss. Dann wird er zu dir zurückkehren. Wir werden immer auf dich aufpassen, Hannah. Du wirst nie alleine oder ohne Schutz sein, nicht solange wir leben."

„Ja, aber ihr könntet *sterben*. Ihr beide.

Ich kann mich keinem Mann hingeben—oder zwei Männern—die willentlich ihr Leben aufs Spiel setzen."

„Du bist eine Braut Prillons, Hannah. Hierher gesandt zu werden bedeutet, dass du wie wir bist, du suchst dir die harten Kanten des Lebens aus, Hannah. Du genießt einen scharfen Biss von Angst oder Schmerz, diesen Hauch der Gefahr."

Ich erinnerte mich an den Traum und an die Hand um meinen Hals. Es war nicht real gewesen, und doch hatte ich es *gespürt.* Es hatte mir gefallen, festgebunden zu sein, mich nicht nur einem Mann, sondern zweien zu unterwerfen, seine Macht über mich deutlich in der Art, wie er mich berührte.

„Ich sehe an der Röte auf deinen Wangen, dass du zugibst, dass dies wahr ist." Als ich gerade sprechen wollte, hob er die Hand und steckte einen Finger unter seinen Kragen. „Du kannst es nicht verbergen. Vielleicht leugnet auch Zane es lieber, aus Angst, dich zu verletzen, aber ich kann es deutlich sehen. Du bist auf Prillon zugeordnet worden wegen deiner Kampfstärke, im Bett und in der Schlacht. Wären wir keine Krieger, würdest du uns nicht wollen. Du musst nachgeben und der Zuordnung vertrauen."

„Ja, aber...", setzte ich an, aber biss mir in die Lippe.

Dare legte den Kopf schief. „Was denn?"

Ich zupfte an meinem Kragen. „Ich kann spüren... ich spüre, dass er etwas zurückhält."

Dares Augenbrauen zogen sich bei diesen Worten hoch. „Er ist Kommandant. Er hat viele Geheimnisse."

Die Antwort war vage, aber wahrscheinlich wahr. Spürte ich diese Mauer, damit Zane die Schrecken seiner Arbeit nicht weitergab? Es war eine würdige Frage, also nickte ich nur zur

Antwort. Ich würde Zeit zum Nachdenken brauchen, und vielleicht auch mehr Zeit mit Zane.

„Also dann", sagte Dare, kam auf mich zu und strich mir mit den Knöcheln über die Wange. „Es müssen nicht beide deiner Gefährten anwesend sein, um dein Training fortzuführen. Kein Zane heute Nacht, nur ich."

Ich hasste mich ein klein wenig dafür, dass mein Körper sich bei diesen Neuigkeiten entspannte. Zane war so groß, so intensiv, und so verdammt unwiderstehlich. Die Verbindung mit ihm war noch viel mächtiger als die mit Dare. Ich wollte mich nicht mit meinen Ängsten über ihn befassen, denn diese starke Verbindung bedeutete auch eine starke Angst, dass ich ihn enttäuschen würde. Es war dieser Gedanke, der mich innerlich zerriss.

Fühlte ich mich zu Zane hingezogen, weil er ein Krieger war? Es ergab keinen

Sinn, denn alle meine Erfahrungen mit den Männern auf der Erde ließen mich vor ihrer falschen Dominanz davonlaufen. Ich hatte auf die harte Tour gelernt, dass ihre Anliegen größtenteils auf sich selbst bezogen waren. Mit den Kriegern auf Prillon Prime wusste ich jedoch, dass das, was ich über die Kragen empfand, nicht vorgespielt werden konnte.

Ich wollte mich mit meinen Emotionen gegenüber Zane momentan nicht befassen. Sie waren noch zu roh. Ein Gähnen drohte, mir zu entweichen, aber Dares nächste Worte zerstörten das sanfte, behagliche Gefühl.

„Wir haben nur ein paar Wochen, um dich auf die Besitznahme vorzubereiten, und ich bin nicht die Art von Krieger, der seine Gefährtin vernachlässigt."

9

Hannah

Dare öffnete die Tür zu unserem Quartier und wartete, bis ich ihm voraus ins Zimmer gegangen war. In dem Moment, in dem sich die Tür hinter uns schloss, verschwand mein sanfter und rücksichtsvoller Begleiter.

„Ich weiß, dass Zane mit dir vorsichtig ist."

Ich drehte mich zu ihm herum und

runzelte die Stirn. Also hatte Zane sich *tatsächlich* zurückgehalten? Ich hatte es gespürt, über unsere Verbindung, aber es von Dare bestätigt zu bekommen, fühlte sich unbehaglich an. Es war schwer zu glauben, denn der Sex, oh Gott, der Sex war unglaublich gewesen. Was wollte Zane noch von mir, das ich ihm noch nicht gegeben hatte? Was brauchte er noch von mir? Ich hatte ihnen alles gegeben. Ich hatte ihm alles gegeben—außer meinem Herzen. Das gehörte immer noch mir. „Warum würde Zane—ich meine...?"

„Zane glaubt, du bist zu weich, zu klein, um unsere Schwänze so aufzunehmen, wie wir dich ficken wollen." Dare beugte sich vor und hob mein Kinn mit seinen Fingern hoch. „Ich werde nicht so sanft sein, Gefährtin. Ich will deinen Körper für mich vorbereiten." Dann küsste er mich, zärtlich, so sanft, dass es einen Moment länger dauerte, bis ich seine Worte erfasst hatte. „Ich will nicht länger als notwendig darauf warten, in Besitz zu nehmen, was mir gehört."

Ich dachte an unsere gemeinsame Zeit mit Zane zurück. Hatte ich Lust und Macht verwechselt? Hatte Zane mich als etwas Zerbrechliches behandelt? Etwas, das kaputt werden konnte? Und wenn er das hatte, war ich in der Lage, mehr auszuhalten, wenn es das war, was er brauchte? Würde ich zerbrechen, wie er es befürchtete? Würde er mir die Gelegenheit geben, meine eigenen Grenzen zu testen? Würde ich das wollen?

Bei dem Gedanken daran zog sich meine Pussy zusammen. Gott, ja, ich wollte, dass er mich an die Grenzen brachte. Ich wollte völlig vereinnahmt werden. Ich wollte Zane vertrauen, dass er wusste, wie weit er mich treiben *konnte*. Ich wollte meine Augen schließen und mich ihm hingeben. Aber ich wagte es nicht, noch nicht. Ich konnte die

Dunkelheit spüren, die ihn ritt. Er hatte vor etwas Angst. Angst, mir wehzutun? Oder Angst, mich zu zerbrechen? „Bin ich wirklich so klein im Vergleich zu euren Frauen?"

Dare hob meine Arme über den Kopf und hielt sie dort fest, und starrte mir in die Augen. „Ja, du bist klein."

„Anne auch. Und ihr scheint es mit Captain Hendry gut zu gehen."

Dare lachte auf. „Sie ist mindestens einen halben Kopf höher als du, meine Kleine. Mit einem runderen Hintern und breiteren Schultern."

Das stimmt. Anne war zumindest 15cm größer als ich, aber ich war durchschnittlich groß für die Erde. Und nach keinem Maßstab klein. Meinem Arzt zufolge sollte ich zumindest fünfzehn Kilo abnehmen. Ich senkte meine Arme, um meinen runden Bauch vor Scham zu verbergen. Hielt Zane sich deshalb zurück? War ich zu dick? Zu weich? Zu—

„Arme hoch, Hannah, als würdest du versuchen, die Decke zu erreichen." An dem tiefen Ton in Dares Stimme, während er auf meine Brust starrte, erkannte ich, dass der Anblick meiner hervorgestreckten Brüste seine Aufmerksamkeit völlig in Beschlag genommen hatte. Nun, zumindest hatte es den Vorteil größerer Brüste, wenn man ein wenig rundlicher war.

Ich hielt still, nicht sicher, was ich tun sollte, aber sein befehlender Ton schickte einen elektrischen Schauer über meine Haut. War es erlaubt, dass ich mit Dare ohne Zane zusammen war? Ich wusste es nicht. Was sollte ich tun?

Langsam hob ich die Arme. „Dürfen wir—ich meine—ohne Zane?"

„Ich bin dein sekundärer Gefährte, Hannah. Dein Kragen liegt um meinen Hals, und ich habe deine Besitznahme angenommen."

„Ich habe nicht—"

„Weist du die Verbindung zwischen uns ab? Lehnst du mich als deinen sekundären Gefährten ab?" Dare trat vor mich, bis mein Gesicht so nahe an seiner massiven Brust war, dass ich nichts sehen konnte außer ihn. „Würdest du mich abweisen, Gefährtin, und von Zane fordern, einen anderen zu ernennen?"

Meine Pussy zog sich bei seinem Tonfall zusammen. Mir gefiel diese dominantere Seite an ihm. „Nein." Ich hatte keine Ahnung, ob ich in der Angelegenheit etwas zu sagen hatte, aber ich wollte keinen weiteren Gefährten, oder einen anderen Sekundär. Zane gehörte *mir*, das wusste ich tief in meinen Knochen, selbst wenn er nicht dasselbe empfand.

Aber Dare? Er eroberte jetzt bereits ein Stück meines Herzens. Und obwohl ich einen weiteren dominanten, kontrollsüchtigen Mann brauchte wie ein Loch im Kopf, so begehrte ich es doch. Allein beim scharfen Biss von Dares Worten wurde meine Pussy feucht.

Dare drückte seine Lippen heftig an meine, und seine lange Zunge spielte mit mir und schmeckte mich, als würde er nie genug bekommen.

Ich spürte, wie seine riesigen Hände um mich herum in meinen Nacken fassten. Ein Ruck an der Uniform, die ich trug, und die obere Hälfte davon öffnete sich quer über meinen Rücken.

„Oh!"

Er schälte sie langsam von meinem Körper, verließ meinen Mund, um sich seinen Weg über jeden Zentimeter der freigelegten Haut zu küssen, während er mich entkleidete. Schultern, Arme, Brüste, Bauch und Schenkel erfuhren das Spiel seiner Zunge. Als er sich hinkniete, um die Kleidung über meine Füße zu streifen, stand ich nackt und zitternd vor ihm. Meine Müdigkeit von vorhin war verflogen, eilig ersetzt von pulsierendem Verlangen.

„Lege dich aufs Bett. Ich will dich auf deinem Bauch, Hannah, und warte auf mich, während ich einen weiteren Stöpsel zum Training auswähle."

Ich ging zum Bett und zog mich um den herum zusammen, der noch in mir war, während ich auf die seidige Decke kroch. Das dunkelrote Material fühlte sich unter meinen Händen wie Satin an, und ich legte mich in die Mitte des Betts. Dare nahm sich gehörig Zeit damit, eine Stöpsel auszuwählen, und als er sich zu mir herumdrehte, sah ich, dass er die nächste Größe in einer Hand hatte und ein kleines Fläschchen Gleitgel in der anderen. Unsere Blicke trafen sich, während er auf mich zukam und meine Pussy zusammenzuckte, als ich die Lust in seinen Augen sah.

Er war neben mir, bevor ich das Gleichgewicht wiedererlangen konnte, und er legte mir den großen Stöpsel aufs Kreuz, sodass ich das Gewicht und die Breite davon spüren konnte.

„Spreiz deine Beine, Hannah. Lass mich ansehen, was mir gehört." Als ich nicht schnell genug folgte, setzte es einen lauten Klatsch auf meinen nackten Hintern. Der Stich breitete sich wie Feuer über meine immer noch wunde Backe aus, und ich biss in die Bettwäsche, um nicht laut aufzuschreien. Ich drückte meine Beine ein wenig weiter auseinander, aber Dare, der offenbar nicht warten wollte, verlagerte sein Gewicht und benutzte beide Hände, um meine Knie weit auseinander zu zwängen. Er fasste über meinen Kopf hinweg, nahm ein großes Kissen vom Kopf des Bettes und hob meine Hüften hoch, um das Kissen unter mich zu legen. Der Stöpsel fiel neben mir hinunter, aber Dare achtete nicht darauf, wo er landete, nicht, solange mein

Körper, sein Spielplatz, so offen vor ihm lag.

Nun war ich ihm völlig ausgeliefert, während er hinter mir kniete, zwischen meinen Beinen. Mein Hintern war in die Luft gestreckt, perfekt zur Schau gestellt. Bestimmt konnte er das Endstück des kleinen Stöpsels sehen, das sich an meinen gedehnten Eingang schmiegte. Auch meine Pussy war weit offen, die Luft im Raum eine kühle Erinnerung daran, dass er—alles sehen konnte.

„So hübsch, Hannah. So eng. Zanes Samen tropft aus dir." Dare rieb meine Arschbacken mit beiden Händen, zog kräftig genug daran, um meine Pussy weiter zu öffnen und meinem jungfräulichen Loch einen kleinen Stich zu versetzen. Seine Finger fuhren durch die Nässe, die meine Pussy benetzte, und verteilte sie. Sie fühlte sich überall, wo er mich berührte, heiß und kribbelig an, und ich wurde rasch immer erregter.

Vorsichtig fasste er den Stöpsel in meinem Hintern und zog daran, um ihn aus meinem Körper zu holen. Ich seufzte auf, als mein Körper sich entspannte, sich unerklärlich leer anfühlte. Dare hob den neuen Stöpsel auf.

„Dare, ich glaube nicht—ich bin noch nicht soweit—" Der zweite Analstöpsel war zu groß, zu lang, einfach zu viel.

Zwei große Finger wurden in meine Pussy geschoben, und ich schrie bei der Invasion auf. „Was sagtest du, Gefährtin?" Er fickte mich mit seinen Fingern, bis ich stöhnte und mich gegen seine Hand drückte. „Du bist noch nicht soweit? Wo deine Pussy so nass ist, dass ich dich jetzt sofort ficken könnte, dich hart herannehmen, und du nach noch mehr betteln würdest?"

Er folterte mich mit einer Hand weiter, aber die andere hob das Fläschchen Gleitgel an meinen Hintern. Ich spürte die kleine Invasion, als die

Spitze in mich eindrang, und dann die warme Flut der Flüssigkeit, wie sie mein Inneres benetzte. Schon bald würde ich dort mit einem noch größeren Teil gefüllt sein als beim letzten Mal.

„Ich bin erst seit ein paar Stunden hier." Meine Stimme war kehlig, während er damit fortfuhr, meine beiden Löcher zu bearbeiten. „Bestimmt brauche ich mehr Zeit, um mich an den kleineren Stöpsel zu gewöhnen, bevor du einen neuen verwendest?"

Einer von Dares Fingern umkreiste meinen Hintereingang. Ich wurde rot bei dem Gedanken, dass er nicht mehr so eng war wie zuvor; der Stöpsel hatte seine Arbeit getan.

„Dein gesamter Körper bereitet sich auf die Besitznahme-Zeremonie vor, Hannah. Selbst dein Hintern passt sich an, bereitet sich vor. Dein Körper würde sich am Ende von alleine darauf anpassen, uns beide aufzunehmen, aber die Übungsgeräte werden den Prozess beschleunigen. Ich kann sehen, dass du für die nächste Größe bereit bist. Ich würde dich nicht verletzen. Vertrau mir."

Nachdem er den nächstgrößeren Stöpsel angebracht hatte, würde Dare mich dann ficken? Würde er seinen riesigen Schwanz in meine Pussy stecken und mich zu seinem Eigentum machen, so wie Zane es bereits getan hatte?

Als er das Gleitgel aus meinem Hintern zog, nahm er auch seine Finger aus meiner Pussy, und ich musste mich in die Bettwäsche krallen, um mich davon abzuhalten, nach mehr zu betteln.

„Ich werde diesmal nicht sanft sein, kleine Gefährtin. Du bist bereit, und du wirst nehmen, was ich dir gebe." Mit diesen Worten spreizte er mich mit einer Hand auseinander und führte die Spitze des Stöpsels mit der anderen ein. „Und warum? Weil ich weiß, dass du es willst."

„Ja!", schrie ich bei seinen groben Handgriffen.

Er tat mir nicht weh, aber er war auch nicht sanft wie Zane es gewesen war. Er drehte das Gerät herum und zerrte an meinem Hintern, bis ich mich ihm nicht länger verweigern konnte. Ich spürte den Augenblick, in dem meine Muskeln losließen und der Stöpsel tief und schnell mit einem Rausch von Lustschmerz in mich glitt, der meiner Kehle ein Stöhnen entriss. Sobald er ganz in mir saß, rückte Dare den Stöpsel sanft hin und her, fickte mich nicht damit, sondern spielte mit der Möglichkeit, bis mir danach war, ihn darum anzubetteln, mehr zu tun. Egal was, nur mehr.

Er ließ das Gerät los und ich keuchte auf, wartend und mich fragend, was als nächstes passieren würde.

Seine Hand landete mit einem scharfen Stich auf meinem Hintern, und ich jaulte.

„Das war dafür, dass du mich angelogen hat, und dich selbst, Hannah. Du *warst* bereit. Du warst mehr als bereit."

Das stimmte. Er war überraschend leicht in mich geglitten. Obwohl er mich dehnte, brannte es nicht, und es war nicht einmal übermäßig empfindlich.

„Es tut mir leid." Es war mir egal, was ich sagen musste, ich wollte kommen. Ich brauchte von ihm, dass er mich zum Kommen brachte.

„Es tut dir leid? Vergisst du da nicht etwas?" Er schob zwei Finger zurück in meine Pussy zur gleichen Zeit, als seine andere Hand mit einem scharfen Stich auf meiner anderen Backe landete.

Vergessen? Gott, was hatte ich vergessen? „Was denn?", schrie ich.

Er schlug noch einmal zu, ein wenig kräftiger, während sein Daumen meinen Kitzler fand und ein wenig zu fest darauf drückte. Ich brauchte Stimulation für einen Orgasmus, aber nicht konstanten Druck. Ich wackelte mit den Hüften, versuchte, ihn dazu zu zwingen, sich zu bewegen, und seine Hand schlug erneut zu. „Hannah, wenn wir in unserem privaten Quartier sind, wirst du mich Meister nennen, oder Sir. Verstanden?"

„Ja."

In einer Bewegung, die so schnell war, dass ich nicht sehen konnte, wie er seine Position geändert hatte, wurde ich auf den Rücken geworfen, und er ragte über mir auf. Er beobachtete mein Gesicht, während er mich mit der ganzen Hand bearbeitete, mich wieder und wieder an die Kippe brachte und dann aufhörte, gerade als die Welle der Erfüllung kurz davor stand, über mir zusammenzuschlagen. Wieder und wieder, bis ich mich auf dem Bett herumwarf, den Tränen nahe. „Willst du kommen, Hannah?"

„Ja."

„Ja, was?" Seine Hand wurde still, und ich öffnete meine Augen, um in seinen dunkelgrauen Blick zu starren. Seine Lust speiste meine durch die Kragen, und ich wollte mir gar nicht vorstellen, was er von mir zu spüren bekam. Lag es an dieser Verbindung, dass er genau wusste, wann er aufhören musste? Ich war so angespannt, dass ich das Gefühl hatte, gleich zu explodieren.

„Ja, Sir. Bitte."

Sein Lächeln reichte beinahe aus, um mich auf der Stelle zum Kommen zu bringen. Ich hatte ihm Freude bereitet, und das warme Gefühl in meiner Brust hatte nichts mit Sex zu tun und alles damit, ihn glücklich zu machen.

Dare senkte seinen Mund zu meinem und streichelte mich, während seine Zunge in meinem Mund die Bewegungen seiner Hand weiter unten nachahmte. Als ich schrie und mein ganzer Körper sich mit der Kraft meines Höhepunktes vom

Bett abhob, raubte er mir den Atem, dann küsste er einen Pfad meinen Körper hinunter, um meine Pussy in seinen Mund zu nehmen. Er saugte und leckte an meinem Kitzler und streichelte mich mit den Fingern von innen, bis ich noch einmal in Stücke fiel.

„Siehst du, Hannah, deine Unterwerfung kommt nicht auf schmerzhafte Kosten. Wenn du frei gibst, wirst du im Gegenzug nur Lust empfangen. Es gibt nichts, wovor du dich fürchten musst. Wir sind nicht wie die Männer auf der Erde."

Dann erhob er sich und zog seine Kleider aus, um sich an den Rand des Bettes zu stellen. Er deutete auf den Boden zu seinen Füßen. „Knie dich hin, Hannah."

Ich fühlte mich wie geschmolzenes Wachs, aber ich kroch auf ihn zu, jetzt schon gierig auf den Lusttropfen, den ich ich am Kopf seines riesigen Schwanzes hervortreten sehen konnte. Ich kniete mich vor ihm hin, und die Lust, die ich auf seinem Gesicht sehen konnte, gab mir das Gefühl, als würde mein Herz gleich aus meiner Brust springen. Alles, was er wollte. Ich würde alles tun. Ich würde mich unterwerfen, denn ich wusste, dass er mir nur Lust bereiten wollte. Ich musste ihm im Gegenzug auch Lust bereiten, brauchte es, dass er mit mir zufrieden war. Diese Prillon-Männer speisten meine krankhaften Gelüste auf eine Art, die noch kein Mensch erreicht hatte. Ich wollte nicht nur meinem Meister Freude bereiten; Dares Freude war irgendwie direkt zu meiner eigenen geworden. Ich wollte den gleichen dunklen Ausdruck, den gleichen scharfen Befehlston auch von Zane erleben. Ich dachte nur nicht, dass das passieren würde.

Ich wollte darüber jetzt gerade nicht nachdenken, nicht, während Dares

Schwanz nur wenige Zentimeter vor meinen Lippen schwebte. Ich kniete mit gespreizten Beinen, meine Hände mit den Handflächen nach oben auf meinen Schenkeln ruhend. Ich war bereit, alles zu tun, was verlangt wurde, alles zu sein, was er von mir brauchte.

„Fick mich mit deinem Mund, Hannah, bis ich in deinem Hals komme. Schluck mich hinunter. Alles von mir. Sofort."

Ich beugte mich begierig vor und saugte an ihm. Ich bearbeitete ihn mit meiner Zunge und streichelte seine Hoden und die Wurzel seines Schwanzes, bis er seine Finger in meinem Haar vergrub und die Beherrschung verlor. Ich bekam kaum Luft, aber das war mir egal. Sein Lusttropfen verteilte sich in meinem Mund, erhitzte mein Blut in fiebrige Höhen, die drohten, mir einen weiteren Orgasmus zu bescheren. Ich verschlang ihn und nahm ihn tief auf, bis kein Platz mehr war für Luft, und ich hielt ihn dort, solange ich konnte, bis der Druck in mir sich aufbaute, der Drang nach Sauerstoff größer wurde. Ich wusste, dass er es über unsere Verbindung fühlen konnte, und ich wusste, dass es ihn in den Wahnsinn trieb.

„Oh Gefährtin, wie sehr du mich in Versuchung bringst." Er zog sich zurück und ich holte gierig Luft, bevor ich ihn wieder hart lutschte. Er kam. Sein Schwanz zuckte in meinem Mund wie ein wildes Tier, während ich ihn leersaugte. Ich kam beim ersten Spritzer seines Samens in meiner Kehle, mein Körper wurde heiß und schlaff, zog sich um den dicken Stab in meinem Hintern zusammen.

Sobald er fertig war, ging er vor mir in die Knie und fasste nach meiner Pussy. Er bog mich nach hinten, bis meine Schulterblätter die Seite des Bettes berührten und mein Hals sich nach hinten krümmte. Mein Kopf ruhte auf dem Bett, während er über mir aufragte, sein Mund auf meinem und seine Hand schnell und hart in meiner Pussy hin und her, meinen Kitzler streichelnd, um mich noch einmal zum Kommen zu bringen.

Es dauerte nur wenige Sekunden, bis ich in Stücke brach. Er hielt mich fest, gefangen zwischen dem Bett und seinem großen Körper. Als meine Pussy aufhörte, um seine Finger herum zu pulsieren, hielt er mich so weiter, seine Hand tief in mir und sein Mund auf meinem. Sein Kuss wechselte von fordernd zu zärtlich, seine Berührung von aggressiv zu sanft, und ich hatte nicht die Willenskraft, etwas anderes zu tun als da zu bleiben, wo er mich wollte, und ihm zu erlauben, mich zu verehren und mich von dem Orkan herunterzuholen.

Als seine Lippen meine verließen, um dem Pfad meines Halses zu folgen, rührte ich mich nicht. Ich konnte nicht. Ich hatte nichts mehr übrig.

„Hannah, süße Hannah."

„Ja, Sir?" Meine Antwort war ein Seufzen mehr als alles andere. Meine Knie schmerzten und mein Hintern stach, aber ich konnte mich nicht bewegen, nicht, solange er mich hierhaben wollte.

„Du wirst jetzt schlafen."

„Du willst nicht... du willst meine Pussy nicht ficken?", flüsterte ich.

Er schüttelte langsam den Kopf, doch ich konnte sehen, wie seine Augen sich vor Begehren zusammenkniffen. „Deine Pussy zu ficken ist deinem primären Gefährten vorbehalten, bis mit dir gezüchtet wurde. Erst, wenn Zanes Samen Wurzeln gefasst hat, kann ich dich dort ficken. Bis dahin habe ich andere Wege, um uns beiden unsere Lust zu bereiten." Er verlagerte mich. „Und nun, schlafe."

Das hörte sich gut an.

Dare hob mich vom Boden auf und

zog die Bettwäsche zurück, bevor er mich wie ein kleines Mädchen hineinlegte. Ich fragte mich, ob er vorhatte, mich alleine zu lassen, aber seufzte zufrieden, als er sich neben mich legte und uns beide zudeckte. Ich rollte mich an seiner Seite zusammen, sicher und warm und zufrieden, und ich vertraute darauf, dass Dare über mich wachen würde, während ich schlief.

10

Zane—Drei Wochen später

Ich kehrte nach einer langen und schwierigen Nacht, die ich damit verbracht hatte, die Berichte durchzugehen, die von der Front hereinkamen, in mein Quartier zurück. Wir waren bereits vor mehr als einer Woche in der Kampfzone angelangt, aber der Hive gewann an Boden. Wir hatten bisher zwei kleine Frachter und ein

Erkundungsschiff verloren, aber nach Monaten ohne jegliche Verluste verhieß die Änderung in der gegnerischen Taktik für meine Flotte nichts Gutes.

Und was es in meinem Privatleben Neues gab, war auch nicht viel besser.

Mein Eroberungszug um das Herz meiner Braut war erfolglos.

Hannah gehörte nun schon seit drei Wochen mir. Dare hatte ihre Sorgen um unser Leben irgendwie besänftigt, aber etwas anderes blieb hartnäckig zurück. Sie hatte bisher noch nicht zugesagt, meine Besitznahme anzunehmen. Mir ging die Zeit aus. Und wie üblich, wenn ich zu meinem Bett zurückkehrte, fand ich sie dort an Dare geschmiegt vor, beide nackt und gesättigt und aneinandergeheftet, als wären sie jetzt bereits ein Fleisch und ein Verstand. Und ich war nicht Teil dieser Gleichung.

Ich konnte selbst aus der Entfernung des Kommandodecks ihre Lust von Dares

Berührungen fühlen. Unsere Verbindung durch die Kragen war eine ständige Erinnerung daran, dass sie Lust erlebte— ohne mich.

Hannah würde mich nicht ansehen, nicht so, wie sie Dare ansah. Sie sollte doch *mir* zugewiesen sein. *Mir*. Und doch wandte sie sich an ihn, vertraute ihm, schlang ihre nackten Arme um ihn und schlief.

Ich wollte zwar, dass sie ihn als ihren sekundären Gefährten akzeptierte. Es war für mich unabdingbar, dass sie ihn akzeptierte, aber ein finsterer und zorniger Teil von mir zog sich im Inneren zusammen, wenn ich sie so zusammen sah, während ich ihre Zuwendung wollte und nicht haben konnte. Ich brauchte sie auf tiefere, dunklere Weise, als sie es aushalten konnte, und mein Frust damit, mir nicht zu nehmen, was ich von ihr brauchte, machte mich grob und zu schroff mit ihr, woraufhin sie zu Dare zurücklief. Mit den Kragen war es noch stärker.

Bei mir war sie ständig nervös, zappelig und kaute ihre Unterlippe, denn sie konnte spüren, dass etwas... nicht stimmte. Sie sah mir selten in die Augen, und lachte kaum jemals, wenn ich im Zimmer war. Dare verbrachte mehr Zeit mit ihr als ich, da meine Rolle als Kommandant mich weitaus mehr von ihr fernhielt, als mir lieb war.

Ich verstand die logischen Gründe, warum sie sich bei ihm wohler fühlte. Er war zärtlicher. Er schenkte ihr all diese kleinen Berührungen, lächelte sie an und hatte ständig Geschenke für sie. Ich? Ich wollte sie an die Wand nageln und sie ficken wie ein wildes Tier. Ich wollte sie an mein Bett fesseln und von ihrem schönen Körper Orgasmen erzwingen, bis sie unter der Lust zusammenbrach, bis sie zu denken aufhörte und nur noch spürte, was ich ihr gab. Ich wollte ihren perfekten

Hintern mit der Hand verhauen, mit einem Paddel, mit einer Peitsche, wollte ihren Körper beherrschen, ihre Orgasmen, den Kern ihrer Lust. Bis sie sich völlig in mir verlor und ihren eigenen Namen vergaß, aber niemals meinen. Ich würde nur einen Namen über ihre Lippen kommen lassen, wenn ihr nichts anderes mehr wichtig war: *Meister*.

Als Kommandant brauchte ich ein Ventil, einen Auslass für den Stress, und doch wusste ich, dass dies nicht auf Kosten ihres Körpers passieren durfte. Ich zweifelte langsam an dem Zuordnungsprozess. Sie sollte doch für mich perfekt sein, stattdessen war sie zerbrechlich und so klein. Die Dinge, die ich wollte, würden sie nur noch mehr verängstigen, also hielt ich mich zurück. Ich versuchte, mehr wie Dare zu sein. Sanfter mit ihr. Zärtlich. Vorsichtig, sie nicht zu verschrecken. Und es funktionierte nicht. Es funktionierte verdammt noch mal nicht.

Ich hatte beschlossen, mir Rat von außen zu holen. Genug war genug. Ich brauchte einen Experten, und in meiner Flotte gab es, wenn es um Menschenfrauen ging, nur einen.

Ein Wecker klingelte, und Dares Augen öffneten sich sofort. Sein Blick fiel gleich auf mich. Seine Reflexe waren scharf wie immer, was einer der Gründe war, warum ich mich darauf verlassen konnte, dass Hannah bei ihm in Sicherheit war.

„Zane."

Ich nickte und blickte auf Hannahs dunkles Haar, das in seine Armbeuge geschmiegt war. Ich sehnte mich danach, die Hand auszustrecken und über die seidigen Strähnen zu streichen, besonders jetzt, wo sie schlief. Sie würde nicht zurückgezogen oder widerspenstig sein, wenn sie nicht wach war. „Wie geht es ihr?"

„Wie ich dir bereits sagte, sie kann spüren, dass mit dir etwas los ist. Der Kragen lässt sie deine Zurückweisung spüren."

Meine Augenbrauen zogen sich hoch. „Ich weise sie doch nicht zurück!" Ich versuchte, leise zu sprechen, aber das war schwierig.

„Du zeigst ihr nicht alles von dir, und sie weiß es. Du bist frustriert mit ihrer mangelnden Akzeptanz, aber wie kann sie dich akzeptieren, wenn sie *weiß*, dass du dich zurückhältst? Wenn du sie ständig nur anknurrst, wird uns das nicht helfen, unsere Besitznahme zu erreichen." Dares Stimme war kaum mehr als ein Flüstern, und ich passte meine daran an. Keiner von uns wollte, dass sie für diese Unterhaltung wach war.

Dies war auch das erste Mal, dass Dare mit mir über Hannahs Gefühle sprach, und ich verschränkte die Arme. War meine Vorsicht ihr gegenüber so offensichtlich? „In Ordnung, Sekundär. Sag mir, was du mir sagen musst. Meine zugewiesene Gefährtin hat Angst vor mir. Was muss ich sonst noch wissen?"

Dare verdrehte die Augen, und ich wollte ihm eine knallen. „Sie hat Angst davor, dich zu lieben. Sie hat Angst, dass einer von uns stirbt, das ist klar, aber außerdem weiß sie, dass du ihr nicht alles gibst, wenn sie dir praktisch ihre Seele entblößt hat."

„So ist eben das Leben einer Prillon-Braut."

„Du bist so unnachgiebig, Zane. War dein Schädel bei deiner Geburt schon so dick? Deine arme Mutter. Oder ist er erst so geworden?" Dare seufzte und hob sanft unsere schlafende Gefährtin von seiner Schulter. Sie schlief wie eine Tote, wie meistens um diese Zeit. Keine Frühaufsteherin, meine Hannah.

Mein Sekundär glitt vom Bett, und ich biss die Zähne zusammen, als ich sah, dass sie beide ausgesprochen nackt waren. Ich genoss es, meine Gefährtin zu ficken, aber sie kuschelte sich nicht an mich und schlief ein, wie sie es bei Dare tat. Ich wollte dieses Vertrauen von ihr. Ich brauchte es mit einer Wildheit, die mich von innen auffraß, in meinem Bauch wie Säure brannte, die mein Fleisch von innen verschlang.

Dare holte sich eine saubere Uniform aus dem S-Gen und zog sie an. Er hatte in weniger als einer Stunde auf dem Flugdeck zu sein. Ich schickte seine Einheit auf Erkundungsflug zu der feindlichen Basis, die auf dem Mond des fünften Planeten dieses Systems entdeckt worden war. Wenn die Berichte über die Entdeckung wahr waren, dehnte der Hive sein Revier schon wieder aus. Was nichts Gutes für uns alle bedeutete.

Angezogen und abmarschbereit stand

Dare vor mir und legte mir eine Hand auf die Schulter. „Hör zu, Zane, du musst mehr mit ihr reden. Sie hat ihre Eltern verloren, als sie noch klein war. Ihr Bruder ist ein Schwächling und ein Parasit, und die Männer auf ihrer Welt haben ihre unterwürfige Natur nur ausgenutzt. Sie haben sie benutzt. Der Meister, dem sie sich anvertraute, hat sie aufgebraucht wie ein selbstsüchtiges Kind und hat ihr sehr weh getan."

„Genau deswegen kann ich ihr meine primitivere Seite nicht zeigen. Wenn sie sich jetzt schon so vor mir fürchtet, stell dir vor, wie es wäre, wenn sie die Wahrheit wüsste."

Dare schüttelte langsam den Kopf. „Du hältst sie auf Abstand, und das tut sie auch. Ihr beide seid so stur. Vielleicht solltest du dem Zuordnungsprotokoll vertrauen. Vielleicht will sie dich genauso, wie du bist."

Ich blickte von Dares eindringlichen

Augen zu der hübschen und äußerst zerbrechlichen Frau in meinem Bett. „Das bezweifle ich", grollte ich. Sie würde mich nicht wollen, wenn sie die Wahrheit über mein Wesen kannte. „Sie hat mir keines ihrer Geheimnisse verraten—über diese Männer." Ich spuckte das letzte Wort hervor, als hätte es einen schlechten Geschmack. Jemand, der eine Frau so benutzte, wie Dare es beschrieben hatte, war kein *wahrer* Mann.

„Du hast sie nicht gefragt." Dare klopfte mir auf die Schulter und machte sich auf, mich mit meiner Gefährtin alleine zu lassen, aber ich verspürte die Notwendigkeit, ihn zu warnen.

„Prinz Nial geht mit euch auf Patrouille."

Dare verdrehte die Augen. „Schon wieder? Im Ernst, Zane, wann schickst du diesen verwöhnten kleinen Playboy endlich nach Hause?"

„Erkläre dich." Ich wusste, dass meine

Schultern sich angespannt hatten, aber Dare ließ heute die Vorsicht fallen und sprach offen über mehr als nur unsere Gefährtin.

„Er ist wagemutig, Zane. Er geht zu viele Risiken ein. Es ist, als glaubte er, dass er für den Hive unsichtbar ist. Ich habe schon mehr als einmal seinen Arsch retten müssen."

Ich lachte leise. Ja, mein Cousin Prinz Nial war all das und noch mehr. „Er ist jung, Dare. Waren wir nicht auch einmal unbesiegbar?"

Dare zuckte mit den Schultern. „Gib nur nicht mir die Schuld, wenn sich der Arsch umbringt."

„Ist notiert." Dare ließ mich mit meiner Braut alleine, und ich starrte auf sie hinunter, während mein Hunger nach ihrer Berührung an mir nagte.

Ich dachte darüber nach, meine Kleidung abzulegen und neben sie ins Bett zu kriechen, aber das würde sie erschrecken, wenn sie aufwachte, und dieses hübsche pinke Erröten würde sich von ihrer Brust über ihr zartes Gesicht ausbreiten. Ich wusste das, weil ich es bereits versucht hatte, mehr als einmal. Wenn ich sie ficken wollte, würde sie mich lassen, und sie würde heiß und wild in meinen Armen sein und wunderbar auf mich reagieren. Aber wenn wir fertig waren und ich jeden Tropfen Lust aus ihrem Körper geholt hatte, würde sie sich von mir abwenden, sich anziehen und behaupten, dass sie in den Unterricht musste.

Dare hatte es so eingerichtet, dass sie mit den Jungen auf dem Schiff arbeiten konnte. Sie hatte sie verwandelt, Lieder und Spiele von der Erde zu unseren Kindern gebracht. Die Kleinen liebten sie ebenso wie ich, und ihre Augen strahlten vor Glück, wenn sie von ihrer Kindlichkeit und Unschuld umgeben war.

Wenn ich sie vom

Überwachungsraum aus mit ihnen beobachtete, tat mir sogar das Herz weh, als hätte sie mir ein Messer hineingejagt und die Klinge drin gelassen. Ich beobachtete sie oft und fühlte mich dabei wie ein närrischer Stalker und nicht ihr auserwählter, zugewiesener Gefährte.

Ich brauchte dringend Hilfe von einem Experten.

Mein Entschluss war gefasst, und so rüttelte ich sanft an Hannahs Schulter und weckte meine Braut. Ich sah zu, wie sie sich bewegte, studierte ihre sanften Kurven, genoss ihre Anmut, als sie sich ankleidete. Sobald sie angezogen war, brachte ich sie auf die Transporterstation. Captain Hendry und seine Braut erwarteten uns. Anne war eine Erdenfrau. Hendry war ihr zugewiesener Gefährte. Wenn mir irgendjemand helfen konnte, herauszufinden, was ich mit Hannah tun sollte, dann war er es.

In der Transporterstation nahm ich

Hannahs Hand und führte sie auf die Transportplattform. Sie drehte sich herum und blickte auf den Boden.

„Wo sind die kleinen Kreise?"

„Es gibt keine Kreise." Sie redete Unsinn, aber ihr verwirrter Gesichtsausdruck war so hübsch, dass ich ihr einen Kuss rauben musste. Als ich mit ihr fertig war, war sie atemlos, und ich konnte ihre Erregung riechen, konnte über unsere Verbindung spüren, wie sie in Flammen stand, doch sie entzog sich meiner Umarmung und drehte sich im Kreis herum, blickte vom Fußboden zur Decke und wieder zurück. Wieder und wieder. „Hannah, halt still, damit wir den Transport einleiten können.

„Aber wo sind die Kreise? Wie soll ich wissen, wo ich stehen muss?"

„Meine liebe Gefährtin, es gibt keine Kreise."

„Aber ist das hier nicht wie auf dem *Raumschiff Enterprise*? Du weißt schon, wo man im Kreis steht und sagt ‚*Beam mich hoch, Scotty*'?" Ihr Puls raste, und ich konnte ihr Unbehagen sehen.

Ich trat an sie heran und zog sie an meine Brust, legte die Arme um sie und hielt sie an der Stelle fest. Ich hielt mit meiner Hand ihre Wange über meinem Herzen. „Ganz ruhig, Gefährtin. Hier gibt es keine Kreise am Boden. Halt einfach still. Ich hab dich." Ich nickte dem Transporttechniker zu und spürte ein paar Augenblicke lang das seltsame rumorende und verbiegende Gefühl, das bedeutete, dass wir von meinem Schlachtschiff auf Captain Hendrys kleineren Cruiser transportiert wurden.

Hannah zitterte in meinen Armen, und als ich auf ihr Gesicht blickte, sah ich, dass ihre Augen geschlossen waren. „Hannah, du kannst die Augen öffnen. Es ist vorbei."

„Wow. Das letzte Mal habe ich geschlafen. Das fühlte sich ja an, als wäre man auf einer Achterbahn nach unten unterwegs, und zwar endlos."

„Was ist eine Achterbahn?" Ich wollte sie besser kennen, sie verstehen, aber es war, als würde sie eine andere Sprache sprechen, als wäre sie aus einer anderen Welt. Was sie auch war. Mein Herz wurde schwer bei dem Gedanken, aber ich hatte keine Zeit, dabei zu verweilen.

„Willkommen, Kommandant! Und Lady Deston." Captain Hendry und seine Gefährtin standen am Rand des Transporters.

Hannah drehte sich in meinen Armen herum, und ich ließ sie los. „Anne!" Die Frauen umarmten sich, und Anne zog sich mit einem warmen Lächeln aus Hannahs Armen zurück. „Komm, Hannah. Ich möchte dir alles zeigen. Ich habe von meiner Tochter schon so viel von dir gehört. Sie liebt dich jetzt schon." Die Frauen verließen den Raum, und ich sah Hannah nach, bis die Tür sich hinter den beiden Frauen schloss.

„Ich gehe davon aus, dass meine Gefährtin an Bord Ihres Schiffes unter Schutz steht, Captain?"

Er grinste mir zu. „Zwei meiner besten Männer werden drei Schritte hinter ihnen sein."

„Gut." Ich stieg von der Plattform, und wir begrüßten uns nach der Art der Krieger, die Unterarme aneinandergepresst, unsere Arme in einem freundschaftlichen Griff verschränkt. „Und jetzt, wo ist der Alkohol?"

Hendry lachte mir zu. „Trinken Sie, so viel Sie wollen, Kommandant, es wird Ihnen nichts nützen. Mein Schiff zieht Ihnen das Gift so schnell wieder aus dem Blut, wie Sie es trinken können."

Ich seufzte. Manchmal hasste ich die Technik. Ich erinnerte mich an meine Jugendzeit, als ich mich noch in

Ohnmacht saufen konnte. „Ich weiß. Trotzdem verdammt blöde."

Er gab mir einen kräftigen Schlag auf die Schulter. „Kommen Sie. Gehen wir wohin, wo wir in Ruhe über Ihre hübsche Gefährtin reden können."

Ich folgte ihm auf das Kommandodeck seines Schiffes, und von dort aus in einen kleinen angrenzenden Kriegsraum, der meinem ähnelte. Wir waren alleine.

„Sagen Sie schon, Zane. Was zum Teufel bringt sie so zur Verzweiflung, dass Sie hierherkommen und mich um Rat fragen?"

So unangenehm diese Unterhaltung mir auch war, sie war der Grund dafür, warum ich auf das Schiff gekommen war. Ich brauchte Hilfe dabei, Hannahs Herz zu erobern, und egal wie sanft und rücksichtsvoll ich mit ihr zu sein versuchte, egal, wie viel Lust ich ihr bereitete, sie hielt ihr Herz vor mir zurück. „Sie ist mir zugeordnet. Ich habe den Bericht selbst gesehen. Beinahe einhundert Prozent Kompatibilität. Aber sie bevorzugt meinen Sekundär und wendet sich von mir ab. Sie hat Angst vor mir. Dare sagt, dass sie spürt, dass ich etwas zurückhalte. Sie ist ständig auf der Hut. Ich weiß, dass ich sie beängstige, aber je mehr ich versuche, mich im Zaum zu halten, umso schlimmer wird es."

Hendry setzte sich am Kopf des Besprechungstisches hin und beobachtete, wie ich im Zimmer auf und ab lief. „Und was hat Dare sonst noch darüber zu sagen?"

„Dass sie ihre Eltern verloren hat und von den Männern auf ihrer Welt schlecht behandelt worden war. Dare sagt, ich muss mehr mit ihr reden, ihr von meinen dominanteren Wesenszügen erzählen."

Als alter und vertrauter Freund wusste er über meine primitiveren Neigungen Bescheid. Er hatte sie ebenfalls.

Hendry verschränkte die Arme und lehnte sich zurück, mich weiterhin beobachtend. „Aber Sie entscheiden für sie, was sie braucht oder nicht braucht?"

Ich fuhr mir brummend mit den Fingern durchs Haar. „Ich weiß nicht, was sie braucht Nichts fühlt sich richtig an. Sie ist so klein! Ich habe noch keinen anderen Erdenmenschen getroffen, außer Ihrer Anne. Ich weiß nichts über ihre Kultur oder ihre Bräuche. Ich befürchte, sie zu zerbrechen."

Hendry lachte leise. „Darf ich frei sprechen, Kommandant?"

Ich sackte in den Stuhl neben ihm. „Bitte. Sagen Sie mir, wie man mit diesen Menschenfrauen umgeht."

Hendry lachte leise. „Hannah ist nicht das Problem, Zane. Sie sind es."

„Wie bitte?"

„Sie sind es doch, der sich zurückhält. Sie sind es, der seine Gefährtin abweist."

Ich öffnete den Mund, um diese Kacke

von mir zu weisen, aber er hob die Hand. „Hören Sie mich an."

„Das wird jetzt besser gut, Hendry, sonst könnte ich beschließen, Sie aufzuschlitzen und davonzumarschieren." Der Captain zog eine Augenbraue hoch, aber er biss nicht an. Wir waren schon seit vielen Jahren Freunde, und ich wollte aufrichtig hören, was er zu sagen hatte.

„Sie ist Ihnen zugeordnet worden, Zane. Ihnen. Was bedeutet Ihnen das?"

„Ich weiß es nicht, und ich werde sie in weniger als einer Woche verlieren, wenn ich es nicht herausfinde."

„Erinnern Sie sich an meine Besitznahme-Zeremonie?"

Oh ja. Daran erinnerte ich mich. Er hatte Anne so heftig gefickt, sowohl er als auch sein Sekundär hatten sich wie wilde Tiere in ihr vergraben, während sie wimmerte und schrie und nach mehr bettelte. Ich war in seinem engsten Kreis gewesen, einer der Glücklichen, die

Zeugen der Besitznahme sein durften und mein Leben und mein Schwert ihrer Vereinigung versprachen.

Hendry blickte mir direkt in die Augen. „Ich habe Anne gefickt. Mein Sekundär hat sie genommen, während ich sie fesselte, ihren nackten Hintern versohlte. Wir haben ihren Körper geteilt wie zwei wilde Tiere. Ich drückte ihre Kehle und band sie fest und ich fickte sie, bis sie ihren eigenen Namen vergaß."

Ich räusperte mich. Verdammte Scheiße. Das alles wollte ich mit Hannah anstellen. All das, und noch mehr. „Ja. Ich war dabei."

„Aber das war nicht das erste Mal." Hendry beugte sich vor, sein Blick eindringlich. „Ihre Hannah wurde auf Prillon Prime zugeordnet, zu *Ihnen*, und zwar unter Verwendung der Aufzeichnung von Annes NPU. Ihre Hanna hat diese Besitznahme selbst miterlebt." Der Captain legte beide

Hände flach auf den Tisch, als würde er sich für seine nächsten Worte verankern wollen. „Hannah hat das erlebt, aus Annes Sicht. Und es war dieses Erlebnis, das sie zu Ihnen hingezogen hat. Seien Sie nicht sanft, Zane. Hören Sie auf, sich zurückzuhalten. Sie ist ein unterwürfiger Charakter, und sie ist sensibel auf Ihre Bedürfnisse. Sie weiß, dass Sie ihr nicht alles von sich zeigen. Sie kann es spüren, ebenso, wie Sie spüren, dass sie in Ihrer Nähe unglücklich und unbehaglich ist. Aber sie weiß nicht, was Sie von ihr wollen, Zane. Sie braucht von Ihnen, dass Sie sind, wer Sie wirklich sind. Sie braucht es, die Regeln zu kennen. Sie wird sich Ihnen nicht hingeben, Sie nicht lieben, Ihnen nicht vertrauen, bis Sie ihr Ihre Seele offenbaren und die Bestie herauslassen."

11

Hannah

Zane war merkwürdig still, als wir zum Transporterraum zurückgingen. Ich blickte aus dem Augenwinkel zu ihm hoch, aber sah weg, als sein Blick sich auf mich richtete. Etwas war anders. Er war ruhig, so dass es fast unheimlich war, als hätte Captain Hendry ihm eine Beruhigungsspritze gegeben oder so ähnlich.

Teufel, vielleicht konnte mein Gefährte meine Gegenwart einfach wirklich nicht leiden. Ich hatte es nach den ersten paar Tagen aufgegeben, mit ihm zu sprechen. Er war der König der einsilbigen Antworten, und ich wurde es leid, mich zu bemühen, Informationen aus ihm herauszuziehen, die er mir offensichtlich nicht geben wollte.

Er fickte mich jede Nacht, während ich Dare in den Mund nahm. Sie hatten mir erklärt, dass es nur meinem primären Gefährten erlaubt war, Samen in meiner Pussy zu hinterlassen, bis ich mit dem ersten Kind schwanger war. Danach war mein Körper Freiwild, und beide Männer durften mich so hart und oft rannehmen, wie sie wollten.

Ich wusste in dieser ersten Nacht, als ich sagte, dass ich zur Erde zurückwollte, dass ich Zane weggestoßen, ihn enttäuscht hatte. Ich bereute es, ihm wehgetan zu haben, aber egal wie sehr ich mich bemühte, ihm Freude zu bereiten, er ließ mich nicht an sich ran. Seit dieser ersten Nacht war etwas zwischen uns nicht stimmig. Ich spürte eine wachsende Kluft zwischen uns, wie einen kleinen Riss, der mit jedem Tag weiter aufklaffte. Er war kalt und hart, und wenn er mich auch immer noch mit Begehren ansah, mit verzweifeltem Drang herannahm, war da auch Zorn. Der Kragen, der die immense Lust zwischen uns dreien teilte, wenn wir fickten, teilte jedoch auch andere kraftvolle Emotionen.

Wohin war der fürsorgliche Mann verschwunden, der mir auf der Krankenstation begegnet war? Wo war dieser Gefährte? Derjenige, der mich in einem Moment herumkommandierte, und im nächsten wie ein Glasornament behandelte? Der Gefährte, der mich niederdrückte und an meinen Nippeln saugte, während der Doktor mich zum Kommen brachte, und mich dann in seinem Schoß hielt, mir über den Rücken rieb und mir ein Gefühl der Geborgenheit gab. Wo war der Gefährte, der mich übers Knie gelegt und verhauen hatte, bis ich heulte, und mir dann versprochen hatte, dass ich mich nie wieder einsam fühlen würde? Wo war mein Anker im Sturm? Mein Meister?

Er war fort, und ich fürchtete, dass ich ihn nie wieder zurückbekommen würde. Ich hatte gelernt, Dare zu lieben, das wusste ich, aber so mit Zane zusammen zu sein, in einem Flur nebeneinander her zu laufen, ohne Berührung, ohne Gespräch, ohne von ihm irgendetwas zu fühlen außer einer undurchdringlichen Mauer aus Eis? Das konnte ich nicht ertragen. Nicht für den Rest meines Lebens. Ich wollte mehr. Ich verdiente mehr.

Ich hatte es Dare noch nicht gesagt, aber ich hatte mich entschlossen, eine neue Zuordnung anzufordern, wenn die dreißig Tage um waren. Dare würde darüber aufgebracht sein, und ich würde ihn vermissen, aber ich sah keine Alternative. Das hieß, ich hatte vier Tage mit meinen Gefährten übrig, und dann würde ich weiterziehen und Zane die Freiheit geben, die er so offensichtlich wollte. Ich würde nicht sein Fickspielzeug sein, die Frau, mit der er tagsüber nicht sprechen wollte, aber in die er doch jede Nacht gerne seinen Schwanz steckte. Ich weigerte mich, Zane zu lieben, da ich wusste, er würde meine Liebe niemals erwidern.

Und selbst wenn wir alle drei zusammen waren, fickte Zane mich klinisch perfekt, aber ich konnte spüren, dass er etwas zurückhielt. Er war nicht ganz bei uns, und ich war es leid, mich wie eine solche Enttäuschung für ihn zu fühlen. Zane war nicht glücklich mit mir, und sein Schmerz tat mir weh. Ich brauchte es, meinen Gefährten glücklich zu machen. Ich brauchte es, zu sein, was er wollte, was er brauchte. Und darin hatte ich hier absolut versagt. Zane war todunglücklich, und sein Schmerz zerriss mich. Ich musste gehen, damit er eine Gefährtin finden konnte, die er wollte, eine Frau, die ihn befriedigte, eine Frau, mit der er seine Dunkelheit teilen konnte, anstatt sie zu verbergen.

Vielleicht würde ich zu einer anderen Kampfflotte geschickt werden, so weit wie möglich weg von Dare und Zane? Konnte ich das Bräute-Programm hier darum bitten, mich von Zane weg zu schicken? Ich hatte Herzschmerzen, aber meine Gefährten jeden Tag zu sehen, würde noch schlimmer sein.

Ich wusste nicht, was alles dazugehörte, einen neuen Gefährten anzufordern, aber ich hatte vor, zu fragen. Vielleicht konnte ich mit Prinz Nial reisen, der in ein paar Tagen auf ihren Planeten zurückkehren würde. Bestimmt konnten sie mir dort einen neuen Gefährten zuweisen? Und ich würde Zane oder Dare nie wieder sehen.

Der Gedanke daran fühlte sich an wie ein Messer in meinem Bauch, aber ich konnte so nicht leben. Ich hatte als Gefährtin versagt. Ich war nicht, was er brauchte oder wollte. Es war Zeit, loszulassen.

Wir betraten die Transportplattform, und Zane zog mich wieder in seine Arme, während das seltsame Ziehen und Wringen durch mich fuhr. Als es vorbei war, dachte ich, Zane würde mich loslassen wie zuvor. Stattdessen blickte er über meinen Kopf hinweg auf den Transporttechniker. „Transportieren Sie uns zu meinem privaten Quartier auf Ebene Siebzehn."

„Sir?" Der Techniker zögerte, und ich erstarrte in Zanes Armen. Was zum Teufel war auf Ebene Siebzehn?

„Das ist ein Befehl."

„Ja, Sir."

Ich schlang meine Arme um Zanes Mitte und hielt mich fest, während der Transporter uns von der Plattform an einen neuen Ort brachte, einen Ort, von dem ich nie zuvor gehört hatte. Sobald der Transfer abgeschlossen war, versuchte ich, aus Zanes Umarmung zu steigen und mich umzusehen, aber er ließ es nicht zu. Er hob mich hoch und trieb mich nach hinten, bis mein Rücken gegen eine weiche Wand prallte. Zane senkte seine Hände zu meinen, die immer noch an seiner Taille lagen, packte meine Handgelenke und ob sie mir über den Kopf.

„Ich habe dir etwas vorenthalten, meine Gefährtin. Ich glaube, das hast du über die letzten paar Wochen spüren können."

Mein Puls raste, während er mich immer höher streckte, bis ich auf den Zehenspitzen stand. „Was denn?"

„Mich."

Ich spürte etwas Kaltes und Hartes, als Stahl um meine Handgelenke herum einrastete. Zanes Griff lockerte sich, und ich versuchte, die Arme zu senken, aber es ging nicht. Ich war gefangen.

Meine Pussy zog sich zusammen, und ich schauderte bei dem Feuer in Zanes Augen, als er seine Hände langsam über die Innenseite meiner erhobenen Arme strich, und dann durch meine Tunika hindurch meine Brüste umfasste. Er kniff mir kräftig in die Nippel, und ich keuchte auf, als sein Mund sich zu meinem herabsenkte.

Sein Kuss wischte alle Gedanken aus meinem Kopf. Seine lange Zunge krümmte sich und erkundete mich, schmeckte mich, während seine Hände mir die Kleider vom Leib rissen. Als der Kuss endete, war ich nackt, meine Kleider lagen in Fetzen zu unseren Füßen und meine Pussy war so nass, dass ich spüren konnte, wie meine Erregung meine Oberschenkel benetzte, als Willkommensgruß für seinen riesigen Schwanz.

Zanes Stirn war an meine gelehnt, und seine Hände lagen nun auf der Wölbung meiner nackten Hüften. „Du wirst mich Meister nennen. Sonst gar nichts."

Ich schauderte, so erschrocken darüber, wie sehr ich ihn wollte. Ich antwortete, ohne zu zögern. „Ja, Meister."

Er küsste meine Wange, dann mein Kinn. „Wenn ich aufhören soll, sag Limonade."

Wie bitte? „Ich hasse Limonade."

„Das weiß ich, Hannah. Das weiß ich. Ich habe deine Akte gelesen. Auswendig gelernt sogar." Sein Mund legte sich über meinen Nippel, und ich stöhnte, als das Zerren daran einen Strom an Lust von meiner Brust direkt zu meinem Kitzler sandte. Er hatte meine Braut-Akte auswendig gelernt? Im Braut-Abfertigungszentrum hatte ich vier ganze Tage damit verbracht, endlose Fragen zu beantworten über alles von meiner Lieblingsspeise bis hin zu Kindheitserinnerungen. Sie hatten sogar meine Schulzeugnisse bis zurück zur ersten Klasse.

„Zane."

Er biss mir gerade fest genug in die Brust, dass es weh tat. „Meister."

Wie konnte ich das vergessen, ausgestreckt wie ein heidnisches Opferlamm, die Hände über meinem Kopf gefesselt und mein nackter Körper zu seiner Verfügung stehend. Das Zimmer war tiefrot wie sein Kragen, mit einem großen Bett an einer Seite und einem Tisch mit Spielgeräten auf der anderen. Ich war an einen Haken gefesselt, der aus der gepolsterten Wand ragte. Haken und Riemen in unterschiedlichen Größen und Formen hingen von zumindest einem Dutzend Stellen an der Wand. Die zwei bei meinen Füßen waren leicht zu verstehen. Sie waren eindeutig für meine Fußgelenke gedacht. Aber der Rest? Ich hatte keine Ahnung.

Ich hatte über etwas Ähnliches in den Liebesromanen auf der Erde gelesen. Ein Dungeon. Es war das, was die Leute, die den BDSM-Lifestyle verfolgten, für sexuelle Spiele benutzten. Zum Sex. Zum Ficken.

„Meister, warum? Warum hast du mir nichts gesagt? Ich dachte, du—"

Er zog sich aus, und meine Stimme verklang. Ich sah zu, während er die beeindruckende Größe seiner Schultern und seiner riesigen Brust entblößte. Sein Körper formte ein perfektes V, mit wohldefinierten Bauchmuskeln und einem Schwanz, der groß genug war, um mir die Sinne zu rauben.

Mein Hintern war zum ersten Mal seit

Tagen leer, nachdem er den größten der Stöpsel mit Leichtigkeit aufgenommen hatte und sie daher nicht mehr brauchte. Ich wusste nicht, was ich mehr wollte, seinen Schwanz in meiner leeren Pussy, oder dass er mich zum ersten Mal in den Hintern nahm.

Gott, ich wollte beides. Er ging von mir weg zu einem kleinen Tisch an der Wand. Darauf lagen eine Auswahl an Stöpseln und Dildos, Fesseln und anderen Dingen, die er an mir einsetzen konnte. Wie? Ich hatte keine Ahnung.

Mir blieb nicht länger Zeit, mich das zu fragen, denn Zane kam zurück und kniete sich zu meinen Füßen, einen großen Dildo in der einen Hand und Gleitgel in der anderen. Ich rechnete damit, dass er mich herumdrehen und meinen Hintern auf den Dildo vorbereiten würde; stattdessen saugte er sich mit dem Mund an meinem Kitzler fest und saugte, bis meine Augen zufielen und meine Knie einsackten.

Als ich an der Kippe war, schob er mir den Dildo mit einem harten, schnellen Stoß in die Pussy, wo er mich weit dehnte, während ich in seinem Mund explodierte.

Mit seinem Handrücken wischte er sich meine triefende Lust vom Mund. „Ich weiß, dass du Angst davor hast, dass ich im Kampf umkomme. Ich fürchte den Tod nicht, Gefährtin; meine einzige Angst war, dir wehzutun, dass meine grobe und aggressive Art dich davonjagen würde. Du bist so klein, so zierlich und zerbrechlich. Ich habe mein wahres Ich vor dir verborgen. Damit ist jetzt Schluss."

„War das der Grund, warum du mich abgewiesen hast?" Ich verspürte Traurigkeit, vermischt mit Hoffnung.

„Abgewiesen? Niemals. Ich habe dich beschützt. Vor mir selbst. Vor meinem dunklen Wesen."

Ich sah die Wahrheit in seinen Augen,

spürte sie unverfälscht und stark durch den Kragen.

„Ich will dein dunkles Wesen", gestand ich. „Ich brauche es. Ich brauche alles von dir."

Er blickte zu mir hoch und nickte nur.

Keuchend und atemlos leistete ich keinen Widerstand, als er mich zur Wand herumdrehte. Meine Pussy war immer noch mit dem Dildo vollgestopft. Wie erwartet spürte ich nun die Spitze des inzwischen vertrauten Fläschchens in meinen Hintereingang dringen, und die Wärme davon breitete sich wie eine Welle in mir aus. Anstatt einen Stöpsel in meinem Hintern zu fühlen, spürte ich gar nichts, bis Zane mich von den Füßen hob.

Er schnallte mich von der Wand über mir los und trug mich vor sich her zur Kante des Bettes, wo er mich auf den Knien absetzte. Sobald ich das Gleichgewicht gefunden hatte, legte sich seine Hand um meine Kehle, sanft, zärtlich, und ich lehnte mich nach hinten, als die Erinnerungen an Annes Besitznahme mich durchfluteten und seine harte Brust sich an meinen Rücken presste. Ja. Das wollte ich.

„Bewege dich nicht, Gefährtin, oder ich werde dich disziplinieren müssen."

Ich konnte nicht sprechen, meine Stimme war völlig verschwunden, während ich atemlos auf das Macht-Inferno wartete, das sich spürbar in ihm aufbaute. Er hielt sich nicht zurück. Das hier war Zane, der *wahre* Zane. *Endlich.*

Er zog meine Arme in meinen Rücken und umwickelte sie mit weichen, aber unzerreißbaren Fesseln, was meine Brüste nach vorne drückte. Die Fesseln waren eng, aber nicht zu eng, und ich keuchte auf, als eine Augenbinde herunterkam, um meine Augen zu verdecken.

„Um deine Sinne zu schärfen, und natürlich damit du dich fragst, was ich als nächstes tun werde."

Mein Atem kam in kurzen Stößen, aber ich war bereit und begierig darauf, dass er mich nahm, mich besaß. Ich war den Tränen nahe, und ich konnte nicht verstehen, wie die salzige Flüssigkeit in meine Augen gelangt war. Mir tat nichts weh, aber ich fühlte mich, als würde ich gleich in hundert Scherben Glas zerbrechen, und nur Zane konnte mich zusammenhalten.

Genau, wie ich es aus der Simulation im Bräute-Protokoll kannte, drückte sich Zanes heißes Fleisch in meinen Rücken, und seine tiefe, beherrschende Stimme erfüllte mein Ohr. „Nimmst du meine Besitznahme an, Gefährtin? Oder wünschst du, einen anderen primären Gefährten zu ernennen?"

Zanes Stimme war schwer vor Lust, und die Explosion seines Begehrens platzte durch den Kragen wie ein Flammenwerfer. Ich hatte dies noch nie verspürt, *ihn* noch nie verspürt.

Zumindest ließ er mich ein, zeigte mir, was er von mir brauchte, was er mir wirklich geben würde.

„Ich—" Die Worte versagten mir. Ich konnte nicht Ja sagen. Noch nicht. Was, wenn er aufhören würde? Was, wenn dies nur irgendein krankes Spiel war, um mich auszutricksen, damit ich ihn und Dare annahm—und er dann sofort wieder zu seiner alten Art zurückkehren würde? Ich musste erst erfahren, wohin er mich bringen würde. Ich musste wissen, ob ich ihm vertrauen konnte, oder ob er mich nur ausnutzen würde wie die anderen, mir aber nie sein wahres Ich zeigen.

Als ich schwieg, knurrte er mir ins Ohr.

„In Ordnung. Ich verstehe. Ich spüre deine Zweifel, Hannah. Ich habe mir dieses Misstrauen verdient, indem ich nicht ehrlich mit dir war über meine Bedürfnisse." Seine Hand glitt nach unten, um meine Brüste zu umfassen, und ich stöhnte. Er kniff sie hart, und mein Stöhnen wandelte sich zu einem Schluchzen, als die Stimulation mich erfüllte. Ich drückte meinen Hintern gegen seinen Schwanz, versuchte, ihn dazu zu zwingen, mich zu nehmen, meine Einsamkeit zu beenden.

„Nein." Er trat zurück, und ich schwankte auf meinen Knien, während seine Stimme mich umkreiste. „Sag mir, was du brauchst, Hannah."

„Ich weiß es nicht."

Seine Hand war plötzlich in meinem Nacken, zwang mein Gesicht in die Matratze. Den Hintern in die Luft gestreckt hielt er mich dort, während ich mich wand, mich gegen seinen Griff wehrte, während meine Hände in meinem Rücken zusammengebunden waren. Eine Hand fuhr auf meinen nackten Hintern herab, und die erste Träne fiel mir von den Augen und saugte sich in das dunkelrote Satin.

„Sag mir, was du willst." Seine Hand rieb über die wunde Stelle, an der er mich gerade geschlagen hatte. „Aber vergiss nicht, mich richtig anzusprechen, Gefährtin. Wie nennst du mich?"

„Meister."

„Sehr gut." Mit einer Hand auf meinem Hinterkopf bewegte er die andere zu meinem Hintern, wo er mich mit zwei groben Fingern aufspießte. Ich schrie auf, und er sprach noch einmal. „Sag mir, was du willst."

„Ich weiß es nicht, Meister." Es war eine Lüge, eine glatte, eklatante Lüge, aber ich vertraute ihm nicht, noch nicht. Noch. Nicht.

„Oh meine süße kleine Gefährtin. Du lügst mich an." Ich zitterte, als er mich mit den Fingern in meinen glitschigen und gut trainierten Hintern fickte. Er hob die Hand von meinem Kopf und stand auf. Ein paar Sekunden später fühlte ich mich völlig leer, als er seine Finger aus meinem

Hintern zog und mich auf dem Bett zurückließ, die Arme hinter mir gefesselt und meinen Hintern in die Luft gestreckt. „Keine Bewegung, Gefährtin, oder deine Strafe wird noch viel, viel schlimmer."

Ich verzog das Gesicht und versuchte, mir vorzustellen, was seine Strafe wohl sein würde, aber ich war schon bald von etwas Hartem an der Innenseite meines rechten Fußgelenks abgelenkt. Ein solider Riemen wurde um mich geschnallt. Sobald er fest war, bewegte sich Zane zu meiner Linken und zog die Beine weiter auseinander, und schnallte etwas zwischen meine Fußgelenke.

Ach du Scheiße. Eine Spreizstange. Ich konnte meine Beine nicht schließen, konnte nicht treten oder mich wehren oder mich winden. Der Gedanke überflutete meine Pussy mit Hitze und rief ein Ziehen und eine Schwere in meinen Brüsten hervor, die nach unten hingen. Ich konnte Zane nicht sehen, aber ich konnte hören, wie er sich hinter mir durchs Zimmer bewegte. Die gespannte Ungewissheit, was als nächstes kommen würde, brachte mich dazu, den Atem in kurzen Stößen in meine Lunge und wieder heraus zu zwängen.

Ohne Warnung hob Zane meine Hüften hoch und schob eine Art hartes Kissen darunter, das mich hoch genug anhob, um meine Knie größtenteils zu entlasten. Ich würde mich nicht flach hinlegen oder vor ihm davonrutschen können. Ich versuchte, meine Knie zu beugen, meine Füße etwas anzuheben, aber stellte fest, dass sie niedergebunden waren.

Ich war noch nie zuvor so ausgeliefert gewesen. Niemals. Mein Herz raste, als sich langsam Panik in einer kalten, dunklen Grube in meinem Magen ansammelte. Was, wenn er mir wehtat? Was, wenn ich aufstehen wollte, wegmusste, und er es nicht zulassen würde? Was, wenn er mich ficken und dann hierbehalten würde, stundenlang, oder tagelang? Würde mich die außerirdische Technologie in meinem Körper am Leben erhalten, wenn er mich hier ließe?

Das waren dumme Gedanken. Zane hatte mich nie anders behandelt als zuvorkommend und fürsorglich. Fordernd und schroff, aber niemals grausam. Aber das war in diesem Augenblick egal, zumindest meinem Herzen und meinem Körper, die sich beide zu einer ausgewachsenen Panik aufschaukelten.

Gott, was war mein Safeword? Das Wort, mit dem ich alles beenden konnte?

Limonade. Wollte ich, dass er jetzt aufhörte? Ich hatte das hier gewollt, und er hatte mir nicht wehgetan, noch nicht. Wenn ich ihn nun aufhielt, dann was? Was dann?

Ich wollte, dass er—Gott, ich wusste

es nicht. Ich wusste es nicht. Ich wusste nicht, was ich tun oder denken oder fühlen sollte. Ich wand mich auf dem Kissen, versuchte, mich herumzurollen, damit ich mich rühren konnte. Ich brauchte—

„Rühr dich nicht, Gefährtin. Keinen Zentimeter, oder du bekommst meine Gerte zu spüren."

Und ganz plötzlich verließ mich die Panik, und ich erstarrte auf der Stelle, dankbar darüber, dass er mir die Entscheidung abgenommen hatte. Er legte mir seine riesige Hand auf die Hüfte und fuhr die Wölbung meines Hinterns und meiner Hüfte entlang, meiner Taille und Schulter, während er sich seinen Weg zu meinen Händen bahnte. Mit einem sanften Ruck befestigte er sie ein paar Zentimeter über meiner Wirbelsäule, was meine Schultern in die Matratze zwang, wenn ich sie mir nicht ausrenken wollte. Ich konnte lange in dieser Position verweilen, aber nicht, wenn ich mich wehrte, nicht, wenn ich versuchte, mich vom Bett hochzustemmen.

Ich war nun vollständig gefangen und so verdammt scharf auf ihn, dass ich kaum denken konnte. Der Dildo, der meine Pussy dehnte, war groß, aber er bewegte sich nicht, peinigte mich nur mit dem, was ich nicht hatte—seinen Schwanz, der in mich hämmerte.

Er nahm sich Zeit damit, mit den Händen über meine Haut zu streichen, bis ich kribbelte und begehrte. Ich ließ mich von ihm streicheln, mein Körper vollständig sein Eigentum, während ich in seiner Erkundung schwelgte. Er konnte sich nun nehmen, was immer er wollte, mit meinem Körper anstellen, was immer er wollte, mir wehtun, mich ficken, mich lieben, mich vor Lust schreien lassen— und das machte mir höllische Angst. Aber es machte mich auch schärfer, als ich es je in meinem Leben gewesen war.

„Und jetzt, Hannah, sag mir, was du willst."

Ich schüttelte den Kopf, während seine Finger meinen jungfräulichen Hintereingang umkreisten. Ich wollte alles, aber ich hatte Angst, das zuzugeben. Was, wenn er dachte, dass ich ein Freak wäre, weil ich ein wenig Schmerz mit meiner Lust gut leiden konnte? Was, wenn er wie mein Ex auf der Erde war, der Mann, der meinen Hintern versohlt und mich dann ausgelacht hatte, als wäre mein Bedürfnis, mich durch den Befehl meines Liebhabers sicher und gebunden zu fühlen, eine Art Scherz? Ich würde es nicht ertragen, wenn Zane mich auslachte oder dachte, dass ich krank war oder eine Art Freak. Das konnte ich nicht.

„Hannah, antworte mir, sofort."

„Ich weiß es nicht, Meister."

Bei seinem Seufzen zogen sich die Wände meiner Pussy zusammen, und ich kniff die Augen unter der Binde zusammen aus Angst, ihn verärgert zu haben.

„Mich anzulügen ist nicht erlaubt, meine Kleine. Nun musst du bestraft werden."

Ich hörte leise Schritte, als er zu dem Tisch voll mit Sex-Geräten ging und dann zu mir zurückkam. Meine einzige Warnung war sein Befehl. „Du wirst zählen, Hannah. Eins bis zehn, während ich zuschlage. Wenn du nicht zählst, werde ich weitermachen, bis es dir wieder einfällt. Verstehst du das?"

Ach du Scheiße. Zählen, aber was?

Ein leises pfeifendes Geräusch erfüllte die Luft, kurz bevor ein hartes Objekt auf meinen nackten Hintern traf, den Dildo tiefer in meine Pussy schob und scharfes Feuer über meine nackten Backen verbreitete. Ich biss mir in die Unterlippe und spannte den Kiefer an, während die rohe Hitze über meinen Hintern zog, die Schenkel entlang und zu meinem Kitzler.

Er schlug noch einmal zu, und ich wimmerte. Noch einmal. *Klatsch.*

Mein Hintern stand in Flammen, bevor ich mich daran erinnerte, zu zählen.

„Fünf."

„Nein, meine Liebe. Das ist nicht die Nummer, mit der du beginnen solltest." *Klatsch.*

Ich wimmerte, während er die Rückseite erst eines Oberschenkels schlug, dann des anderen; der Schmerz überkam mich und floss durch meinen Körper wie warmer Honig in meinem Blut. *Das* war es, wovor ich Angst gehabt hatte, dieses Gefühl, zu schweben, für seine Lust zu existieren, mich in Empfindungen zu verlieren. Die Tür zu öffnen zu den dunkelsten Teilen meiner Seele, mit einem Gefährten, der mich nicht wollte, nicht verstand—

„Zählen, Gefährtin." Seine grobe Stimme zerrte mich zurück in das

Zimmer, zu ihm. Ich wollte ihm Freude bereiten. Ich brauchte es. Ich brauchte es, zu sein, was er von mir wollte. Ich brauchte es, ihm zu gehören. Ich brauchte—

Klatsch.

„Eins, Meister." Ich zählte bis sieben, während er wieder und wieder zuschlug, meinen Hintern und meine Schenkel übersäte. Es war eine Art Paddel, hart und unnachgiebig. Tränen tränkten meine Augenbinde, aber ich spürte sie nicht. Sie entstammten einem geheimen Ort in mir, den ich verschlossen hielt, ein dunkles Reservoir aus Schmerz und Angst, das ich zu allen Zeiten in meinem Inneren hielt wie ein Geschwür. Meine Bedürfnisse fraßen mich auf, weil ich versuchte, sie wegzusperren, sie niederzuzwingen, und sie wie eine Bestie zu ersticken. Ich war das Monster. Diese Dunkelheit in mir war es, die ich niemandem anvertrauen wollte, auch Zane nicht. Ich brauchte den

Schmerz, den er mir schenkte, um den Käfig des Monsters aufzusperren. Ich brauchte es, dass er mich zerbrach, damit ich die Dunkelheit rauslassen konnte, aufhören konnte, dagegen anzukämpfen, und sie loslassen.

Klatsch.

Der dominante Mann hinter mir machte weiter und weiter, als ich bei acht zu zählen aufhörte und mich vom Feuer holen ließ, die Tränen strömen ließ. Ich wollte mir keine Gedanken darum machen, dass Zane oder Dare sterben könnten, oder um die Geheimnisse, die Zane vor mir verborgen hatte. Ich wollte nicht die blauen Himmel der Erde vermissen, das grüne Gras und das Gefühl von warmem Sonnenschein auf meinem Gesicht. Ich wollte nicht Hannah sein; ich wollte einfach nur *sein Eigentum* sein.

Die Schläge hörten auf, aber ich rührte mich nicht, zufrieden damit, zu schweben und ihm zu erlauben, mich überall hin zu bringen, wo er mich haben wollte.

„Hannah, du hast zu zählen aufgehört."

Ich antwortete nicht. Brauchte er eine Antwort? Das Bett sank unter seinem Gewicht ein, und er hob mein Gesicht aus der Matratze. Ich konnte seinen Lusttropfen riechen, und sein Schwanz tanzte über meinen Lippen. Die Chemikalien in der Flüssigkeit rasten durch mein Blut, weckten mich auf mit Blitzstrahlen, die direkt in meinen Kitzler fuhren.

Er streichelte mein Gesicht mit dem Handrücken, während er mir seinen riesigen Schwanz in den Mund schob. „Lutsch meinen Schwanz, Hannah. Sauge an mir, während ich deine Strafe zu Ende führe. Wenn du nicht zählst, wie dir befohlen wurde, werde ich deinen Mund für andere Gelüste benutzen."

Ich öffnete den Mund und legte die Zunge um seinen riesigen Schwanz, während er meinen Mund fickte und das Paddel auf meinen Hintern sausen ließ. Sein Lusttropfen und das Brennen der Hiebe brachten mich dazu, mich zu winden und zu stöhnen, völlig verloren. Nur er existierte. Sein Schwanz. Sein Feuer, das meinen nackten Hintern zum Brennen brachte. Ich war an der Kippe, einem Orgasmus so nahe, dass ich betteln wollte, schreien, ihn anflehen, mich meine Erlösung haben zu lassen. Stattdessen versenkte er sich in meinem Mund, in einem unerbittlichen Rhythmus, der mich zwang, nach Atem zu schnappen.

Sein Schwanz schwoll und pulsierte in meinem Mund, seine Säfte benetzten meine Kehle und schossen durch meinen Körper zu meinem Kitzler. Ich krampfte und pulsierte um den Dildo herum, der mich immer noch weit dehnte, als meine

Pussy in den Vorstufen des Höhepunktes bebte. Doch seine grobe Hand packte mich am Haar und zerrte mich mit einem groben Ruck von ihm weg, der stach, und der Orgasmus stoppte kurz bevor ich explodierte.

„Und jetzt, Gefährtin, sagst du mir, was du willst."

Ich versuchte, mich zurückzuhalten, aber er hatte alle meine Barrieren durchbrochen. Er wusste genau, was ich brauchte. Er wusste, wie weit er mich treiben konnte, wie lange ich immer noch sicher davor war, mein Safeword einsetzen zu müssen. Er *kannte* mich. Meine Seele war nackt, und ich hatte nicht die Willenskraft, zu lügen. Ich leckte mir über die Lippen, die letzten Spuren seiner Essenz in mich aufnehmen wollend. „Dich, Meister. Ich will, dass du mich schlägst, bis ich mich selbst vergesse und davonschwebe. Ich will, dass du mich fickst, bis ich nicht mehr laufen kann. Ich will, dass du meinen Körper zum Brennen bringst, bis ich schreie und auf deinem Schwanz komme."

Er zeichnete meine Lippen nach, während ich diese gebrochenen Worte flüsterte, mein dunkles Geständnis. Kein Verstecken mehr, keine Besorgnis. Nur noch mein Meister und ich.

„Braves Mädchen. Verbirg nie wieder etwas vor mir, Gefährtin. Verstehst du das?"

„Ja, Meister."

„Ich will dir das schenken, Hannah. Ich *brauche* es, dir das zu schenken. Deswegen wurden wir einander zugewiesen, weil wir einander genau das geben werden, was wir brauchen. Diese letzten drei Wochen, Hannah, oh, wogegen haben wir da angekämpft. Damit ist jetzt Schluss."

Zane wich von meiner Seite. Er entfernte das Kissen unter meinen Hüften und brachte sich hinter mir in Stellung.

Ich spürte seinen Schwanz an meinem Hintereingang stupsen und versuchte, mich nach hinten zu drücken, ihm meine Hüften entgegen zu schwingen. „Nimmst du meinen Anspruch auf dich an, Hannah? Nimmst du meine Besitznahme als dein primärer Gefährte an?"

„Ja. Ja. *Bitte*, Meister." Ich brauchte es, dass er mich erfüllte, mich nahm.

„Nun werde ich dich ficken, bis du schreist."

„Ja, Meister." Wenn meine Hände frei gewesen wären, hätte ich mich mit ihnen in die Laken gekrallt. Aber ich war gefesselt, meinen Hintern in die Luft gestreckt, meine Beine weit gespreizt von einer harten Stange. Ich konnte nichts tun außer hinzunehmen, was immer er beschlossen hatte, mir zu schenken.

Ich brauchte es, dass er der erste in meinem jungfräulichen Hintern war. Ich brauchte es, Zane zu *gehören*. Ich liebte Dare, aber Dare war nicht mein Meister.

Dare war mein Liebhaber und mein Freund, mein Sekundär. Bei ihm fühlte ich mich sicher und umsorgt. Er war leicht zu beglücken, leicht zufriedenzustellen. Aber seine Dunkelheit war nicht Teil seiner Seele. Zane bezwang mich, er nahm meinen Schmerz und entließ ihn, zwang mich, loszulassen, mich zu unterwerfen. Zane *brauchte* es, dass ich mich hingab. Er begehrte meine Hingabe ebenso, wie ich es brauchte, mich in seiner dominanten Umarmung sicher und frei zu fühlen.

Während der Dildo meine Pussy dehnte, schob sich Zane langsam in meinen jungfräulichen Hintern, durchbrach meinen trainierten Muskelring, schob sich spielerisch daran vorbei und füllte mich bis an die Schmerzgrenze. Als er vollständig versenkt war, bis zum Anschlag, keuchte ich und krampfte mich um den Stab in meiner Pussy, so fest ich konnte. Ich brauchte einen Orgasmus. Ich brauchte—

Zanes Hand landete kräftig auf meinem Hintern, und ich zuckte nach vorne, zog mich beinahe von seinem Schwanz. Er streichelte den Stich mit seiner Handfläche. „Braves Mädchen, nun drück dich nach hinten und nimm mich wieder auf."

Ich versuchte es, doch als ich ihn nicht schnell genug aufnahm, vergrub Zane seine Faust in meinem Haar und riss mich nach hinten, zwang meinen Körper, sich weiter zu öffnen, schneller. Der stechende Schmerz auf meinem Kopf ließ mich erzittern. Das Feuer auf meinem Hintern verwandelte sich in heißes Glühen, und ich wollte mehr, brauchte mehr. In einer Trotzreaktion, von der ich wusste, dass er sie nicht ungestraft lassen würde, zerrte ich an den Fesseln, die meine Handgelenke festbanden. Wenn ich nur eine Hand befreien konnte und meinen

Kitzler streicheln. Da! Ich war fast frei. Vielleicht, wenn ich mich beeilte, konnte ich kommen, bevor er mich—

Klatsch.

Er hieb noch einmal auf meinen nackten Hintern und benutzte den Halt in meinem Haar, um mich nach vorne zu drücken. „Böses Mädchen, Hannah. Du hast nicht die Erlaubnis, deine Hände zu benutzen."

„Es tut mir leid, Meister." Gott, schon alleine, ihn Meister zu nennen, machte meine Pussy nur noch nasser. Ich war so nahe dran, dass ich nicht klar denken konnte.

„Komm zurück, Hannah." Er legte den breiten Kopf seines Schwanzes wieder an meinen Hintereingang. „Fick mich mit deinem Hintern."

Ich schob mich nach hinten, wieder nicht schnell genug, und er riss an meinem Haar, holte mich hart und schnell zurück und vergrub seinen

Schwanz tief in mir. Die Grobheit seiner Handlungen ließ mich stöhnen, das intensive Gefühl, vollkommen von ihm gefüllt zu sein. Es tat weh, aber ich brauchte es. Ich brauchte den Biss des Schmerzes, wusste, dass er bei mir war, ihn mir schenkte. Er war größer als all die Stöpsel. Heißer, dicker. Sein Lusttropfen benetzte meine Wände und machte meine Erregung nur noch intensiver. Ich würde es nicht viel länger aushalten. Dann fickte er mich ernsthaft, hielt mein Haar, damit er Halt hatte, und zog mich nach hinten oder hielt mich an der Stelle fest, wie er es brauchte. Mein lustvolles Stöhnen wurde zu einem verzweifelten Wimmern, als er mich immer höher trieb, mich erfüllte und mich zu seinem Eigentum machte, voll und ganz, endlich.

Sein Schwanz schwoll in mir an und ich wusste, dass er an der Kippe war. Er ließ meine Hände los, und sie fielen neben mir aufs Bett. Das Brennen in meinen Schultern ließ mich stöhnen, als noch mehr Empfindungen meinen Verstand benebelten.

„Hoch mit dir, Hannah. Halte dich aufrecht. Fasse hinter dich und verschränke die Finger in meinem Nacken."

Ich erhob mich ohne nachzudenken vom Bett, lehnte mich nach hinten, bis meine Schenkel auf seine trafen, immer noch aufgespießt auf seinem steifen Schaft. Seine Brust war an meinen Rücken gepresst.

Die Position drückte meinen Rücken durch und verschob seinen Schwanz nach vorne, was den Dildo stärker in meine Pussy drückte.

„Nicht bewegen, Hannah."

„Ja, Meister." Die Drohung, seine absolute Kontrolle, machte mich frei, gedankenlos. Sein Eigentum. Ich gehörte ihm.

Ich hielt ihn, mein Rücken an seiner

Brust, sein Schwanz in meinem Hintern und meine Hände in seinem Haar, während er mir ins Ohr flüsterte.

„Komm für mich, Hannah. Komm für mich."

Er ließ seine Hände über meinen Bauch streichen, auf meine Pussy zu. Seine Arme waren so lang, so stark, und ich war so klein in seiner Umarmung, dass er mit Leichtigkeit sowohl meinen Kitzler erreichte als auch den Stab, der meine Pussy füllte.

Mit seinem Schwanz immer noch in meinem Hintern, fickte er mich mit dem Stab und streichelte über meinen Kitzler, bis ich in Stücke brach. Ich schrie seinen Namen, wieder und wieder. Mein Körper explodierte vor Lust, aber es trieb mich jedes Mal nur noch höher, als wäre jeder Orgasmus nur eine Aufwärmübung für den nächsten. Ich versank in einem Meer aus Empfindungen, schrie hilflos auf, gab ihm alles und hielt mich an ihm fest, als ginge es um mein Leben. Sein Haar in meinen Fäusten und seine Worte in meinem Ohr waren meine einzige Verbindung zur Wirklichkeit.

Du bist so wunderschön. Ich weiß nicht, warum ich mich so lange gewehrt habe. Du liebst es, so zu sein. Du liebst es grob, meinen Schwanz in deinem jungfräulichen Hintern. Du wirst es lieben, mit zwei Schwänzen voll zu sein. Schon bald, Hannah, wird auch Dare dich füllen. Wir werden dich gemeinsam ficken, ohne Gnade.

Seine Worte wurden von meinen Lustschreien gedämpft. Als ich erschöpft war, ließ er sich endlich selbst kommen, füllte meinen Hintern mit heißem Samen und der Kraft seiner Säfte, und die chemische Überladung ließ mich noch einmal kommen.

Wir beide brachen auf dem Bett zusammen, und er zog sich langsam aus mir heraus, bevor er das andere Objekt aus meiner Pussy zog. Danach drehte er mich herum, bis ich ihm zugewandt war, und er küsste mich sanft, zärtlich, über und über, bis all die Emotionen der letzten paar Wochen wie eine Flutwelle aufstiegen und ich schluchzte.

Er küsste mich wieder, seine Hand lag auf meiner Wange, als wäre ich das Wertvollste im Universum. Er zog mir die Augenbinde von den Augen, und ich sah ihn an. Seine Augen waren bernsteinfarben und überflutet mit einem Begehren, das so roh und kraftvoll war, dass ich aufkeuchte.

„Es tut mir leid, Hannah. Es tut mir so leid."

Ich starrte in diese Augen und erstarrte, hatte Angst, mich zu bewegen, Angst davor, ihn wieder zu verlieren, als er die Spreizstange von meinen Fußgelenken entfernte und zu mir aufs Bett stieg. Seine Stimme war zerklüftet und tief, als er mich an sich drückte. „Ich habe das hier beinahe zerstört. Ich hatte

Angst, dass du mich so nicht wollen würdest."

Ich blinzelte ihn an, verwirrt. „Wie denn?"

„Außer Kontrolle. So hungrig nach deinem Körper, dass ich dich zu weit treiben würde, dich zu hart reiten. Ich hatte Angst davor, dir wehzutun, Hannah. Oder dich zu verschrecken."

„Ich habe keine Angst vor dir, nicht, wenn du so bist." Ich schloss die Augen und vergrub mein Gesicht in seiner Hand. „Ich hatte vorher Angst vor dir. Angst, dass ich dich nicht glücklich machen konnte. Angst, dass du mir dein wahres Ich nie zeigen würdest. Angst, dich so zu wollen. Angst, dass du mich nicht wirklich wolltest."

Er spannte sich an, und ich öffnete die Augen und sah, dass seine Lippen schmal geworden waren und seine Stirn gerunzelt. „Du bist perfekt, Hannah. Ich will dich. Ich brauche dich. Ich will mich um dich kümmern, und dich an die Grenzen treiben, und dafür sorgen, dass du sicher bist. Ich sehe dich mit Dare und ich sehe, wie sehr du ihm vertraust. Ich brauche das, Hannah. Ich brauche, dass du mir alles gibst."

„Das habe ich gerade."

Er schüttelte den Kopf und zog die Hand von meinem Gesicht, um meine Unterlippe nachzuzeichnen. „Nicht dein Herz, Hannah. Du hast mir nicht dein Herz gegeben."

Er sah so traurig aus, so gebrochen, dass ich etwas tun musste. Ich konnte es nicht ertragen, ihn unter solchen Schmerzen zu sehen. Sein Leid war mein Leid. Wenn ihm etwas wehtat, tat es mir weh. „Meister. Du hast mir gezeigt, was gefehlt hatte, was du brauchst. Was *ich* brauche." Ich beugte mich vor und presste meine Lippen auf seine, um ihn zu trösten, ihm das Leid abzunehmen. Ich liebte ihn. Zumindest dachte ich das.

Aber ich konnte die Worte nicht aussprechen. Noch nicht. Nicht in dem Moment.

Nicht, bevor er sie zuerst aussprach. Das würde ich nicht noch einmal tun, nie wieder. Ich hatte meinem letzten festen Freund gesagt, dass ich ihn liebte, und er hatte mich für meine Wohnung und mein Geld benutzt, mich betrogen und fallengelassen, als das nächstbeste Ding daherkam.

Zane war zugegebenermaßen nicht im Geringsten wie dieser idiotische Ex, aber er war immer noch ein Mann, der mich wollte, der mich brauchte, der es liebte, mich im Bett zu dominieren—und der mich nicht liebte.

Ich küsste ihn noch einmal, da ich nicht wusste, was ich sonst tun sollte. Er rollte sich auf mich, schon wieder steif, und er gefiel mir so, sanft und langsam und zärtlich. Ich öffnete die Beine, und er stupste mit seinem Schwanz an meinen

Eingang. Mit einem Seufzen ließ ich ihn ein.

So grob er vorhin gewesen war, war er nun sanft. Er küsste mich, langsam und süß und sanft auf meinen Lippen, und ich hob ihm meine Hüften entgegen. Ich schlang die Arme um seinen Kopf und ließ ihn wissen, dass ich ihn auf diese Art bei mir haben wollte. Für immer. Und nachdem er seinen Samen in mir vergossen hatte, hielt ich ihn fest. Ich fuhr ihm mit den Fingern durch sein Haar und glättete die Falten auf seiner Stirn, fühlte mich friedvoller, als ich es schon lange gewesen war. Ich hielt ihn mit all der Liebe, die ich nicht aussprechen konnte, und wir schliefen ein.

12

ane

Ich saß im Klassenzimmer und sah zu, wie meine wunderschöne Gefährtin die Kinder bezauberte. Sie saßen im Kreis am Boden, sangen Lieder und klatschten, während sie sie mit einem solchen Leuchten in den Augen anlächelte, dass ich sehen konnte, wie sehr sie sie alle liebte. Und sie liebte mich. Ich konnte es in ihrem schüchternen Lächeln sehen, in der Wärme hinter diesen dunklen braunen Augen. Ihr Blick wurde nun sanfter, wenn sie mich ansah, und ich konnte ihre Freude und ihre Akzeptanz durch unsere Verbindung spüren.

Sie liebte mich, aber sie sprach die Worte nicht aus.

Ich wollte, dass sie ihre Gefühle gestand. Ich brauchte es, sie zu hören. Bei unserer Besitznahme-Zeremonie morgen hatte ich jedenfalls die Absicht, das Thema zur Sprache zu bringen.

Ein krabbelndes kleines Mädchen kam auf mich zu, ihre großen Augen voller Freude, und sie gab leise glucksende Laute von sich, während sie meine Stiefel inspizierte. Kinder waren auf Schlachtschiffen eine Seltenheit. Nur die hochrangigen Offiziere, diejenigen, die das Glück hatten, Gefährtinnen zu haben, hatten ihre Familien an Bord. Die Kinder wurden täglich für den Unterricht, und zu ihrer Sicherheit, auf das

Schlachtschiff transportiert. Wir waren das größte Schiff in der Kampfgruppe, und die Räume für Kinder waren in einem speziell verstärkten und abkoppelbaren Rettungsschiff untergebracht.

Das kleine Mädchen legte mir eine knubbelige kleine Hand aufs Knie, während es mit der anderen an meinem Stiefel zerrte. Vor ein paar Wochen noch hätte ich mir die Aufmerksamkeit der Kleinen zwar gefallen lassen, mich aber dabei unbehaglich gefühlt. Die Kinder waren so klein, so zerbrechlich und unschuldig. Ich hatte mich zuvor nie in ihrer Gegenwart wohl gefühlt, aber etwas hatte sich letzte Nacht in mir verändert, etwas Grundlegendes. Zum ersten Mal in meinem Leben fühlte ich mich friedvoll. Ich hatte meiner zugewiesenen Gefährtin meine Dunkelheit gezeigt, und sie hatte mich nicht nur akzeptiert, sie ist durch den Sturm meiner Leidenschaft geritten und hat ihren kleinen Körper an meinen geschmiegt, unsere Beine verschlungen, während wir schliefen.

Ich hatte endlich ihr Vertrauen gewonnen, und ich hatte noch nie so hart für einen Preis gearbeitet, oder ihn mehr geschätzt.

Das Kind vor mir wandte seine Aufmerksamkeit von meinem Stiefel ab auf mein Gesicht, und sie hob mir die Arme entgegen. „Hoch."

Mit verzogener Miene beugte ich mich hinunter und hob das winzige Geschöpf in meinen Schoß. Sie patschte mir mit ihren knubbeligen Fingern übers Gesicht und starrte mich mit außerordentlich ernsthaftem Ausdruck auf ihrem süßen Gesicht an. „Mandand."

Ich hatte keine Ahnung, was das Kind sagte, aber Hannah erhob sich vom Boden und kam herüber, um mich zu retten.

„Ja, er ist der Kommandant, nicht wahr?"

Das kleine Mädchen nickte, als wäre ihr die ernsthafteste Frage der Welt gestellt worden. Dann beugte sie sich vor und drückte mir einen nassen, schlabberigen Kuss aufs Gesicht, der irgendwo zwischen meiner Unterlippe und meinem Kinn landete. Ich erstarrte, völlig ratlos, und Hannah lachte laut auf. Der melodische Klang ihrer Freude war den Schlabber wert, der nun mein Gesicht überzog.

Das Mädchen patschte mir auf die Wangen, als würde sie mir sagen wollen, dass sie nun mit mir fertig war, bevor sie zu zappeln begann, um mir zu sagen, dass sie auf den Boden hinuntergehoben werden wollte.

Meine Hände waren so groß wie ihr ganzer Körper, und ich setzte sie sanft auf die Füße. Sie watschelte davon, und ich blickte hoch, wo ich meine Gefährtin auf mich herablächeln sah. Hannah trat zwischen meine Beine und hob lächelnd eine Hand an mein Kinn, und wischte es mit dem Daumen trocken. „Dein Volk liebt dich, *Mandand*. Jeder einzelne von ihnen."

„Nicht jeder, meine Gefährtin. Nicht die Eine, die mir am meisten bedeutet." Ich blickte meine Gefährtin an und stellte mir vor, wie ihr Körper mit meinem Kind anschwoll, einem süßen kleinen Mädchen, das mir schlabbrige Küsse geben würde, oder einem kräftigen kleinen Jungen, der mich fordern und stolz machen würde. Ich wollte sehen, wie mein Samen in ihrem Körper heranwuchs. Ich wollte wissen, dass sie auf alle Arten mir gehörte.

Sie lief zu einem wunderhübschen Rosa an, als ich ihr tief in die Augen blickte. Nicht ganz so dunkel wie das Tiefrosa, das ihre Haut überzog, wenn sie auf meinem harten Schwanz kam, sondern ein süßerer, sanfterer Farbton. Ich wollte, dass sie sagte, dass ich mich irrte und sie mich tatsächlich liebte. Stattdessen lächelte sie dieses geheimnisvolle weibliche Lächeln, beugte sich herunter und küsste mich auf den Mund.

Ich würde es akzeptieren, für den Moment. Bis zur Besitznahme, die in nur wenigen Stunden geplant war. Aber es gab da ein Problem. Ein ernsthaftes Problem, das ich ihr noch nicht mitgeteilt hatte; etwas, das dieses zerbrechliche neue Band zwischen uns zerstören könnte.

Ich war hier bei ihr im Kinderbereich, weil ich auf schlechte Nachrichten wartete. Ich wollte nicht, dass meine Gefährtin alleine war, wenn der Bericht des Erkundungsteams hereinkam.

Ich nahm ihre Hand und nickte den anderen beiden Frauen zu, die in der Stube arbeiteten. „Darf ich meine

Gefährtin entführen, meine Damen? Ich möchte ihr die Kommandozentrale zeigen."

„Natürlich, Kommandant." Die ranghöchste Lehrerin, eine ältere Dame, die schon seit vielen Jahren die Gefährtin meines besten Technikers war, lächelte uns mit aufrichtiger Wärme an. Hannah hatte recht; die Leute in meiner Flotte blickten mich mit einer Wärme an, die mir zuvor nie aufgefallen war. Meine Gefährtin hatte mir die Augen für ihren Respekt und ihr Vertrauen geöffnet. Das Gewicht der Verantwortung hatte noch nie schwerer gewogen, aber es war auch noch nie so eine Ehre gewesen wie gerade jetzt, und erstmals in meinem Leben lächelte ich die Frau an.

„Vielen Dank, Lady Breenan." Ich genoss den Anflug aufrichtiger Freude, den die ältere Frau bei meinen Worten ausstrahlte, und zog Hannah aus der Stube in den Flur. „Komm mit, Gefährtin.

Ich werde dir zeigen, von wo aus ich das Schiff leite."

Hannah seufzte zufrieden und ging neben mir her, ihre Hand in meiner und ihre Wange an meine Schulter gelehnt. Ihre Zufriedenheit surrte durch meinen Kragen, und mir wurde ganz schwummrig vor Erleichterung. Es gab kein besseres Gefühl, als zu wissen, dass ich mich um meine Gefährtin gekümmert hatte, sie glücklich, zufrieden und friedvoll gemacht hatte. Nun, vielleicht war es ein besseres Gefühl, wenn sie sich der Lust hingab, während ich sie um ihre Sinne fickte, aber daran wollte ich im Moment nicht denken. Ich würde nicht mit einem Schwanz so hart wie Stahl auf das Kommandodeck spazieren. Und nicht, wenn ich wusste, dass ihr Glück mit jedem Moment verfliegen konnte.

Dare wurde vermisst. Und auch Prinz Nial. Wir hatten schon vor einigen Stunden den Kontakt zu ihnen verloren, und ich wartete auf eine Nachricht von einem Erkundungsteam, das jeden Moment zurückkehren sollte. Die Entscheidung, ihr das vorzuenthalten, war schwierig gewesen, aber sie würde die Wahrheit früh genug erfahren. Ich hoffte nur, dass mein Sekundär am Leben war.

Als hätte das Schicksal meine Gedanken gelesen, erfüllte die Stimme des Kommunikationsoffiziers den Flur. „Kommandant, das Erkundungsteam ist zurück. Sie warten."

„Bin auf dem Weg." Ich wusste vom Ton in seiner Stimme, dass es keine guten Neuigkeiten waren. Auch Hannah musste es gespürt haben. Sie erstarrte und hob den Kopf von meiner Schulter.

„Was ist los, Zane?"

Ich drückte ihre Finger, zog sie in eine Transportkammer und gab den Code ein, der uns aufs Kommandodeck bringen würde. „Dare und Prinz Nial wurden von Hive-Kämpfern vor ein paar Stunden vom

Himmel geschossen. Ich habe ein Erkundungsteam ausgeschickt, um ihren Aufenthaltsort ausfindig zu machen und die Rückholung einzuleiten."

„Oh mein Gott. Ist er tot? Nein. Nein!" Sie versuchte, sich mir zu entziehen, als der Transporter anhielt und sie mit dem plötzlichen Richtungswechsel schwankte. Sie krachte in meine Brust, und ich schlang meine Arme eng um sie. Ihre Pupillen wurden weit, und sie atmete zu hastig; ein kurzes, flaches Hecheln, bei dem sie das Bewusstsein verlieren würde. „Du hast es gewusst und mir nichts gesagt! Du hast davon gewusst! Wie konntest du dasitzen und mit dem kleinen Mädchen spielen und lächeln, während du das wusstest?"

Hannah schlug mit ihrer Faust auf meine Brust ein und ich packte sie, hielt sie still, sodass sie sich nicht rühren konnte. Ich starrte ihr tief in die Augen, bis sie sich beruhigt hatte. „Ich weiß um deine Gefühle für Dare, mein Schatz. Ich werde ihn für dich zurückholen. Das verspreche ich dir."

Ihre dunklen, ausdrucksvollen Augen füllten sich mit Tränen, aber sie wandte das Gesicht von mir ab und vergrub ihren Kopf in meiner Brust. „Versprich es mir, Zane. Versprich es mir."

„Mein hochheiliges Ehrenwort, Gefährtin. Dare wird rechtzeitig wieder an Bord dieses Schiffes sein, damit wir beide dich in Besitz nehmen können." Was mir nicht viel Zeit ließ, aber das war auch besser so. Wenn der Hive Dare und Nial gefangengenommen hatte, würde es meinen Kriegern nicht gut ergehen. Dem Hive gefiel es, biologische Lebensformen zu foltern, bevor sie sie in etwas verwandelten, das mehr Maschine als Person war. Der Prozess dauerte mehrere Tage, und ich konnte nicht zulassen, dass sie meinen besten Freund einbehielten, oder den Thronfolger des Primus.

Ich brachte Hannah aufs Kommandodeck, wo die Krieger mit allem aufhörten, was sie gerade taten, um sich vor der *Lady Deston* zu verneigen und ihr ihren Respekt zu zollen. Meine Gefährtin machte mich stolz, hielt ihr Haupt erhoben und ließ sich ihre Besorgnis nicht anmerken. Sie täuschte sie alle mit ihrer Tapferkeit, aber ich konnte über unsere Verbindung ihre Angst spüren. Meine Gefährtin war wahrhaftig auf mich abgestimmt, perfekt für mich in allen Belangen; leidenschaftlich beim Liebesspiel, wo sie meine Beherrschung brauchte, um frei zu sein, aber im Angesicht von Gefahr und Schmerz konnte sie mit hoch erhobenem Haupt schreiten wie eine Königin. Mein Respekt für sie wuchs an, und auch meine Liebe. Ich würde eine gesamte Flotte opfern, wenn das ihre Sicherheit bedeuten würde, und das war ein beängstigendes Eingeständnis.

Ich musste Dare zurückholen. Sollte ich versagen, würde ich nicht nur meinen Freund und Cousin verlieren, sondern müsste auch einen anderen Sekundär finden, den meine süße, sture Hannah akzeptieren würde. Und aus dem Feuer in ihrem Blick, als die Späher ihren Bericht über den Hive abgaben, war zu schließen, dass sie keinen anderen Sekundär als Dare haben würde.

„Wir brechen in der nächsten Stunde auf, und ich werde das Rückholteam persönlich anführen." Mein zweiter Befehlshaber öffnete den Mund zum Protest, wie er es auch sollte, aber ich ließ ihn nicht sprechen. „Ich habe Lady Deston versprochen, dass ich ihr Dare, ihren sekundären Gefährten, rechtzeitig zur Besitznahme-Zeremonie morgen zurückgebracht haben würde, also werde ich genau das auch tun."

„Ja, Kommandant." Ich ließ sie alle zurück und geleitete Hannah zurück in unser Quartier. Dort angelangt nahm ich sie in die Arme, um ihr einen Kuss zu geben, der alle Sorge aus ihrem Kopf löschen sollte.

„Du wirst hier drin bleiben, bis ich mit Dare zurückkehre. Du wirst sicher hinter dieser verschlossenen Tür verweilen, bis ich dich abhole. Verstehst du das?" Ich hielt ihr Gesicht in meinen Händen und starrte ihr in die Augen, um sicherzugehen, dass sie auf mich hörte.

„Ja."

„Ja was?"

Sie hob ihre Hände an meine Arme und legte die Finger um meine Unterarme. Sie drehte den Kopf herum und küsste die Innenseite meiner Handgelenke. „Ja, Meister. Ich werde hier verweilen, sicher und geborgen, damit du uns Dare zurückbringen kannst."

Ich küsste sie wild und ging dann ohne ein weiteres Wort. Das Erkundungsteam wartete bereits auf mich, als ich in die Landebucht kam. Wir würden mit drei Schiffen reisen, in jedem ein acht Mann starkes Team. Das Erkundungsteam hatte Dare und Nial bis zu einer kleinen mobilen Hive-Station zurückverfolgen können, die erst kürzlich auf einem nahegelegenen Asteroiden entdeckt worden war. Der Außenposten war klein und konnte nicht mehr als einhundert Hive-Soldaten beherbergen.

Mit Hannahs Geschmack auf meiner Zunge wusste ich, ich konnte alleine schon hundert Hive-Soldaten töten.

Ich war ein ausgezeichneter Pilot, aber die ausgewählten Piloten kamen vom Erkundungsteam und wussten genau, wohin wir mussten, also saß ich mit den anderen Kriegern hinten und wartete. Das Schlachtfieber schoss mir Energie ins Blut, und ich lächelte mordlüstern. Ich hatte schon seit Monaten keinen Kampf mehr gekostet und war begierig darauf, zu spüren, wie die Körper meiner Feinde in meinen bloßen Händen in Stücke gerissen wurden.

„Die Hive-Kommunikation ist blockiert worden", rief der Pilot zu uns nach hinten, wo ich mit sechs weiteren Kriegern in gespanntem Schweigen saß. „Wir sind in sechzig Sekunden am Boden."

Ich nahm eine Atemmaske von der Wand hinter mir und rüstete mich für den Kampf, während es mir die anderen um mich herum gleich taten. Das Schiff landete, und ich folgte dem Erkundungsteam zur Tür hinaus. In unter fünf Minuten brachten wir Sprengsätze am Tor ihrer äußeren Umzäunung an.

Die Explosion ertönte, und das Sprengstoff-Team winkte uns voran. Wir bewegten uns wie Wasser über einen Stein, in perfekter Harmonie. Dies waren meine Krieger, mein Team, und wir kämpften schon seit Jahren Seite an Seite.

Hive-Soldaten wallten wie ein

Insektenschwarm aus der Öffnung hervor, und wir schossen sie von unserem Aussichtspunkt in der felsigen Umgebung ihres mobilen Außenpostens mit Leichtigkeit einen nach dem anderen ab. Die Hive-Soldaten waren gut auf direkten Kampf programmiert, aber einzeln oder in Kleingruppen konnten sie sich nicht schnell genug anpassen. Der Hive war unintelligent, aber ihre Roboter-Soldaten kamen schneller von den Förderbändern ihrer Heimatwelt, als wir sie zerstören konnten.

In nur wenigen Minuten war das Kampfgewirr vorüber, und meine Krieger und ich bahnten uns einen Weg zum Eingang. Wenn dies ein normaler Hive-Außenposten war, würden die entbehrlichen Robotereinheiten vorgeschickt worden sein, um das Außengelände zu überfluten, während die fortgeschritteneren biologischen

Hybriden uns im Inneren auflauern würden.

Ich warf eine Gaskartusche durch das gesprengte Tor, und wir warteten lange genug, bis das Gas ihre biologischen Systeme ausgeschaltet haben würde. Das Gas würde sie nicht umbringen, nur bewusstlos machen. Unsere eigenen Krieger waren im Inneren gefangen, daher konnten wir keine tödlichen Gifte verwenden.

Wir durchkämmten den Außenposten einen Raum nach dem anderen. Wir fanden keine Biologischen, bis wir im Herzen des Bauwerks angekommen waren. Dort lagen, auf zwei Tischen auf einer medizinischen Station, Dare und Nial. Die über sie gebeugten Kreaturen—halb lebend, halb Maschine—waren der einzige noch übrige Widerstand. Ein Krieger zu meiner Rechten betäubte die Kreatur über Dare, während ein anderes

Team sich um die Kreatur über Nial kümmerte.

Ich trat vor und blickte auf meinen Sekundär, auf Hannahs Geliebten, herab. Dann brach ein Kriegsschrei aus meiner Kehle hervor, und ich beugte mich zu der halb bewusstlosen Hybrid-Kreatur hinunter, hob sie vom Boden hoch und riss ihr mit bloßen Händen den Kopf von den Schultern.

13

Hannah

ZANE WAR ZURÜCK. Ich konnte ihn wieder spüren, und auch Dare. Aber nicht mit Wärme oder irgendwelcher Freude. Sie beide fühlten sich kalt an, Dare einfach nur abwesend, und Zane?

Zane fühlte sich an wie schierer, roher Zorn.

Ich rieb mir über den Hals und schritt im eng gewordenen Zimmer hin und her.

Ich konnte es nicht ertragen, zum Bett zu blicken, wo ich so viele Nächte eng an Dare geschmiegt verbracht hatte. Noch konnte ich ins Wohnzimmer blicken, wo meine Gefährten mich zum ersten Mal genommen hatten, Zanes starke Hand in meinem Rücken, und Dare, dessen Lusttropfen mich vor Lust schwindelig gemacht hatte.

Ich lief auf und ab, froh darüber, dass ich sie wieder spüren konnte, auch wenn es nicht warm und wohlig war.

Fünf Minuten verstrichen. Zehn. Und immer noch hatte Zane mich nicht geholt. Mein Kragen war kalt und leblos geworden, als Zane das Schiff verlassen hatte. In dem Moment war mir klar geworden, wie stark ich inzwischen mit meinen beiden Kriegern verbunden war, wie stark ich auf die ständige Verbindung angewiesen war, um das Gefühl zu haben, dass ich zu ihnen gehörte, dass dies mein Zuhause war.

Ich war heute schon sehr knapp davor gewesen, Zane zu sagen, dass ich ihn liebte, aber mein Entschluss stand fest. Ich hatte meinen Kriegern alles andere geschenkt—mein Vertrauen, meinen Körper, meine Seele. Ich würde ihnen nicht als Erste diese Worte schenken. Das war das Einzige, was ich von ihnen verlangte, und ich würde nicht nachgeben, wie sehr Dare mich auch umschmeichelte und neckte, oder Zane mich an den Abgrund brachte und wieder sicher in seine Arme zurückholte. Ich würde nicht nachgeben. Nicht in dieser Angelegenheit.

Aber wenn Zane mich nicht bald holte, würde ich ihm ungehorsam werden. Ich konnte an der zehrenden Taubheit in meiner Verbindung zu Dare spüren, dass etwas nicht stimmte. Und ich würde wetten, dass sie ihn auf die Krankenstation gebracht hatten. Doktor Mordin untersuchte ihn wahrscheinlich in genau diesem Moment, um sicherzugehen, dass er in Ordnung war.

An der Tür zu unserem Quartier ertönte ein Klingen, und ich rannte zur Tür. *Endlich!*

Ich schloss die Türe auf und erwartete, Zane im Flur zu sehen.

Stattdessen wurde mir eine Waffe an die Brust gedrückt, und der alte Mann, der mich nach meiner Ankunft auf der Krankenstation wie eine lüsterne Kröte angegafft hatte, grinste auf mich hinunter. In der Zwischenzeit hatte ich erfahren, dass er Harbart hieß und Prinz Nials zukünftiger Schwiegervater war, oder wie auch immer sie das hier nannten.

Mir tat Prinz Nial leid. Wenn Harbarts Tochter ihrem Vater auch nur annähernd ähnlich war, musste das arme Mädchen eine grässliche Person sein.

„Lady Deston. Sie kommen bitte mit mir mit." Seine Augen waren kalt und hart, und er drückte die Spitze seiner

Waffe genau zwischen meine prallen Brüste. Ich wusste nicht genau, wie gut der Rüstungsschutz dieser Kleidung war, und wollte es nicht testen.

„Das kann ich nicht. Es tut mir leid. Kommandant Zane hat mir aufgetragen, bis zu seiner Rückkehr hier drin zu bleiben." Ich wollte Zeit schinden, und wir beide wussten das. Sein grausames schiefes Grinsen ließ mich erzittern, und ich wich einen Schritt zurück, um die auf mich gerichtete Weltraumkanone von meinem Körper zu bekommen. Ich hatte keine Ahnung, was die seltsame Waffe ausrichten konnte, aber auch nicht den geringsten Wunsch, es herauszufinden.

Harbart folgte mir in den Raum hinein und verschloss die Tür hinter uns, bevor er sich wieder an mich wandte. Ich blickte entsetzt zu ihm auf. Er war riesig, wie alle Prillon-Krieger. Ich reichte kaum bis an seine Schulter, und er wog wohl doppelt so viel wie ich. Sein neutraler

Gesichtsausdruck hatte sich verwandelt, von kalt und gefühllos zu dem eines Monsters. Seine Lippen zogen sich hoch und seine Zähne traten hervor, seine dunklen, gelblichen Augen waren groß und wild, und eine Hand war um die Waffe gelegt, die andere ballte sich in der Luft, als er ausholte, um mich zu schlagen, mit krummen Fingern wie die eines knorrigen alten Astes.

Er schlug mir kräftig auf die Wange, und ich taumelte rückwärts und landete auf dem Hintern am Boden. Schmerz stach mir durch den Schädel, aber ich begrüßte ihn, wusste, dass Zane es spüren würde, dass er kommen würde. Ich schluckte die Galle hinunter, die mir in die Kehle stieg, und versuchte, mir etwas einfallen zu lassen, mit dem ich lange genug überleben konnte, bis Zane ankam.

„Du dreckige Schlampe." Harbart trat vor, und ich kroch wie eine Krabbe auf allen Vieren rückwärts, aber ich war nicht schnell genug, und sein Tritt traf meine Hüfte. Ich rollte mich wie ein Ball zusammen, vom Schmerz gebeutelt, während er sich über mich beugte, mit Sabber auf seinem Kinn. „Nial hätte heute sterben sollen. Und du? Du solltest überhaupt nicht hier sein. Zane gehört mir."

Er trat noch einmal zu, aber ich war darauf gefasst. Ich packte sein Bein und zog mit aller Kraft daran. Es gelang mir, ihn aus dem Gleichgewicht zu bringen, und er fiel mit wild zappelnden Armen nach hinten.

Ich schnappte nach Luft und versuchte, aufzustehen, aber es fühlte sich an, als hätte ich ein Messer in der Hüfte stecken. Der Schmerz durchflutete mich, aber ich wusste mit Schmerz umzugehen. Schmerz machte mich wach. Schmerz brachte mich zum Leben. Und dieses Arschloch hatte es auf meinen Gefährten abgesehen. Ich hatte keine Ahnung, was dieses Monster mit Zane anstellen wollte, aber ich würde nicht zulassen, dass er es bekam.

Halb kriechend, halb taumelnd näherte ich mich dem S-Gen in der Ecke des Zimmers. Wenn ich ihn erreichen konnte, konnte ich vielleicht einen Baseballschläger anfordern, oder einen Golfschläger. Irgendwas! Ich hatte noch nie in meinem Leben eine Kanone abgefeuert, und ich bezweifelte, dass das Schiffssystem auf menschliche Waffen programmiert war.

Ich streckte mich nach der Plattform aus und versuchte, die Hand auf die Aktivierungsfläche zu legen.

„Keine Bewegung, Hannah Johnson von der Erde. Oder ich werde dein Gehirn auf der Wand gegenüber verteilen."

Zane

Ich lief auf der Krankenstation auf

und ab und wartete darauf, dass Doktor Mordin seine Untersuchung abschloss. Wir waren schon seit fast einer Stunde auf dem Schiff zurück, und ich konnte spüren, wie meine Hannah immer ungeduldiger wurde. Aber ich würde nicht zu ihr gehen, ohne ihr Antworten bringen zu können.

„Nun, Doktor? Können Sie sie retten?" Dare war mit oberflächlichen Hive-Geräten übersät, dünne metallische Modifikationen, die sie an seiner Haut und seinen Augen angebracht hatten. Aber Nial? Die Bastarde hatten ihre Arbeit sichtlich am Prinzen begonnen.

„Dare wird wieder gesund, aber ich bin nicht sicher, ob ich das Implantat aus seinem rechten Auge entfernen kann. Es wird seine Sicht verbessern, aber ist langfristig gesehen nicht schädlich."

Ich stieß die Luft aus, ohne bemerkt zu haben, dass ich sie angehalten hatte. Also würde mein Sekundär für den Rest seines Lebens ein metallisches Funkeln im Auge haben. Aber er würde am Leben sein, und ganz, und *er selbst*. Hannah würde glücklich sein, meine Familie war komplett, und das war mir das einzig Wichtige.

„Und was ist mit Nial? Was sage ich dem Primus?" Ich drehte mich zu dem Ungetüm auf dem anderen Untersuchungstisch herum und spannte das Kiefer an. Nial war beinahe völlig bedeckt mit metallischen Implantaten und Geräten. Manche standen aus seinem Schädel hervor, wo etwas in sein Gehirn gesteckt oder gepflanzt worden war. Ich hatte das schon mehrmals gesehen, und Schlimmeres. Ich hatte Krieger schon in schlimmerem Zustand aus den Hive-Zentren gerettet, aber solche Krieger wurden immer zur Behandlung auf eine medizinische Station überstellt, und ich sah sie kaum je wieder.

Aber nur, weil ich sie nicht zu sehen

bekam, hieß das nicht, dass mir Nials Prognose nicht klar war. Für die meisten Männer gab es keine Wiederkehr von dem Ausmaß an genetischen Manipulationen, die Nial erlitten hatte. Er war nun mehr Maschine als Mann. Ein Hive.

Einige meiner Gedanken mussten auf meinem Gesicht zu lesen gewesen sein, denn als ich aufblickte, sah ich, dass der Arzt mich betrachtete.

„Ich habe schon Schlimmeres gesehen. Ich mache mich bei ihm sogleich an die Arbeit. Sagen Sie dem Primus noch nichts."

„Wann werden Sie Gewissheit haben?" Mann oder Maschine? Würde der Prinz ohne die implantierte Technik noch lebensfähig sein? Hatten sie zu viele seiner natürlichen System ausgelöscht?

„Wenn ich die Sonden aus seinem Hirnstamm ziehe."

Ein Schlag kalter Panik traf mich

durch meinen Kragen, und Dare stöhnte auf seinem Untersuchungstisch. „Hannah." Er versuchte, sich aufzurichten, aus der Ohnmacht geholt durch die Angst unserer Gefährtin.

Ich hielt mich nicht lange mit Erklärungen auf, sondern rannte aus dem Zimmer, und Dare taumelte hinter mir her.

Der Doktor rief Dare nach, dass er stehenbleiben sollte, aber ich kannte meinen Sekundär. Unsere Gefährtin war in Schwierigkeiten. Solange er nicht tot war, würde er an meiner Seite kämpfen, um sie zu retten.

Hannah

Ich erstarrte einen Moment lang, dann zog ich die Hand in meinen Schoß zurück und drehte mich zu Harbart herum. Ich erkannte den Moment, in dem Zane meine Angst gespürt hatte, und sein

Zorn gab mir Mut. Er war unterwegs. Ich musste den Verrückten nur noch ein paar Minuten hinhalten. „Sie sind verrückt, Harbart. Was wollen Sie von mir?"

„Du musst sterben. Nial wird sterben. Dafür werde ich sorgen. Und dann wird der Kommandant meine Tochter zur Frau nehmen, so wie er es hätte tun sollen, als ich sie ihm angeboten habe."

Ich schüttelte verwirrt den Kopf. „Aber Prinz Nial wird Primus werden. Warum wollen Sie einen Kommandanten, wenn Sie den Regenten eines gesamten Planeten haben können?"

Harbart blickte mich höhnisch an, als wäre ich ein ahnungsloses Kind. „Kommandant Deston herrscht über die gesamte interstellare Flotte, kleine Menschenfrau. Krieger von *Hunderten* Welten beugen sich seinem Befehl." Er trat vor und packte mich am Haar, zog mich halb vom Boden hoch, und Tränen traten mir in die Augen, als meine

Kopfhaut brannte. "So wie sie sich deinem beugen werden, *Lady Deston*, sobald die Besitznahme-Zeremonie vollendet ist."

Ich fasste nach seiner Hand, wollte mich daran festhalten, um mein Haar ein wenig von meinem Körpergewicht zu entlasten. "Ich verstehe nicht. Lassen Sie mich doch einfach gehen."

"Natürlich verstehst du nicht, dämliches Menschenmädchen." Er schleifte mich zur Tür, und ich versuchte vergeblich, meine Beine unter mir zu behalten. "Unsere Krieger herrschen im Krieg, aber ihre Gefährtinnen herrschen in Friedenszeiten."

Was zur Hölle sollte das heißen? Mein Blick war vor Tränen verschwommen, und Harbart trat durch die Tür. Er musste stehenbleiben und darauf warten, dass sie sich öffnete, und ich wusste, dies war meinen einzige Chance. Ich zappelte, bis ich meine Füße unter mir hatte, dann setzte ich einen kräftigen Tritt ein, um Harbarts Knie von hinten durchzuknicken. Er fiel nach hinten, ließ mein Haar los und landete halb auf mir. Die Waffe flog ihm aus der Hand, und ich drückte gegen seinen riesigen Körper, um ihn von mir zu stoßen und die Waffe als erste erreichen zu können.

„Du Schlampe. Ich erwürge dich noch mit bloßen Händen."

Seine riesigen Hände legten sich um mein Bein und zerrten mich auf ihn zu. Ich trat ihm ins Gesicht, meine Fingernägel versuchte, sich in den Fußboden zu graben, um Halt zu gewinnen.

Die Tür öffnete sich, und meine Gefährten platzten ins Zimmer. Zanes Brüllen fuhr durch meinen Körper, und ich brach erleichtert zusammen, als mein Gefährte Harbart von mir hob und ihn quer durchs Zimmer schleuderte. Der alte Mann traf mit einem beängstigenden

Krachen gegen die Wand, und ich wusste, dass sein Schädel den Aufprall nicht überstanden hatte. Aber Zane war noch nicht mit ihm fertig.

Ich vergrub mein Gesicht in meinem Arm, bis ein Paar starker, vertrauter Hände sich um mich legten. „Komm, Liebste. Bringen wir dich auf die Krankenstation, während Zane hier aufräumt."

Dare hob mich in seine Arme, und ich ließ mich von ihm aus dem Zimmer tragen, während Harbarts Schreie uns im Korridor hinterher hallten.

14

Hannah

MIT EINEM LÄCHELN auf dem Gesicht sah ich zu, wie meine Gefährten die Krankenstation betraten und den armen Doktor Mordin ausfragten, als wäre meine Gesundheit überlebenswichtig für ganze Planeten, nicht nur für die Besitznahme-Zeremonie, die in den nächsten Minuten beginnen würde.

Ich saß auf der Krankenstation in

nichts als einer weißen Robe und dem Kragen um meinen Hals. Er war schwarz, aber schon bald würde ich von meinen beiden Gefährten gefüllt sein, in Besitz genommen, und er würde eine wunderschöne dunkelrote Farbe annehmen.

Im Bett neben mir saß Prinz Nial, von etwa einem Dutzend Kissen gestützt. Ich blickte ihn aus dem Augenwinkel an und sah freudig, dass er grinste, als Zane die gleiche Frage zum dritten Mal stellte.

Ich lachte, glücklich und voller Vorfreude auf die Zeremonie. „Zane, es geht mir gut. Ich will die Zeremonie nicht hinauszögern."

Meine beiden Gefährten wandten sich zu mir herum, und mir blieb die Luft weg. Gott, waren sie wunderschön, alle beide. Sie trugen dunkelrote Roben, die zu ihren Kragen passten, und sonst nichts. Ihre Größe alleine hätte mir Angst einjagen sollen, aber ein lustvolles Zittern zog meine Pussy zusammen. Meine Gefährten. *Mein Eigentum.* Dare, so zart und sanft, wenn ich es brauchte, so sinnlich und geduldig im Bett, brachte mich zum Lachen und beruhigte mich, wenn ich das Bedürfnis hatte, umsorgt zu werden. Zane; seine Macht und Beherrschung über mich machte, dass ich mich sicher und geschützt und *gebraucht* fühlte. Dare liebte mich, ich konnte die Wärme seiner Emotionen wie heiße Sonnenstrahlen auf meiner Seele spüren. Aber Zanes Liebe war eher ein Inferno aus Lust und Begierde, aus Macht und Hingabe. Zane war mein Rettungsanker, mein mir zugewiesener Gefährte, mein Meister. Ohne Zane wäre ich wahrlich verloren.

Er kam zu mir und hob die Hand an mein Kinn, drehte mein Gesicht herum, um sich zu versichern, dass alle Blutergüsse verheilt waren. „Tut dir etwas weh, Gefährtin? Ich werde das hier nicht tun, wenn du nicht verheilt bist."

Ich schlug seine Hand fort, genervt darüber, diese Unterhaltung schon wieder zu führen. „Es geht mir gut. Diese ReGen-Dinger haben mich so gut wie heil gemacht. Ich habe ein paar blaue Flecken, aber das ist mir egal, Zane. Ich will, dass du für immer mir gehörst. Ich will, dass ihr beide mir gehört. Ich will nicht warten."

Dare kam an Zanes Seite, die Arme vor der massigen Brust verschränkt. „Hannah, wir entscheiden, wann du soweit bist. Der Arzt—"

„Nein! Ich entscheide. Nicht er. Ich. Ihr." Ich hüpfte vom Tisch und stupste Zane den Finger in die Brust. „Wenn du mich nicht willst, in Ordnung. Dann gehe ich heim. Aber—"

Zane brachte mich mit einem Kuss zum Schweigen. Dare lachte auf. Der Arzt seufzte erleichtert auf, und Prinz Nial räusperte sich.

„Zane, Cousin, ich habe eine Bitte, bevor du gehst."

Zane beendete den Kuss und zog mich an seine Seite, den Arm um meine Taille gelegt, und ich lehnte mich an ihn, zufrieden wie ein Kätzchen. Gott, wie ich ihn liebte. So sehr. So verdammt sehr.

„Was brauchst du, Nial?"

Der Prinz sah verlegen aus, so sehr er das konnte mit dem eigenartigen metallischen Glanz, der auf der linken Seite seines Gesichts zurückblieb. Sein linkes Auge war seltsam silber, und er hatte metallische Implantate in seinem linken Arm und Bein. Er sah aus wie ein halbfertiger Cyborg, wie etwas aus einem *Star Trek*-Film, den ich einmal gesehen hatte, wo eine seltsame außerirdische Rasse von Maschinen Menschen hernahm und ihre Körper mit Implantaten und

Computer-Programmierung an sich riss. Es war unheimlich und merkwürdig, aber der Blick im gesunden Auge des Prinzen machte mich traurig. Er sah verloren aus.

„Ich benötige einen Transport zur Erde, und ein Schiff in dem Sektor, sobald ich ankomme. Ich kann so nicht nach Prillon zurück. Und der Doktor hat mich gestern darüber informiert, dass meine zugewiesene Gefährtin ausgewählt worden ist, von der Erde, genau wie du, Hannah. Aber ihr wurde der Transport verwehrt, aufgrund meines...Problems."

Ich keuchte auf. „Aber Harbarts Tochter—"

„Das wäre niemals passiert, nicht, nachdem ich dich mit dem Kommandanten gesehen habe." Prinz Nial blickte Zane mit einem traurigen Lächeln an. „Ich habe nie verstanden, was du damit gemeint hast, dass du keine politische Verbindung eingehen willst, Cousin, bis ich dich mit ihr zusammen sah. Jetzt verstehe ich es. Ich will meine Gefährtin. Sie gehört mir."

Zanes Arme zogen sich enger um mich zusammen. „Du willst ihr nach? Es kann sein, dass sie nicht willentlich mit dir mitkommt."

Der Prinz blickte Zane in die Augen. „Ich werde sie haben, Zane. Mit oder ohne deiner Hilfe. Sie ist meine Gefährtin."

„In Ordnung. Doktor?" Zane rief über die Schulter hinweg nach Doktor Mordin, aber der riesige Mann stand direkt hinter Dare.

„Ich habe alles aufgezeichnet, Kommandant. Ich kümmere mich darum."

Zane streckte die Hand aus, die, die nicht um mich gelegt war, und Nial schüttelte sie.

„Viel Glück. Ich hoffe, du findest sie."

„Das werde ich. Vielen Dank."

Zane ließ ihn los und blickte auf mich

hinunter. Ich war so voller Begehren für meine Männer, dass ich kaum stillstehen konnte.

„Also los, Hannah. Es ist an der Zeit, dass du deine Gefährten in Besitz nimmst."

Zane führte mich aus dem Zimmer, und ich ging zwischen ihm und Dare den langen Korridor entlang, bis wir die Besitznahme-Kammer erreichten. Ich blickte mich erstaunt um, und die Vorfreude machte meine Pussy feucht, bevor ich bei der Tür hindurch war.

„Stell dich in die Mitte des Raumes und sieh uns an." Zane gab den Befehl, und ich beeilte mich, zu gehorchen. Als ich die Mitte erreicht hatte, blieb ich stehen und sah mich rasch um. Die Kammer war kahl außer einem Kissen im Zentrum, aber es war kein Kissen, wie ich es von Sofas zuhause kannte. Nein, dieses Kissen war so groß wie ein Bett und hüfthoch, gerade die richtige Höhe, damit

Dare mich von hinten nehmen konnte, während ich Zanes Schwanz ritt.

Ich schauderte, als die Hitze durch mein System schoss, und Zane räusperte sich und holte meinen Blick weg vom Bett und zu ihm zurück. Dare stand neben ihm, Schulter an Schulter, und ich genoss den Anblick, als beide meine Gefährten ihre Roben auf den Boden fallen ließen und nackt vor mir standen. Hinter ihnen verbarg eine gekrümmte schwarze Glasfläche weitere Männer, die auserwählten Krieger meiner Gefährten, vor mir. Sie waren hier, um die Besitznahme zu bezeugen und mir ihr Leben zu versprechen.

Ich wusste nicht, wer dort stand, und es war mir auch egal. Ich wollte meine Männer für immer in Besitz nehmen. Ich wollte, dass sie mich fickten, dehnten, mich zum Betteln brachten—

Zane sprach. „Dir werden nur zwei Fragen gestellt werden, Hannah. Die erste"—er nickte Dare zu, der ein längliches schwarzes Tuch hochhielt—

„Wünschst du, dass deine Augen verbunden werden, oder wünschst du, uns zu sehen?"

Wow! Also hatte Anne die gleiche Wahl gehabt?

Ich erinnerte mich an das Gefühl, darauf zu warten, was ihre Gefährten tun würden, die Vorfreude, die Ungewissheit — „Augenbinde."

„Lass deine Robe fallen." Ich tat es, und Zanes wissender Blick brachte mein Inneres zum Schmelzen wie Butter auf einem heißen Teller, als Dare sich mir näherte, sein Schwanz steinhart und bereit, mich zu nehmen. Dare stellte sich hinter mich, und ich blickte Zane bis zum letzten möglichen Moment in die Augen, bis Dare meine Augen verbunden hatte und das weiche Tuch an meinem Hinterkopf verknotete. Er nahm meine Hand und führte mich an das Kissen, wo

Zanes starke Hände mich bereits erwarteten und meine Brüste umfassten. Ich blieb stöhnend stehen, und Dare kam hinten an mich heran, klebte seine heiße Haut an meinen Rücken, während Zane in meine Nippel kniff und an ihnen zog.

„Halte sie." Zanes schroffes Kommando ließ mich schlaff werden, und eine feuchte Hitze überkam meine Pussy.

„Mit Vergnügen." Dares Stimme flüsterte an meinem Ohr, und seine Arme klemmten meine an meine Seite. Er rieb seinen riesigen Schwanz wieder und wieder über meinen Hintern, ein Vorgeschmack auf das, was kommen würde. Ich wimmerte und drückte mich ihm entgegen. „Bald, Liebste. Bald schon werde ich dich ficken, bis du für uns schreist."

Ich hörte, wie Zane sich bewegte, und biss mir in die Lippe, um mich davon abzuhalten, ihm zuzurufen, er solle sich beeilen. Die Krieger, die hinter dem dunklen Schirm verborgen waren, begannen ihren Sprechgesang, an den ich mich von der Simulation im Bräute-Abfertigungszentrum noch erinnern konnte, und mein ganzer Körper stand unter Hochspannung von den Erinnerungen. Ich war kurz davor, aus Frust aufzuschreien, als Dare mich von den Füßen hob und auf Zane niedersetzte. Mein Gefährte lag auf dem Rücken, und ich saß nun quer über seinen Oberschenkeln. Sein riesiger Schwanz war vorne an meinen Kitzler gepresst, und ich bewegte die Hüften, um mich an seinem harten Schaft zu reiben. Starke Hände packten mich an den Schenkeln, vorsichtig den Bluterguss umgehend, den ich von Harbarts Übergriffen zurückbehalten hatte, und da wusste ich, in dem Moment, dass meine Gefährten mich niemals verletzen würden, niemals verlassen, niemals betrügen oder mich als eine Selbstverständlichkeit ansehen.

Zanes tiefe Stimme, seine Worte, grollten über seine Brust durch mich hindurch. „Nimmst du meine Besitznahme an, Gefährtin? Gibst du dich mir und meinem Sekundär frei hin, oder wünscht du, einen anderen primären Gefährten zu wählen?"

„Ich nehme eure Besitznahme an, Krieger." In dem Moment, als ich diese Worte sprach, kam Dare wieder an mich heran und ich spürte, dass er hinter mir war, bereit, mich von hinten zu nehmen während ich auf Zane ritt, seinen großen Schwanz tief in mir vergraben.

„Dann nehmen wir dich in Besitz, durch das Ritual der Benennung. Du gehörst mir, und ich werde jeden anderen Krieger töten, der es wagt, dich anzurühren."

„Ich liebe dich, Hannah. Auf ewig." Dare drückte seine Lippen an die Seite meines Gesichtes, während die Stimmen, die ich vorhin raunen gehört hatte, ihm in einem zeremoniell klingenden Chor von Männerstimmen antworteten.

„Mögen die Götter euch bezeugen und beschützen."

Ich hatte weniger als eine Sekunde Zeit, um in Dares Liebeserklärung zu schwelgen und schwach zu werden, bevor Zane mich für einen Kuss an sich zog. Dare nutzte die Gelegenheit, meine Backen zu spreizen, um das Gleitmittel in meinen Hintern einzuführen, während Zane meinen Mund mit seiner Zunge fickte. Er legte mir meine Hände hinter meinen Rücken und hielt sie dort mit einer Hand fest; die andere war frei, um an meinem Hintern zu zerren, ihn hochzuheben, damit Dare mit ihm spielen konnte.

Zane raubte mir den Atem, während Dare drei Finger in mich einführte und einen unter mich, und mich mit den

Fingern fickte und zugleich an meinem Kitzler rieb. Er rieb seinen Lusttropfen über meine Arschbacke, und die magische Substanz zog in meine Haut ein und erhitzte mein Blut, bis es sich anfühlte, als würde Lava durch meine Adern fließen.

Ich war an der Kippe zu einem Orgasmus, ritt Dares Finger mit unbändiger Hingabe, bis Zane seine Hand um meinen Nacken krümmte und sanft daran zog. „Nicht ohne Erlaubnis, Gefährtin."

Sein Befehl trieb mich noch höher, und ich wimmerte. Ich wusste, dass die NPU dies für das Bräute-Programm aufzeichnete. Ich wusste, dass mindestens ein halbes Dutzend Männer zusahen, und es war mir egal. Ich wollte von meinen Gefährten gefickt werden, gefüllt werden, für immer zu ihrem Eigentum gemacht werden.

Dares Hand verließ mich, und Zane

hielt mich reglos fest, ein leeres, sehnsüchtiges Häufchen Elend.

Ich überlegte mir, mit meinen Männern frech zu werden, wie Anne es getan hatte, ihnen zu sagen, sie sollten sich beeilen, sie herumzukommandieren, sodass ich das Brennen ihrer harten Hiebe auf meinem nackten Hintern spüren konnte, aber ich wusste, dass Zane es nicht so wollte. Er wollte nicht, dass ich ihn provozierte; er wollte, dass ich ihm alles schenkte.

Seine Stimme war sanft, beinahe ein Flüstern unter mir. „Sag mir, was du willst, Hannah."

„Euch." Dieses einzelne Wort war ein Geständnis aus tiefster Seele, eine vollkommene Hingabe. „Ich will dich. Ich will Dare."

Er holte mich wieder zu sich hinunter, bis meine Lippen seine berührten, doch ohne mich zu küssen. Kontakt. Nicht mehr als das. „Warum?"

Warum? „Weil ich dich liebe, Zane. Ich liebe dich. Ich liebe euch beide."

Er presste meine Lippen an seine und hob meine Hüften an. Dare fasste zwischen uns und legte Zanes Schwanz an die Öffnung meiner Pussy, und Zane, den Mund immer noch an meinen geheftet, senkte mich auf seinen Schaft herab, mit einem Beben, das seinen ganzen Körper durchfuhr.

Hinter mir streichelte Dare mit zärtlichen Händen über meinen Hintern. „Bist du für mich bereit, Liebste?"

„Ja." Gott, und wie. Ich war bereit.

Dare schob sich langsam in mich, dehnte mich, bis ich dachte, ich müsse schreien. Während ich hechelte, küsste Zane meine Wangen und mein Kinn, meine Lippen und meine Nase, und er fasste nach hinten, um an meinen Arschbacken zu ziehen, mich weit zu öffnen, damit mein zweiter Liebhaber mich füllen konnte.

Ich stöhnte über die zweifache Penetration, das enge Gefühl, von beiden Männern gefüllt zu sein.

Als sie beide vollständig versunken waren, fasste ich nach oben und packte Zanes Haar in festen Fäusten, begierig darauf, dass sie sich bewegten, dass Zane mich kommen lassen würde. Ich brauchte seine Erlaubnis. Ich brauchte es, von meinem Meister erlöst zu werden.

Zanes Hand strich über meinen Rücken, streichelte mich, besänftigte den Schmerz, liebte mich. Ich hörte auf, darüber nachzudenken, was sie als nächstes tun würden, und legte einfach nur meine Wange an Zanes Herz, zufrieden damit, ihn mich dorthin führen zu lassen, wo er mich haben wollte.

Sie wechselten ihre Stöße ab, der eine füllte mich tief, während der andere sich zurückzog, und die Nerven in meiner Pussy und meinem Hintern entflammten, während ich mir in die Lippe biss, um mich zurückzuhalten. Mein Orgasmus gehörte nicht mir. Er gehörte meinen Männern.

„Ich liebe dich, Hannah Johnson von der Erde." Zanes Worte trieben mir Tränen in die Augen, und ich drehte mich herum, um ihm einen Kuss auf sein Herz zu geben. Als ich das tat, zuckten seinen Hüften unter mir nach oben, und ich schrie auf bei dem köstlichen Lustschmerz seines Stoßes. Mit Dares riesigem Schwanz in meinem Hintern und Zanes riesigem Schwanz in meiner Pussy war ich aufgespießt, bis an die Schmerzgrenze gedehnt, und vollkommen in Besitz genommen.

Er stieß erneut zu, und Dare zog sich kaum merklich aus meinem Hintern heraus, bevor er wieder hineinstieß. Ich wimmerte, wartete auf meinen Meister, wartete, ihm Freude zu bereiten.

„Komm für mich, Hannah. Mach mich auf ewig Dein."

Ich kam auf seinen Befehl, verlor mich in den Empfindungen, die durch meinen Körper pulsierten und durch die Kragen, die uns zu einer Einheit verbanden. Ich spürte ihn heiß werden, wusste trotz meiner verbundenen Augen, dass mein Kragen die Farbe gewechselt hatte.

Sie fickten mich, bis ich nicht mehr atmen konnte, bis mein Körper nichts mehr übrig hatte, bis ich so oft gekommen war, so heftig, dass ich mich nicht rühren konnte.

Und ich liebte jede Minute davon.

Lies als Von ihren Partnern entführt nächstes!

Nachdem sie zu Unrecht eines Verbrechens bezichtigt und dafür verurteilt wurde, meldet sich Jessica als

Freiwillige zum Interstellaren Bräute-Programm, um einer langen Haftstrafe zu entgehen. Sie wird einem Prinzen zugeordnet—dem Thronfolger des mächtigen Planeten Prillon—aber ihre Zukunft gerät ins Wanken, als die Zuweisung vom aktuellen Herrscher Prillons abgelehnt wird.

Als sein eigener Vater es darauf abgesehen hat, ihn zu verbannen und ihm das Recht auf eine Gefährtin zu verwehren, nimmt Prinz Nial die Angelegenheit selbst in die Hand. Mit einem kampferprobten Krieger an seiner Seite, der sich freiwillig als sein Sekundär gemeldet hat, macht er sich zur Erde auf, um sich sein Eigentum zu holen. Nach seiner Ankunft erfährt er aber schon bald, dass derselbe furchterregende Feind, der ihn einst gefangen hielt, nun auf der Jagd nach seiner Gefährtin ist.

Der Gedanke, dass sie von einem Gefährten abgelehnt wurde, dem sie noch nicht einmal begegnet war, verletzt Jessica mehr, als sie gerne zugibt. Nun bemüht sie sich redlich, sich der gefährlichen Aufgabe zu widmen, die Kerle zur Strecke zu bringen, die sie ins Gefängnis brachten. Aber schon bald wird ihre Welt erneut auf den Kopf gestellt, als zwei riesige, gutaussehende Aliens ihr das Leben retten und sie danach darüber aufklären, dass sie deren zugewiesene Gefährtin ist und sie zur Erde kamen, um sie in Besitz zu nehmen.

Jessica ist weit davon entfernt, sich kleinlaut unterwerfen zu wollen, aber sie lernt rasch, dass ihre neuen Gefährten von ihr Gehorsam erwarten, und Widerstand zu schmerzhaften und beschämenden Hieben auf den nackten Po führt. Trotz ihres Zornes über eine solche Behandlung kann sie jedoch ihre

Erregung nicht verbergen, wenn sie nackt ausgezogen und von ihren wilden, dominanten Kriegern gründlich beherrscht wird. Aber wenn Prinz Nial gezwungen wird, sein Geburtsrecht zu verteidigen—wird Jessica dann alles Notwendige tun, um ihn zu unterstützen? Selbst wenn es bedeutet, dass sein gesamtes Volk dabei zusieht, wie sie von ihren Partnern erobert wird?

Lies als Von ihren Partnern entführt nächstes!

WILLKOMMENSGESCHENK!

TRAGE DICH FÜR MEINEN NEWSLETTER EIN, UM LESEPROBEN, VORSCHAUEN UND EIN WILLKOMMENSGESCHENK ZU ERHALTEN!

http://kostenlosescifiromantik.com

INTERSTELLARE BRÄUTE® PROGRAMM

DEIN Partner ist irgendwo da draußen. Mach noch heute den Test und finde deinen perfekten Partner. Bist du bereit für einen sexy Alienpartner (oder zwei)?

Melde dich jetzt freiwillig!
interstellarebraut.com

Den Kriegern Hingegeben

BÜCHER VON GRACE GOODWIN

Interstellare Bräute® Programm

Im Griff ihrer Partner

An einen Partner vergeben

Von ihren Partnern beherrscht

Den Kriegern hingegeben

Von ihren Partnern entführt

Mit dem Biest verpartnert

Den Vikens hingegeben

Vom Biest gebändigt

Geschwängert vom Partner: ihr heimliches Baby

Im Paarungsfieber

Ihre Partner, die Viken

Kampf um ihre Partnerin

Ihre skrupellosen Partner

Von den Viken erobert

Die Gefährtin des Commanders

Ihr perfektes Match

Die Gejagte

Interstellare Bräute® Programm: Die Kolonie

Den Cyborgs ausgeliefert

Gespielin der Cyborgs

Verführung der Cyborgs

Ihr Cyborg-Biest

Cyborg-Fieber

Mein Cyborg, der Rebell

Cyborg-Daddy wider Wissen

Interstellare Bräute® Programm: Die Jungfrauen

Mit einem Alien verpartnert

Seine unschuldige Partnerin

Die Eroberung seiner Jungfrau

Seine unschuldige Braut

Zusätzliche Bücher

Die eroberte Braut (Bridgewater Ménage)

ALSO BY GRACE GOODWIN

Interstellar Brides® Program

Mastered by Her Mates

Assigned a Mate

Mated to the Warriors

Claimed by Her Mates

Taken by Her Mates

Mated to the Beast

Tamed by the Beast

Mated to the Vikens

Her Mate's Secret Baby

Mating Fever

Her Viken Mates

Fighting For Their Mate

Her Rogue Mates

Claimed By The Vikens

The Commanders' Mate

Matched and Mated

Hunted

Viken Command

The Rebel and the Rogue

Interstellar Brides® Program: The Colony

Surrender to the Cyborgs

Mated to the Cyborgs

Cyborg Seduction

Her Cyborg Beast

Cyborg Fever

Rogue Cyborg

Cyborg's Secret Baby

Interstellar Brides® Program: The Virgins

The Alien's Mate

Claiming His Virgin

His Virgin Mate

His Virgin Bride

Interstellar Brides® Program: Ascension Saga

Ascension Saga, book 1

Ascension Saga, book 2

Ascension Saga, book 3

Trinity: Ascension Saga - Volume 1

Ascension Saga, book 4

Ascension Saga, book 5

Ascension Saga, book 6

Faith: Ascension Saga - Volume 2

Ascension Saga, book 7

Ascension Saga, book 8

Ascension Saga, book 9

Destiny: Ascension Saga - Volume 3

Other Books

Their Conquered Bride

Wild Wolf Claiming: A Howl's Romance

HOLE DIR JETZT DEUTSCHE BÜCHER VON GRACE GOODWIN!

Du kannst sie bei folgenden Händlern kaufen:

Amazon.de
iBooks
Weltbild.de
Thalia.de
Bücher.de
eBook.de
Hugendubel.de
Mayersche.de
Buch.de

Hole dir jetzt deutsche Bücher von Grace Goodwin!

Bol.de
Osiander.de
Kobo
Google
Barnes & Noble

GRACE GOODWIN LINKS

Du kannst mit Grace Goodwin über ihre Website, ihrer Facebook-Seite, ihren Twitter-Account und ihr Goodreads-Profil mit den folgenden Links in Kontakt bleiben:

Web:
https://gracegoodwin.com

Facebook:
https://www.facebook.com/profile.php?id=100011365683986

Twitter:
https://twitter.com/luvgracegoodwin

ÜBER DIE AUTORIN

Hier kannst Du Dich auf meiner Liste für deutsche VIP-Leser anmelden: **https://goo.gl/6Btjpy**

Möchtest Du Mitglied meines nicht ganz so geheimen Sci-Fi-Squads werden? Du erhältst exklusive Leseproben, Buchcover und erste Einblicke in meine neuesten Werke. In unserer geschlossenen Facebook-Gruppe teilen wir Bilder und interessante News (auf Englisch). Hier kannst Du Dich anmelden: http://bit.ly/SciFiSquad

Alle Bücher von Grace können als eigenständige Romane gelesen werden. Die Liebesgeschichten kommen ganz ohne Fremdgehen aus, denn Grace schreibt über Alpha-Männer und nicht

Alpha-Arschlöcher. (Du verstehst sicher, was damit gemeint ist.) Aber Vorsicht! Ihre Helden sind heiße Typen und ihre Liebesszenen sind noch heißer. Du bist also gewarnt...

Über Grace:

Grace Goodwin ist eine internationale Bestsellerautorin von Science-Fiction und paranormalen Liebesromanen. Grace ist davon überzeugt, dass jede Frau, egal ob im Schlafzimmer oder anderswo wie eine Prinzessin behandelt werden sollte. Am liebsten schreibt sie Romane, in denen Männer ihre Partnerinnen zu verwöhnen wissen, sie umsorgen und beschützen. Grace hasst den Winter und liebt die Berge (ja, das ist problematisch) und sie wünscht sich, sie könnte ihre Geschichten einfach downloaden, anstatt sie zwanghaft niederzuschreiben. Grace lebt im Westen der USA und ist professionelle

Autorin, eifrige Leserin und bekennender Koffein-Junkie.

https://gracegoodwin.com

www.ingramcontent.com/pod-product-compliance
Lightning Source LLC
LaVergne TN
LVHW011754060526
838200LV00053B/3594